集英社文庫

ザ・ファイナル・オプション

騙し人Ⅱ

落合信彦

集英社版

ザ・ファイナル・オプション　騙し人II

プロローグ

二〇〇六年　初夏　東京

その日の昼、警視庁刑事部国際捜査課を二人の男が訪れた。ひとりは痩《や》せて背が低く病的なほど顔色が白く憔悴《しょうすい》しきった感じで、もうひとりは対照的に長身でがっしりとした体格をしていた。

応対に出たのは刑事部国際捜査課捜査第一係の警部補権《ごん》田昭三《だしょうぞう》だった。やや緊張した面持ちで二人が名刺を差し出した。権田が二枚の名刺に目をやった。

痩せた男のほうが〝国際詐欺師たちから被害を受けた家族の会会長　蓑《みの》田孝《たたかし》〟、もう一枚の名刺は〝副会長　山《やま》根《ね》建造《けんぞう》〟。

権田自身これまで国際詐欺師たちに引っ掛かった何人かの経営者から訴えを聞いたが、それらはみな個別的ケースであって、今目の前にいる二人のように被害者の会の代表など初めてだった。だがこういう会ができるであろうことは半ば予期していた。

机の前の椅子を指して権田が、

「まあすわってください」

「お忙しいところお会いいただいて感謝します」

蓑田が言った。顔色が悪い割りには声が高い。

「で、ご用件は？」

権田がごく事務的な口調で言った。

蓑田が小さく咳払《せきばら》いをした。

「名刺にもあります通りわれわれは国際詐欺師たちの被害者なのです。弱者から騙《だま》し取るなんて、とんでもない奴らです。私は十人ほどの従業員をかかえる小企業の経営をしていますが、このままでは倒産します。こちらの山根さんも同じ状況におかれています。それもこれも国際詐欺師たちに騙されたからです。刑事さんも奴らについては聞いたことがあるでしょう？」

「ええ、まあ」

「日本の警察がもう少し積極的に外国人犯罪者を取り締まってくれたら、これだけの被害は受けなかったと思うのです。誤解しないでください。私はなにも警察を非難するためにやってきたわけではありませんから。ただ相談に乗っていただきたくて来たのです」

権田が再び名刺に目を移して、

「この〝家族の会〟とはいつごろできたんです？」

「一週間前です。五十五家族、会員は百八十八人に上ります」

山根が横から、

「百八十七人でしょう。三日前にひとり自殺しましたから」

「そうでした。いずれにしても今は何をするにも数ですからね。昔、田中角栄という偉い政治家が言ったじゃないですか。数は力なり、と」

蓑田のとなりにすわった山根が力を込めた口調で、

「蓑田さんの言う通りです！　われわれには数があり、正義もあり、団結心もある。邪悪な国際詐欺師どもを完膚無《かんぷな》きまでに打ち負かせる条件はそろっています！」

蓑田が大きくうなずきながら、

「日本には歴史的に言っても大岡裁きのようなものがあります。また遠山の金さんのような裁判官だっているはずです」

山根が身を乗り出した。

「日本国憲法にも書いてあります。すべて裁判官は、その良心に従い独立してその職権を行う、と。われわれは勝ったも同然です」

権田は目をしろくろさせて二人を交互に見た。ついさっきまで借りてきた猫のようにおとなしかった二人が、あたかもアジ演説の闘士に変わったのだ。しかも言ってることには整合性もなければ理論的根拠もない。これならボーイスカウトにさえ騙されるだろう。

まだこういう人間が日本にいること自体希少価値だ。ある種の感慨さえ覚える。それほどの自信があるなら、わざわざ相談に来ることもあるまいにと思った。

「告訴を考えておられるんですね」

「それを刑事さんに相談したいのです。われわれは集団告訴を考えておるのですが」

「ということは五十五件のケース全部を?」

「可能でしょうか?」

「それは可能ですが、大変な時間を要しますよ」

「どのくらいかかりますか?」

「さあ、はっきりとは言えませんが、結審までに少なくとも十年はかかるでしょうね」

「十年!?」

蓑田がすっとんきょうな声を上げた。

「詐欺というのは立件が難しいんです。特にあなたがたの場合は国際的なものですからね。まず相手を日本の法廷に連れてこなければならない。それが可能か。可能であっても相手が詐欺を働いたという動かぬ証拠があるのかなどの立証責任があります。相手が有能な弁護士をたてたら、いくらでも裁判を引き延ばすことはできます。なにしろ海の向こうとやり合わねばならないのですから」

「証拠ならあります」

山根が自信に満ちた口調で言った。

「例えば」

胸のポケットから封筒を取り出し中から数枚の写真を抜いて権田の前に差し出した。

「これらの写真です」

メガネをかけ前頭部が薄くなった白人がひとりと病的な顔をした日本人の老人が、山根と数人の日本人に囲まれて写っていた。権田には見覚えのある顔だった。

「その白人が詐欺師で、一緒に写っている日本人の老人は片棒です。わが家に招待したとき撮ったのです」

「これはフェルナンデリックと中田《なかだ》じゃないですか」

「ご存じなんですか、奴らを？」

「二人に騙されたという訴えが何度かありましてね。結局、告訴までには至らなかったのですが。しかしこの写真がなぜ証拠になるのです？」

「そいつら二人は私の家でメシまで食ってるんですよ。その後すぐに私を騙して二千万円を奪ったのです。立派な証拠じゃないですか」

「ちょっと待ってください、山根さん。これはただの記念写真じゃないですか。詐欺を立件するには動かぬ証拠が必要なんです。例えば契約書とかメモとか電話の会話とか、相手が詐欺行為を行ったというまぎれもない証拠です」

「それならあります」

山根が今度はカバンの中から何枚かの書類を取り出した。

「読んでみてください」

三通の手紙だった。それぞれ皆レターヘッドが〝ザ・キングダム・オブ・アビラハフェズ〟

となっている。その左下に〝アル・フェイザル・インヴェストメント、プリンス・サバ・アル・ビン・フェイザル、プレジデント〟と印刷されている。

アビラハフェズはアラビア半島の一角にある王国で、前世紀初頭砂漠の族長だったアビリが建設した国家である。国土全体が砂漠だが、ひとつだけアラーの恵みがあった。他に類をみない豊富な油田だ。そのオイルのおかげでアビラハフェズは中東で最も裕福な国となった。

権田はそれらの手紙の裏にクリップで留めてある日本語の訳文に目を通した。

一枚目がアンリ・フェルナンデリックという人物についての紹介状で、二枚目が彼をアル・フェイザル・インヴェストメント社の対日本企業の窓口にするという証明書、三枚目がそのフェルナンデリックという人物から山根に宛てた融資についてのレター・オブ・インテント、いわゆる意思表明書だった。

「これだけですか?」

「ええ、ちゃんと相手のサインも入ってるし。十分でしょう」

わきから蓑田が、

「私も同じ手紙を持っています。奴らの首根っこをおさえるのが楽しみです」

「ということは、あなたもフェルナンデリックと中田に騙されたということですか?」

「われわれ五十五人全部が奴らに騙されたんです。皆さん同じ手紙を持っていますよ」

権田があきれかえった表情で、

「これらの手紙を弁護士さんに見せたのですか」

「弁護士にはまだ話してません。余計な金を使うよりまず刑事さんに相談してからと思いまして」

権田はちょっと考えた。二人には気の毒だが、この際はっきり言ったほうがいいだろうと思った。

「残念ですがこれらの手紙は何の証拠にもなりません。相手のコミットメントがまったくないでしょう。紹介状とか窓口となる証明書などはあちらさんの話ですからね」

「しかし融資についての意思表明書がある」

蓑田の声は心なしか震えていた。

「三億円融資するとはっきりと書いてあるじゃないですか。サインまでしてあります」

「まずサインが万能と思ったら大間違いです。それにこの意思表明書には三億円という数字が書かれてはいるが、払い込みは〝十分な話し合いの上、双方が納得した時点で〟という条件がついてます。支払いのデッドラインとなるべき日にちはまったく入っていません。ということはもし告訴されても、彼らはまだあなたとの話し合いに納得していなかったと言うだけで逃げられるのです」

「これらの手紙は証拠にはならないというわけですか」

権田が首を振り振り、

「残念ながら。どの弁護士も同じことを言うと思いますよ」

「告訴しても意味はないということですね」

権田が黙ったままうなずいた。

山根ががっくりと肩を落とした。

「フェルナンデリックはフランスの元高級官僚で中田は元公家と聞いて、安心して信じたのが間違いでした」

蓑田がため息まじりに言った。

「でもそれは本当ですよ」

と権田。

「フェルナンデリックは本名で、彼が持ってるパスポートも本物です。フランス人なのになぜかキプロスのパスポートなんですが。中田豊蔵《とよぞう》も本名で元公家の出です。彼の姉は長年ＩＭＦ《国際通貨基金》の幹部として国際的に活躍していた山形春子《やまがたはるこ》です」

「そこまで調べておきながら何の手も打たなかったわけですか」

質問というより怒りの口調だった。

「訴えてきた者が告訴しなかったんです。理由は今のあなたがたと同じで、告訴するに十分な証拠がなかった。だがこちらとしては一応二人の身元については調べたのです」

「ちきしょう！」

山根がそのごつい顔をくしゃくしゃにしながらこぶしで涙を拭《ぬぐ》った。

「あんな奴らに騙されるとは……」

権田が蓑田に向かって、

「あなたもやはり二千万やられたんですか」

蓑田が力無くうなずいた。次の瞬間、権田の机を思いきりこぶしで叩《たた》いて叫んだ。

「くやしーっ！」

さっきまでの元気はどこへやら、すさまじいまでの感情の起伏だ。普通なら笑ってしまうところだが、真面目に憤っている二人を前にしてそういうわけにもいかない。権田は何も言わずに彼らの興奮がおさまるのを待った。

それにしても一人前の大人がなぜかくも簡単に国際詐欺師に引っ掛かってしまうのだろうか。彼らが使う手は決して複雑怪奇なものではない。口で融資を約束しておいてまずリテイナー・フィー《――話のつなぎ料――》なるものをとる。これは大体融資額の五パーセント。三億円の融資だったら千五百万円になる。さらにはドゥ・ディリジェンス《――企業調査――》料として融資額の一パーセントプラス日本滞在費用を加える。融資額が三億円ならこれで大体二千万円になる。

フェルナンデリックたちが巧妙なのは二千万円以上は狙《ねら》わないところにある。中小企業の経営者にもそれほど抵抗のない金額だからだ。これが三千万円となるとちょっと大きすぎる。そこらへんの心理をよく読んでいるのだ。二千万円でも十人引っ掛ければ二億になる。これが五十五人ともなると十一億円という大金に膨れ上がる。

「彼らと交渉したときせめて弁護士に立ち会ってもらっていれば、こんなことにはならなかったでしょうが」

権田の言葉には同情の念がこもっていた。

しばしの沈黙のあと蓑田が、

「こうなったら新聞社に持ち込んで国際詐欺師退治のキャンペーンを張ってもらいます」

「しかし新聞社が取り上げないでしょう。裁判で勝ったのならともかく、一方的な話をもとに書いたら、それこそ人権侵害や名誉棄損で奴らに訴えられますからね」

「じゃ泣き寝入りしかないというわけですか」

「狂犬に咬《か》まれたと思ってあきらめるしかないでしょう」

「冗談じゃない！」

山根が声を張り上げた。

「騙された私たちの身にもなってください。あの二千万円は私の最後の頼みの綱だったんです。〝家族の会〟の中には〝必殺仕置人〟を雇って奴らを殺すと言ってる者もいるんです」

権田の顔に笑みが浮かんだ。

山根が血相を変えた。

「何をにやにやしてるんです！　こっちは真剣なんだ！」

「これは失礼。〝必殺仕置人〟などというなつかしい言葉が出てきたんでついうれしくなりまして。確か三十年ぐらい前のテレビシリーズだったですよね」

「刑事さん、あれは本当の話をもとに作られたドラマだったと思いますよ。テレビ局が作る以上デタラメな話ではありません」

蓑田がごく真面目な表情で言った。どうやら根っからのテレビ信奉者らしい。

「そこは疑問があるところですが、そんな物騒なことを言っちゃだめですよ。奴らを殺してどんな得があるというんですか」

「少なくとも被害がこれ以上拡大するのを防ぐことができる。それにわれわれの気も少しはおさまります。世論の支持も得られるでしょう。もちろん警察は何をしていたのかという批判も出るでしょうが」

権田がムッとして、

「何が言いたいんです?」

蓑田が亀のように首を引っ込めた。

「すいません。言いすぎました」

「とにかく暴力は問題の解決にはつながりません」

「しかし」

山根が食い下がった。

「私と蓑田さんがやらなくても〝家族の会〟の過激派をおさえられるかどうかです。現に彼らはフェルナンデリックと中田の居場所を突き止めようと必死になっているんです。仕置人がいなかったら彼ら自身でやるでしょう。自殺したメンバーの息子さんは親父さんの霊に誓ったそうです。地の果てまで行っても必ず仇《かたき》は討つと。そのために出刃包丁で練習してるとのことです」

権田が頭を振り振り、

「今も言ったようにまったく意味がないことです。あんなくずどものために貴重な人生を投げ出すことはないでしょう。早まったことは絶対にやらないこと。いいですね」

とは言ったものの権田の心の中には不安が広がっていた。今、山根が言った〃家族の会〃の過激派の連中がフェルナンデリックと中田を捜しだしたら、危害を加える可能性は十分にある。そして警察が何もできなかったから自分たちで悪に鉄槌《てつつい》をくだしたなどと言うかもしれない。そうなったらマスコミは大騒ぎするし、警察の面目は丸つぶれになる。

とそのとき権田の頭の中をあるアイディアが閃光《せんこう》のように走り抜けた。しかし彼はすぐにそれを否定した。とんでもないアイディアだ。警視庁の刑事部国際捜査課の要員でありながらそんなアイディアを一瞬たりとも思いついた自分は大罪に値する。

だがそのアイディアは消し去ろうとしても消えなかった。逆に頭の中で急激に膨らんでいた。

「お二人ともよく聞いてください」

自然と口から言葉が出ていた。

「あなたがたが本当に復讐《ふくしゅう》したいのなら、奴らが一番大切と思っているものを取り上げてしまえばいいのではないですか」

二人がわからないといった表情で権田を見据えた。

「奴らにとって命の次に大切なものは何だと思いますか」

「金……ではないでしょうか」

と蓑田。

「図星です。それを取り上げられるのが奴らにとって一番痛い」

「しかし告訴は無理とおっしゃったじゃありませんか」

「確かに無理です。だが金を取り戻す手段はほかにもあります」

「と言いますと?」

権田がちょっと間をおいてから、

「これから先は言えません。上司と相談した上で追って連絡します。これらの写真はお預かりしますよ。今日はこれでお引き取りください」

二人が帰ったあと権田は窓辺に近付いた。眼下に皇居のお堀が見える。そのお堀に沿った歩道を何人かの男女がジョギングをしている。彼らのそばを多数のトラックや乗用車が大量の排気ガスを放出しながら走っていく。こういうシーンを見るたびに権田は不思議に思う。タバコが健康に悪いと言われるが、ジョギングをしている男女たちは一酸化炭素を思いきり吸い込んでいるのだ。彼ら健康おたくはこんな場所を走れば健康とは逆の結果を生んでいるとは思わないのだろうか。

権田も一度昼休みを利用してお堀の周りを走ったことがあった。走り終わってシャワーを浴びたときびっくりした。顔を拭《ふ》いたタオルが真っ黒だったのだ。ということは当然鼻や口からも排気ガスを吸い込んでいるということだ。それを知り合いの医者に話したところ、ウィークデイの昼間お堀を一周ジョギングするとタバコ三箱吸ったのと同じことになると言われた。

権田はタバコをくわえて火をつけ大きく吸い込んだ。

「馬鹿な話だ」

ポツリとつぶやいた。

しかしその言葉とは裏腹に言いようのない怒りが腹の底から湧《わ》き上がってきた。

蓑田も山根も実に単純な人間だが真面目に会社を経営し、真面目に生きている。ごく善良な人間だ。

その彼らを騙して虎の子の金を巻き上げるなど鬼畜生のすることだ。しかし蓑田たちが頼みとする警察は何もできない。それだけ詐欺師たちのほうが上手《うわて》なのだ。

今の日本は国際詐欺師たちの天国となってしまった。彼らは昔から日本で活動はしていた。だが今ほど大がかりではなかった。彼らが大挙して押し寄せてきたのは七年ほど前からだった。主にヨーロッパやアメリカからだが、日本は彼らに格好の舞台を提供した。

まず日本は世界第二の経済大国、と言っても現実はひと昔前に起きたバブル崩壊のダメージからまったく抜け切れておらず、国内経済は青息吐息の状態にある。大企業は一部を除いてリストラにつぐリストラを繰り返し経営合理化に努力してきたが、それも限界点に達した。さらに失業率は十パーセントを突破。

政府は何度も構造改革なるものを打ち出したが、政治家や官僚たちのエゴと縄張り争いで結局空振りに終わった。

日本の格付けはBBBマイナスにまで落ち、スイスのIMD《—国際経営開発研究所—》による国際競争力の総合ランクは主要四十九ヵ国の中で四十二位にまで下がった。

にもかかわらずまだ世界第二の経済国家でいられるのは、ほかの国々も長引く不況に陥っているという理由からだけだ。

このがたがたの経済状況で最も打撃を被っているのは中小企業だった。彼らの大部分は大企業の下請けや孫請けである。徹底したコストダウンや合理化はぎりぎりのところまできた。運転資金は底をつき、利益どころかわずかな従業員の給料さえ支払えないところまできてしまった。その上銀行の貸し渋りは相変わらず続いている。

国際詐欺師たちにとってこれら中小企業の経営者たちはもってこいのカモとなる。融資の話さえちらつかせれば簡単に引っ掛かってくるからだ。増資、運転資金、設備投資資金などエサはいくらでもある。

昔の国際詐欺師たちはM資金をエサとして使っていたが、さすがにそれは時代遅れとなってしまった。代わって昨今登場したのがロスチャイルド資金、ロマノフ王朝の隠し金、そして最もよく使われているのが中東のオイル・マネーだった。

権田の話を聞き終えた世渡《よわたり》が頭を抱え込んだ。

「そりゃまずい。実にまずい」

世渡上《じょう》太《た》朗《ろう》は権田よりかなり年下だが、キャリア組の出世頭で二年前課長のポストに昇進した。頭はそれほど良くはないし、体がでかい割りには肝っ玉は人一倍小さい。これといった実績もないのだが、その名の通り世渡りが上手で上司の覚えもめでたい。何もしないということは失敗もしないということである。そういう人間は減点主義に徹した官僚の世界では最も出世する。事なかれ主義と形式主義の代名詞のような男だが、その点を把握していれば逆に扱いやすい男でもある。

「君が蓑田たちに会わなきゃよかったんだ」

「私が会わなくても誰かが会ってますよ。国民の訴えを聞くのは警察の義務ですからね」

「そんなことはわかってるよ。だが連中が事を起こしたら社会問題になりかねない。警察は一体何をやってたんだと世間から糾弾される」

「その可能性は大いにあります。仮にそうなったとしたら課長の責任は免れませんよ。すでに課長の耳に入ってしまったのですからね」

世渡の顔が蒼白《そうはく》になった。

「なぜこんな話をわざわざ私に聞かせたんだ」

権田がごくノンシャランな調子で、

「上司への報告は部下としての義務ですから。でも課長、ただの杞憂《きゆう》に終わるかもしれませんよ。一応私がクギを刺しておきましたし」

「そう願いたいが……」

権田はだんだんと世渡が自分のペースにはまり込んできたと感じていた。あと一歩だ。

「しかしこういうことは起こってからでは遅い。なにしろ蓑田たちは警察が何もできないというので絶望的になっていましたから」

「そこだよ。やけくそになった人間は何をしでかすやらわかったもんじゃない。何かいいアイディアはないのかね、権田君」

世渡が再び頭を抱え込んだ。

「課長、課長は責任感が強すぎるんです」

「私が?」

「そうです。だから苦しんでいるんじゃないですか」

権田の口調は真剣そのものだったが目はかすかに笑っていた。

「ひとりで苦しむことはありませんよ」

世渡が怪訝《けげん》な表情で権田を見た。

「上に持っていけばいいんです」

「上というと?」

「蛭川《ひるかわ》部長ですよ。そうすれば責任は部長が取るということになります」

「それはだめだ」

世渡がきっぱりと言った。

「あの人はいやなことは絶対に聞きたくない人なんだ。こんな話を持っていったら私は左遷されるに決まっている」

「まさか」

「二年前のグーダラ教事件を覚えているだろう」

「幻の暗殺事件ですね」

二年前の四月一日、当時東南アジアで燎原《りょうげん》の火のごとく広がっていた宗教団体グーダラ教の教祖アス・フック・ダムが、日本の政治家を一人残らず除去せよとの神のお告げがあったので信者にそれを実行するよう命じた。その命令に従って十人の暗殺者が日本に送り込まれた。それについて教団内部の通報者から連絡を受けた警視庁刑事部国際捜査課は色めきたった。そのときの課長が世渡の前任者の小頭《こがしら》良次《りようじ》だった。

情報が入った途端、小頭は上司の蛭川に報告した。蛭川はいやいやながら事の次第を警察庁に連絡した。警察庁は全国の警察に連絡し、都内には機動隊を展開、暗殺者を捕らえるための大がかりなドラッグ ネットが張られた。

だが結局この事件はある週刊誌の記者がエープリル フールのジョークとして流したものだったということがわかった。その記者自身が週刊誌で発表したからである。

事件後、蛭川は始末書を書かされた。その時点で蛭川はその後の出世の見込みはないことを知った。小頭は蛭川の強力な〝推薦〟により鹿児島の沖合にある離れ小島の分署に配属となった。

「しかし課長、今度の件は違います。実際に起こるかもしれないんですよ」

「だめだめ。部長に持っていくのは論外だ」

「じゃどうすればいいんです？」

「それを君に聞いているんじゃないか」

「いっそのことフェルナンデリックと中田をぱくっちまったらどうでしょうか」

「理由は？」

「詐欺容疑でいいでしょう」

「でも君は立件できないと言ったじゃないか」

「確かに今のところ無理です。だけどいったんぱくって、そのあと証拠不十分で釈放ということにはできます」

と言ってからしばし考えて、首を振りながら、

「やっぱりだめですね。そんなことをしたら名誉棄損で逆に奴らから訴えられるかもしれないし……困りましたねぇ」

「君がもう一度蓑田たちを説得するしかあるまいな」

「何度説得しても無駄ですよ。〝家族の会〟には跳ね返りもいますからね」

「じゃ一体どうすりゃいいんだ」

世渡の声は半分かすれ、顔は今にも泣き出しそうに歪《ゆが》んでいた。完璧《かんぺき》にコーナーに追い込んだと権田は見た。

「課長」

静かな口調で権田が言った。

「ひとつだけやれることがあります」

世渡が疑いの目付きで権田を見た。

「責任うんぬんは最悪の場合、すなわち蓑田やその仲間が事を起こしたときに浮上するわけです」

「そりゃそうだが……」

「ということは彼らに事を起こさせなければいいわけです」

世渡がいらついた口調で、

「そのためにこうして話してるんじゃないか」

「いや、全然別の角度から考えているんです」

と言って眉間《みけん》にしわを寄せながら独り言のように、

「彼らが何もせねば課長の責任も自動的になくなる。だが現状では何かすると思ったほうがいい。それをストップするには彼らをなんらかの形で納得させること。そのためには……」

「そのためには?」

世渡が生唾《なまつば》を飲み込んだ。

権田は腕組みをしてしばらく考える振りをした。世渡は権田の顔を凝視していた。

十分にじらしたところで権田が口を開いた。

「だめだ。やっぱりだめです」

「何がだめなんだ?」

「いいえ、とんでもないアイディアです。無視してください」

「いいから言ってみなさい」

「言ったら課長から怒鳴られます。なにしろ課長は筋金入りの警察官、オーソドックスさを最も大切にする方ですからね」

「この際そんなことはどうでもいい。言いなさい」

権田がじっと世渡を見つめた。ばからしいとは思ったが世渡を相手にはこういうドラマティックさが効果的ということを彼はよく知っていた。

「それじゃ言いましょう。だけど怒らないでくださいよ」

世渡がうなずいた。

「この件を外の人間に任せてしまえばいいんです。蓑田たちにとって最も重要なのは騙し取られた金を取り返すことです。それができれば彼らは満足します。切った張ったなど問題ではなくなります。そうでしょう？」

「素晴らしいアイディアじゃないか！」

つい今しがたまでの泣き出しそうな表情とは打って変わってめずらしくエキサイトしていた。しかしそのエキサイトメントも長くはもたなかった。

「だけどそんなことができる人間がいるのかね？」

「それがいるんですよ。いいですか、課長。フェルナンデリックも中田も腕のいい詐欺師です。その彼らから金を取り返すのは大変なことです。だが上には上がいます」

「と言うと?」

「彼ら以上の詐欺師を使えばいいんです」

「……⁉」

口をあんぐりと開けたまま権田を見据えた。メガトン級の爆弾であるのは確かだった。

長い沈黙……。

「やっぱり怒ってますね。だから言ったでしょう。とんでもないアイディアだと。やっぱりこの件は課長の責任でなんとかするほかないですよ」

権田が立ち上がりかけた。

責任という言葉が世渡をショックの呪縛《じゅばく》から解き放した。

「ちょ、ちょ、ちょっと待ちたまえ!」

権田は世渡が落ちたと確信した。

「私は怒ってなどいない。ただびっくりしてるだけだ。しかしよく考えてみるとメリットがあるアイディアかも……」

権田がうなずきながら、

「うまくいったら課長は責任回避できますし、蓑田たちも大喜びするでしょう」

「しかしもし君の言う腕利きの詐欺師が失敗したら、やはりわれわれが巻き込まれる可能性があるんじゃないか」

「大丈夫です。絶対にドジるようなことはありません」

「ばかに自信があるようだが、そんな凄腕《すごうで》の詐欺師なんているのかね」

「二人います。詐欺という犯罪を芸術の域に高めたほどの腕を持つ連中です。詐欺師にしては妙に正義感が強いんです。だからけちな詐欺は絶対にしない。標的は常にあこぎな金持ちや弱い者いじめをしている大企業ばかり。彼らの能力についてはうちの捜査二課のヴェテランが太鼓判を押すはずです」

「そう言えば君は昔捜査二課にいたんだったな?」

「あのころわれわれはずっとその二人に目をつけていたのですが、絶対に尻尾を出さなかったんです。ぱくっても起訴材料がなかった。二課は結局あきらめました」

「彼らに連絡はつくのかね」

「ひとりは外国に住んでいますが、もうひとりは東京にいます」

「請け負ってくれるだろうか」

「わかりません。でも今も言った通り彼らは意外に正義感があります。そこらへんにアピールすればなんとかなると思います」

「なんとかなるじゃ困るんだよ」

「説得の仕方次第でしょう。今言えるのはそれだけです」

「蓑田や山根にも話しておいたほうがいいな」

「当然です。彼らは同意せざるを得ないでしょう。復讐はできるし、騙し取られた金も返ってくるんですから」

権田が立ち上がった。

「善は急げ。これから連絡してみます」

ドアーに向かって歩きかけた権田を世渡が呼び止めた。

「権田君、これは君と私しか知らないことだ。警察が詐欺師に仕事を頼んだなんてことがマスコミなんかに知られたら私の人生は終わりだ。君だってただではすまない。だから失敗は決して許されないんだ。いいな」

「ご心配なく。それより正義の詐欺師たちに警視総監賞でも用意しておいてください」

第一章

東京

丸の内にあるクレディ・チューリッヒ銀行東京支店のロビーは閉店の三時近くになってもいつものように閑散としていた。銀行とはいってもそのサーヴィスを大口のクライアントだけに絞っているためカウンターなどはない。大口客はカウンターに列を成したりはしない。業務は二階から五階までのフロアーにある部屋で行われる。徹底したパーソナル・サーヴィスが特徴である。

入り口の回転ドアーからひとりの男が入ってきた。年のころは五十歳ぐらいか。短めに切った髪の毛には白いものが交じっているが、がっしりとした体格と浅黒く日に焼けた顔は工事現場の監督を思わせる。短パンとポロ・シャツというこの界隈《かいわい》では見かけないいで立ちだが、ガードマンたちはある種の親しさを込めて彼に会釈《えしゃく》した。

男は足早にロビーの受付嬢に近付いた。

彼女がにっこりとほほ笑みながら、

「いらっしゃいませ、足立《あだち》様。支店長が第一応接室でお待ちです」

足立と呼ばれた男は礼を言って奥のエレヴェーターに消えた。

三階でエレヴェーターを降りた。

応接室の前にひとりの若い白人が立っていた。

足立が近付くと満面に笑みを浮かべて大きく両手を広げた。

「ミスター・アダチ、お久しぶりです」

重いドイツなまりのある英語だった。ヨーキム・ダイムラー、年はまだ三十そこそこだがクレディ・チューリッヒ銀行の東京支店長を任されていた。能力なのかそれとも社内ポリティックスに長《た》けているのかは定かではない。

足立が手を差し出した。

「ヨーキム、元気そうだな」

足立が流暢《りゅうちょう》な英語で返した。

ヨーキムが応接室のドアーを開いて彼を招き入れた。

「お会いするのは何カ月ぶりですかね」

「さあね。女だったら覚えてもいようが野郎じゃなぁ」

「これは一本とられました。ところでお茶にしますか、それともコーヒーに?」

「いや結構。それより例のものが届いたというので来たんだが」

「ちゃんと来てますよ」

言いながらヨーキムが机の引き出しから仰々しく封印がされた封筒を取り出して足立に渡した。

「調査結果です。私はもちろん読んでませんが、ご満足いただけると思います。なにしろヨーロッパ一の調査会社ガリソンに頼んだのですから。アメリカのピンカートン社にだって引けをとりません。調査料はうちが立て替えて支払っておきました」

足立が封筒を開いて中の分厚い書類を取り出した。ぱらぱらとめくりながら目を通した。

「いかがです？　完璧《かんぺき》でしょう」

「こういうものに完璧というのはないんだよ。おたくの手数料も含めて私の口座から引いといてくれ」

「わかりました。それにしても妙なことを依頼なさったものですね」

それには答えず足立が立ち上がった。

ヨーキムがあわてて彼を引き留めた。

「ちょっとお話があるんですが。重要な話です」

足立が再び腰をおろした。

「まさか私の口座の金が底をつきつつあるなんて言うんじゃないだろうね」

「とんでもありません。底をつくどころか増え続ける一方です。話というのはそれについてなのです。チューリッヒ本店から直《じか》に来た話なのですが、投資についてです」

「そんな話か」

足立がうんざりとした顔付きで言った。

「まあ聞くだけ聞いてください。今まで私はあなたに投資の話はしてませんよね。なぜかというといい話がなかったからです。私も銀行家のはしくれですからクライアントの金を無駄遣いさせるようなことはしません。良心の問題ですから」

足立が皮肉な笑いを浮かべた。

「銀行家に良心なんてあったのかい。あんたがたは氷の小便をすると世間では言われているがね」

「またまた厳しいことを。でもこの投資は絶対に大丈夫です。めったにないローリスク、ハイリターンのモデルのような話です」

「そんなにいい話ならおたくの何とかという子会社がやればいいじゃないか」

「もうやってます。だけど割り当て枠がいっぱいなので今以上に資金を突っ込めないのです。それだけいい話だということです」

「ユーロ特別債でも買えというのかい」

ヨーキムがびっくりした表情で、

「ご存じだったのですか⁉」

足立が肩をすくめた。

「今どきローリスク、ハイリターンの投資ならユーロ特別債しかないだろう」

「さすがミスター・アダチ、視点が違いますね。おっしゃる通りユーロ特別債なのですが、今回はスケールが違うんです」

と言ってヨーキムが探るような目付きで足立を見た。足立は小さくあくびをした。ポジティヴな反応はまったくない。だがヨーキムは続けた。

「ＥＵ《欧州連合》加盟国の首都を結ぶ高速道路の建設なんです。将来はトルコ経由でイラクやイランなど中東各地へのエクステンションも計画に入っているんです。すごいと思いませんか」

相変わらず足立は眠たそうな目でヨーキムを見ていた。その目がだんだんとしぼんできた。

「本来なら最初から公募するのですが、今回に限ってはＥＵ内の金融機関にファースト・オプションを与えることになったんです。オープンにしたらアメリカ勢が乗り込んできて買いまくりますから、それだけは避けたいらしい。そこでですね、うちの本店が特別にあなたのために二十億円分の特別債を確保しているんです。償還期限は十年、利息は十パーセント。どうです。ノーとは言えない話でしょう」

ヨーキムが期待に満ちた眼差しで足立の顔をのぞき込んだ。足立の目は完全に閉じられていた。頭が前に垂れかけている。

「ミスター・アダチ！　起きてください」

何かにつっつかれたように足立が背筋をのばした。

「これは失礼。昨夜あまり寝てなかったんだ。好きもの女房をもらうとこれだから困るよ」

「利息が十パーセントですよ」

「興味ないね」

そっけなく言ってのけた。

「でもミスター・アダチ、十パーセントですよ。聞こえてますか。今どきこんな話は世界のどこにもありません。あなただからオファーしているんです」

「投資自体に興味がないんだよ。金を誰かに預けてそれが利潤を生むのを待つなんてことは性分に合わないんだ」

「しかしただ二十億出すだけで何もせずに二億のプロフィット《―利益―》が得られるんですよ」

「その何もせずにというのがいやなんだよ」

ヨーキムが首を振った。

「私にはわかりません。みすみす儲《もう》かる話を……イタリアン　レストランをやってるよりもずっといいじゃないですか」

「あれは道楽だよ。別に儲けようなんて思っちゃいないさ。結果的には黒になってるけどね」

「目の前に億単位の金がぶらさがっているのにつかみ取ろうとしない人間なんて会ったことがありません」

「じゃ今やっと会ったわけだ」

足立が小さく笑った。

「人それぞれなんだよ、ヨーキム。ところで今私の口座にはいくら残ってる?」

「三十五億円とちょっとですが」

「私は今五十四歳だ。あと生きても最高三十年がいいとこだ。毎年女房と一億円ずつ使ってもまだ余る。だからこれからは使うことに全力をつくすよ」

「ご冗談を」

「いや本気さ」

「でも余った金はどうします。イタリアンレストランがこのまま繁盛し続ければ大分余りますよ」

「福祉施設にでも寄付するさ。この世で得た金はこの世で使い、余った金は必要としている人々に残していく。フェアーでクリーンだろう」

「非常にプライヴェートな質問をしてもよろしいですか」

「だめだ」

足立が立ち上がった。

「投資に関して、もし考えが変わったら至急連絡してください。あと一週間お待ちします」

「無駄だよ」

「近々おたくのレストランへうかがいます。名前は何といいましたっけ?」

「アモーレ・デラ・ソーレ」

「どういう意味なんです?」

「〝太陽の愛〟。シェフはフィレンツェから来たんだが料理の天才なんだ」

「ぜひうかがいます」

「来るのはいいけど、ドイツ人のあんたの舌に合うかが問題だな」

ヨーキムがちょっとムッとした口調で、

「何が言いたいんです？」

「ソーセージやザワークラウトやジャガイモのゆでたのはないということさ」

「そんなことぐらいわかってますよ。こう見えても私は、チューリッヒの本部では一番のグルメと言われているんですから」

足立がにやっと笑った。

「スイス人にグルメと言われるドイツ人か。こりゃ今年のユーモア大賞に匹敵するな。それじゃ、チャオ」

すでに三時を過ぎて表門が閉まっていたため足立は裏口から出た。向かい側にあるタクシー乗り場に行くため道路を横切っていると、あるシーンが彼の目に留まった。

男がビルの入り口に立って一点を見つめていた。学生と言っても通るほど若い。初夏というのにオーバーを羽織り、右手を胸に入れている。彼の視線の先には二人の男がタクシーを待って立っていた。ひとりは白人で年は五十代の半ば。もうひとりは日本人で、顔中しわだらけで肌が白くとっくに六十を過ぎているように見える。

何かやばいことが起きると直感的に感じた足立は、足早に若い男に近付いた。だが男はすでに二人に向かって歩きだしていた。

二人の前にタクシーが止まった。

「制裁！」

男が叫びながら右手を振り上げて二人に突進していった。その右手には出刃包丁が握られていた。足立が後ろから彼の右手をおさえ、左腕を羽交い締めの格好でおさえ付けた。二人の男はちらっと後ろを振り向いたが、さっさとタクシーに乗り込んだ。

若い男は必死にもがいた。だが鍛え上げた足立の腕力にはかなわず、ただ両足をばたばたさせるだけだった。

「離せ！」

足立が彼の出刃をもぎり取った。

「ばかな真似はよせ！」

周囲に人が集まり始めた。

足立が彼から手を離して出刃を返した。

「どんな理由があるにせよ、白昼こんなものを振り回すなんて狂気の沙汰《さた》だぜ。ほらあそこを見てみろ」

足立が目で指した約五十メートル先にはミニパトカーが駐車していた。幸いにして巡査たちは路上駐車の取り締まりに忙しかった。

男は恨みに満ちた目で足立をにらみつけた。何やらぶつぶつとつぶやいたが、足立には聞き取れなかった。出刃をオーバーの胸に突っ込むと踵《きびす》を返して脱兎《だっと》のごとく走り去った。

麻布台の近くにある〝アモーレ・デラ・ソーレ〟に一歩入った途端、権田はちょっと腰が引けた。広い店内はきらびやかな内装が施され、いつか映画で見たニューヨークの高級レストランを思わせる。客は外国人と日本人が半分半分でほぼ満席の状態。しかも着てるものから見て金持ちそうな客ばかり。噂《うわさ》には聞いていたが大したものだ。

タキシード姿の外国人が近付いてきた。

「いらっしゃいませ。どちら様でございましたでしょうか」

予約が入っていて当然といった口ぶりだ。ばかていねいだがその日本語にはほとんどなまりがない。

「今日の午後電話した権田です。足立さんに連絡をしてもらったはずですが」

「はい、はい、オーナーにはちゃんと伝えておきました。もうすぐこちらに来るはずです。ご案内いたします。こちらへどうぞ」

と言ってマネージャーが権田の先に立って歩き始めた。二人は広い店内をずんずんと奥に進んだ。歩きながら権田は周囲に目を飛ばした。政治家や経済界の大物、昔名を売った総会屋などがいる。

案内されたのは奥の突き当たりにある個室のひとつだった。

「アペリティフは何にいたしましょうか」

「いや、結構、足立さんを待ちます」

マネージャーがうやうやしく会釈をして出ていった。

その部屋は八畳ほどの広さだが周囲の壁にはルネッサンス時代の巨匠によって描かれた絵が飾られている。ミケランジェロ、ダ・ヴィンチ、ラファエロ、そしてボッティチェリ。

権田は不思議に思った。普通だったらこれだけの絵を並べられると当然贋作《がんさく》としか思えないが、権田の知る足立は筋金入りの本物志向者だ。どこかの成り上がりのように偽物を飾るような恥知らずなことは決してしない。

だが同時に納得がいかない気もする。これらの絵の中にヨーロッパやアメリカの美術館に置かれているものがあるからだ。特にボッティチェリの〝春〟はフィレンツェのウフィッツィ美術館にあり、権田自身二年前妻と旅行したとき直接見てきた。ぜひ足立に聞いてみたいものだ。

ドアーが開いて足立が入ってきた。反射的に権田は立ち上がった。

「権田さん」

言いながら足立が片手を差し出した。

権田がそれを握りながら、

「お久しぶりです、先生」

足立が苦笑した。

「いつからおれは先生になったのかね」

「私が二課にいたときからですよ。先生の技は芸術的ですからね。二課の連中も心の中では尊敬してますよ」

「何年ぶりかな」

「ダイアモンド事件以来ですから、九十年になります」

「そうか」

足立がなつかしそうに言った。

「あのときはあんたに世話になったな。十五時間ぶっ続けの尋問なんて初めてだったよ」

「好きでやってたわけじゃないんです。職務で仕方なかったんです」

当時中国山東省のシハク郊外の鐘乳洞《しょうにゅうどう》の中で巨大なダイアモンドの柱が発見された。中国政府は極秘扱いとしてマスコミに発表しなかったが、足立はそれについての情報を親しくしていた中国大使館の友人から得た。そしてそれを材料にして富山金三《とみやまきんぞう》という高利貸しをターゲットとした罠《わな》を仕掛けた。その高利貸しは見事にはまって五億円の手付け金を失った。あくどく稼いで脱税までしていた彼が、まさか法に訴えるとは思っていなかった。そのときの担当官が権田だった。

足立の計算外だったのは富山が警視庁刑事部捜査二課に駆け込んだことだった。

長年刑事畑を歩いてきた権田の勘は、その詐欺事件に足立が手を染めているという確信を抱かせていた。しかし直感だけではどうしようもない。肝心な証人は世間の評判が悪い富山だけ。

足立を手伝ったとされる男はいくら捜しても見つからなかった。中国側からの書類は本物で、それにサインしたとされる責任者も存在していた。だが本人はそんなサインはしたこともないと断言。結局証拠不十分で起訴には至らなかった。

「でも先生」

権田が続けた。

「あの事件はやっぱり先生の仕掛けだったと今でも信じてますよ」

「終わったことじゃないか。あのあこぎな高利貸しにとっちゃ五億なんてはした金だよ」

「ひとつだけわからないことがあるんです」

「……？」

「富山の話からするとあの件で動いたのは、先生と菊地というアシスタント一人プラス中国側の陳国宝《チェングンバオ》という人物でしたね。陳という人物は確かに存在してましたが、まったくの別人でした。二人はどこに消えちまったんでしょうか」

足立がにやっと笑って、

「さあね。捜し方が間違っていたんじゃないか」

「教えてください。あの件を担当した者としてどうしても知りたいんです」

足立が首を振った。

「言わぬが花、知らぬが仏ということもある。手品師にトリックのネタをあかせなんて言うのはやぼなことだよ」

「先生は手品師ではありません。芸術家です」

「あんたも大分外交的になったな。そんなことよりどうしてここがわかったんだ」

「あの件以来先生のことはずっとチェックしてたのです。誤解しないでください。ただどうなさっているのか様子が知りたかったのです。ですからこのレストランを昨年オープンされたのもちゃんと知ってました」

足立が改めて権田を見た。

「なかなか貫禄《かんろく》が出てきたじゃないか」

「いやいや、しがないサラリーマンデカです。それにしてもすごい店ですね。開店一年足らずとは考えられません」

「たまたま道楽で始めたんだが当たっちまったんだ」

「相当金がかかってるんでしょう」

「まあね。決め手はシェフだな。フィレンツェから連れてきたんだが、かの地では料理のミケランジェロと呼ばれるぐらいの凄腕《すごうで》なんだ」

「ミケランジェロと言えば」

権田が右側の壁を見ながら言った。

「そこに掛かってますね。あちらにはボッティチェリがある。すごいものです」

と言ってからちょっと考えて、

「やぼなことを聞いてもいいですか?」

「本物だよ」

さらりと言ってのけた。

「ですが二年前、私はフィレンツェのウフィッツィ美術館でボッティチェリの〝春〟を見たんです」

「あれは贋作だ」

「まさか!」

「こんなことでウソをついてもしょうがないだろう。これらの絵はもともとヴァチカンが所有していたんだ。ところがある坊主が金が必要になった。そこで裏チャンネルを通して売りに出した。それをおれが買った。大分たたいたがね」

「それじゃ人々はこれらの絵の偽物を見せられて本物と思っているというわけですか」

「専門家でもなかなか見抜けないほどの名贋作だ。知らなきゃ別に害があるわけじゃない」

「でももし先生がこれを公表したらどうなります」

「そんなことをしたって何の意味もなかろう。あの坊主には迷惑がかかるし、ヴァチカンは返せと言ってくるだろう。そうなったらおれにも迷惑がかかる。このままそっとしておくのが一番なんだ」

ウエーターがワインとアンティパストを運んできた。

「料理はおれが勝手に頼んでおいた。今日はおれのおごりだ。思いっきり味わってくれ」

「そんなつもりで来たんではないんです。ご相談がありまして……」

「わかってる。話は食いながら聞こう」

権田が身を乗り出した。

「先生はアンリ・フェルナンデリックと中田豊蔵という国際詐欺師をご存じですか?」

「初めて聞く名前だな」

「そうでしょうね。先生とはリーグが違いますから。奴らはマイナーリーガーです。でもそれだけにターゲットを一番騙《だま》しやすい弱者に絞っている危険な連中です」

それから約十分間、権田は昼間警視庁を訪れた〝国際詐欺師たちから被害を受けた家族の会〟代表の蓑田と山根が語ったことの一部始終を話した。

「そんなわけでわれわれ警察としては非常に困っているんです。証拠がないから起訴には持ち込めない。かといってほっといたら〝家族の会〟の過激派によってフェルナンデリックや中田が襲われる可能性がありますから」

「そうなったら社会問題になる。当然警察は何をしていたのかと責められる。それが怖いというわけか」

「うちの課長はその思いが強いのですが、私自身は違います。蓑田たちは真面目に働いているごく普通の日本人です。このケースでは彼らは被害者。その被害者を加害者にはしたくないのです。蓑田や山根が過激派をおさえられるという保証はありませんし」

足立がちょっと考えてから、

「まさかとは思うが……」

「……？」

「フェルナンデリックと中田の顔写真を持ってないだろうね」

「そういうことはまかせてください」

権田が胸のポケットから封筒を取り出して中から数枚の写真を出し足立に手渡した。

「山根から預かった写真なんですが、その中央に写ってるのがフェルナンデリックと中田です」

足立が写真を一目見て、

「こんな偶然もあるんだなぁ」

「……？」

「この二人なら今日の午後会ったよ。いや会ったというより見たと言ったほうが正しいな」

「どこでです？」

それには答えず足立は何やら考えていた。

「なーるほど。そういうわけだったのか」

権田は何が何やらわからず、ただ足立の顔を見つめていた。

「権田さん、あんたの言う通りだと思うよ」

「……？」

「蓑田や山根は過激派をおさえていないようだ。少なくとも今日の午後まではね」

「どういうことです?」

「この二人が襲われるところを今日見たんだ」

「……!?」

「場所は丸の内。襲ったのは若い男だった。おれが彼を止めたんだが」

「先生が?」

「しかし経営者にしては若すぎたな」

蓑田が言っていた自殺したメンバーの息子のことがちらっと権田の頭をかすめた。

「〝家族の会〟のメンバーの中には若い連中もいますから」

「学生のように若い奴だったよ。出刃包丁を振り上げて〝制裁!〟と叫んで二人に突っ込んでいったんだが、そのときおれが彼を後ろからおさえたんだ。彼は恨みに満ちた目でおれをにらみつけていたよ」

「ほぼ間違いなく〝家族の会〟のメンバーでしょう。蓑田たちも言ってましたから。自殺した会員の息子が復讐を親父の霊前に誓って出刃包丁の使い方を練習していたと。それで彼はどうなったんです?」

「逃げていったよ」

「警察に突き出さなかったんですね?」

「わけもわからないのに、そんなやぼなことができるかい」

「素晴らしい! 天による巡り合わせです! 先生、お願いします!」

両手を膝《ひざ》に置いて深々と頭を下げた。

「これは先生に頼むしかないのです。その青年を先生が助けたのも運命的なものです」

「おいおい一体何を言ってるんだ」

「〝家族の会〟を助けてやって欲しいのです。フェルナンデリックや中田を痛め付けられるのは先生のほかにはいません。お願いします」

「痛め付ける？　そりゃどういう意味だ」

「〝家族の会〟のメンバーが騙し取られた金を取り返していただきたいのです。先生の腕なら奴らなんて朝飯前に料理できるに決まってます」

「ちょっと待った。権田さん、あんた何を言ってるのか自分自身でわかってるのかい。警察が詐欺師退治を詐欺師に頼んでるんだぜ。邪道もいいとこだ」

「それはわかってます。ですがわれわれにできないからこうして頼んでいるのです」

「努力が足りないんじゃないか」

「そう言われれば一言もありませんが、なにしろお願いします」

足立が首を振り振り、

「断る。おれがやるべきことじゃない」

「私は恥を忍んでこうして頼んでいるんです」

「それはあんたの勝手だよ。だがおれがしゃしゃり出るようなことじゃない」

「しゃしゃり出るなんて……」

「おれがやらなきゃならん理由があるかね」

「まず世のため、人のためになります。そしてわれわれ警察は恩にきます。この話は上司の許可も得ているのです」

足立が皮肉っぽい笑いを見せた。

「あんたがたに恩を売って何の意味がある。おれはもう引退したんだ」

「でも先生のおかげで百八十七人の人生が良い方向に向かうかもしれないんです。すごい人助けじゃないですか」

そのときウエーターが料理を運んできた。アンティパストの皿とアペリティフのグラスを片付けて、テーブルの上にすでに抜栓されたワインのボトルとサラダ、パスタを置いた。

ウエーターがそそくさと出ていったあと権田が続けた。

「引き受けてくださるための条件があったらなんなりと言ってください。われわれとしてはできる限りのことはします」

足立がテイスティングのためワインを少し自分のグラスに注いだ。満足そうにうなずいて権田のグラスに注いだ。

「これはビオンディ・サンティの九四年ものなんだ。アローマもアタックも素晴らしい。サルーテ」

足立がグラスを上げた。

一口飲んで権田が、

「おっしゃる通りですね。上品な味です」

とは言ったものの権田にとってはワインどころではなかった。足立はそれを察していた。

「権田さん」

それまでのトーンとは変わっていた。

「今も言ったようにおれはすでに引退している。結婚するとき金輪際仕事とは縁を切ると女房にも約束したんだ。そして今はこうしてささやかなレストランの経営に専念している。バランスのある今の生活を乱したくはないんだよ」

「バランスはあるかもしれませんが充実感はない。そうじゃないですか？」

足立はぎくっとした。しかし笑いながら、

「この年になって充実感もないだろう。とにかくだめなものはだめだ」

権田がため息をついた。

足立は考えた。確かに権田はポイントをずばりついた。最近の自分は惰性に陥っている。商売はうまくいってるし、女房のお定《さだ》も幸せそうだ。だが何か生活にメリハリがない。一言で言えば退屈なのだ。

しかし権田の頼みを受けても退屈さは変わりはしない。仕事で最も重要なのはおもしろみだ。おもしろみがなければただの労働でしかない。権田が持ちかけてきた仕事にはそのおもしろみがない。フェルナンデリックや中田相手なら勝てるかもしれない。いや絶対に勝てる。だが仕事のスケールがちゃちすぎる。しかしそんなことを言っても今の権田には理解できないだろう。

足立が明るい口調になって、

「さあ食べてくれ。料理界のミケランジェロが作ったスパゲッティボロネーゼだ。これを食ったら人生観が変わること請け合うよ」

それからメインコースが終わるまで権田はあまりしゃべらなかった。だが食欲は旺盛《おうせい》だった。ヴィール　スカルピーニをたいらげると足立に礼を言って立ち上がった。

「デザートぐらい食っていけよ。すごいスパモーネがあるんだ」

「蓑田たちに連絡して、今日の午後起きたようなことを二度と起こさないように伝えねばなりませんので」

足立も立ち上がった。

「またいつでも来てくれ。今度は奥さんを連れてくるといい」

「もちろん何度でも来ます。例の話あきらめてはいませんから」

「いくら頼まれてもおれの答えは変わらんよ。ほかを当たるんだな」

「先生ほどの腕を持った者はいません」

「じゃあ、ほかの方法を考えることだ」

二人は個室を出て出口に向かった。

ドアーのところまで来たとき権田が声を落として、

「先生、例の十年前の件ですがトリックのヒントを言ってください。もう時効も成立していることだし」

足立が苦笑した。

「まだそんなことを考えてるのか」

「いいじゃないですか。他言は絶対にしませんから」

やれやれといった表情で足立が両手を広げた。

「いいだろう。ヒントはお化け煙突だ」

「お化け煙突？」

足立がうなずいて、

「二人は二度と現れないよ。それは保証する。それじゃ、チャオ」

言い残して足立が店の中に消えていった。

タクシーは日比谷通りに入り警視庁に向かっていた。運転手は初老の話し好きの男だった。五分前に乗ったときから政治や経済についてしきりに愚痴をこぼしている。権田はときどきあいづちをうったりしていたが心は上の空だった。

「ところで運転手さん」

権田がごくカジュアルな口調で言った。

「あんたお化け煙突というのを聞いたことがあるかね」

「昔、千住《せんじゅ》にあった煙突のことでしょう。でもとっくになくなってますよ」

「どんな煙突なんだ?」

「四本あったんですが見る場所によって本数が違うんです。一本であったり、二本であったり、また三本になったり。単純な目の錯覚です。お化け煙突と呼ばれるほどおおげさなものじゃありませんよ」

目の錯覚……?

被害者の富山金三は詐欺は足立、菊地、そして中国人の陳国宝によって行われたと断言した。調書にもそう書いてある。何十回も繰り返し読んだ調書の中身は頭にこびりついている。もう一度思い起こしてみた。富山が足立と会ったときの状況とそのとき話し合われたこと。同じように富山と菊地、そして富山と陳……何かが引っ掛かった。確かに富山は三人全部に会っている。しかし同時に三人と会ったことはなかった。常に一対一だった……。

突然ハンマーで頭を打たれたような衝撃が権田を襲った。

足立はひとりで三役をこなしていたのだ。まさにお化け煙突の錯覚だ。彼はひとりで五役を演じることができるほどの変装の名人であり声や話し方も自在に変えられる。そんな初歩的なことをなぜ当時の自分は考えつかなかったのだろうか。

先ほど別れるとき足立が言った言葉を思い出した。〝二人は二度と現れないよ。それは保証する〟。当たり前の話だ。当の本人が言ってるのだ。

「やられた!」

思わず叫んで手のひらで額を叩《たた》いた。

運転手がびっくりしてバックミラーをのぞき込んだ。

権田がくすくすと笑い出した。

さすが足立梵天丸《ぼんてんまる》、見事な騙しぶりだ。あれだけ完璧に騙されると怒りなど湧《わ》いてこない。逆にすがすがしい気分になる。

権田の笑い声が次第に大きくなった。しまいには腹を抱えて笑い転げていた。まさに五億円分の笑いだった。

The United States of Asians（USA）の首府ツキミ市

機体が滑走路にタッチする衝撃で沖田《おきた》は目を覚ました。窓の外に目をやった。日はすでに落ちていたが月の光があたりをくっきりと照らしている。

空港のターミナルは藁葺《わらぶ》きの掘っ建て小屋に毛のはえたような代物だが、建物の周囲を超ド派手なネオンが覆っている。看板も大きく輝いている。"Tsukimi International Airport; Welcome to the USA" まるで秋葉原の電気屋を思わせる。

滑走路からちょっと離れた広場に十機ほどの小型のプロペラ機が止まっている。多分明日の式典に参加する各国の代表が乗ってきたものだろう。

「サン　オブ　ア　ビッチ！」

沖田が小さくつぶやいた。

メキシコ市で小型ジェットをチャーターするためチャーター会社にかけあったが、ツキミ空港の滑走路が短すぎてジェットの離着陸は不可能と言われた。完全なミスインフォーメーションだった。滑走路は十分に長く767クラスでも十分離着陸できる。多分チャーター会社はリスキーと考えたのだろう。

メキシコ市から出発して二十五時間が経っていた。まずハワイに飛び、そこからグアム、グアムから東南五百キロにあるこのツキミまではUSAエアーラインDC3。乱気流に入ると機体が悲鳴を上げるようにきしんで不気味この上ない。客室乗務員もいなければ機内サーヴィスのようなものもない。乗っているのはパイロットひとり、客は沖田だけ。

さすがにこたえた。

ターミナルビルから三十メートルほどのところで機体が止まった。沖田は立ち上がって体をのばした。機長が近付いてきた。

「いかがでしたか、乗り心地は?」

「いい経験だったよ。今どきDC3型機などそう簡単に乗れるものじゃない」

皮肉を言ったつもりだったがパイロットは胸を張って、

「その通りです。世界広しといえども今どきDC3のサーヴィスを提供できるのはわがUSAエアーだけです。なにしろこの機は私が生まれる十年以上も前に製造されたんですから本当の年代物なんです」

「へー、そりゃすごい。ところであんたいくつなの?」

「六十一歳。この国でただひとりの正パイロットです」

「グアムに行く交通手段はほかにあるのかね」

「漁船がありますが時間がかかります。それに時化《しけ》に遭ったら一発でおしまいですから」

なんだか暗い気持ちになってきた。

タラップを降りると男が声をかけてきた。アロハシャツに腰蓑《こしみの》姿、ゴムのサンダルを履いている。

「ミスター・オキタですね」

ひとなつこい笑顔で言った。

「わたし大統領第一秘書官のリチャード・クスダと言います。ディックと呼んでください」

「オキタです」

二人が握手を交わした。

「USAにようこそ。荷物のほうはのちほど官邸の迎賓室に届けさせます。さあ、こちらにどうぞ」

クスダに従《つ》いてターミナルのロビーを横切り玄関前に停車していた年代物のトヨタカローラに乗り込んだ。クスダが運転席に、そして沖田が助手席。大統領の第一秘書官が運転手の役割をするのも変だが、DC3に乗ったあとではなにごとも驚くにあたらない。

沖田がシートベルトを探ったがついていない。

「シートベルトは必要ないんです。ここでは事故はほとんど起こらないですから」

クスダが言いながらイグニションを入れた。だがエンジンはちょっと咳《せき》をしただけで切れてしまう。何度も繰り返したがどうもかかりそうもない。

「すいません。なにしろ二十年前の車ですので」

「押しましょうか」

「とんでもありません。そんなことを国賓にしていただくわけにはいきません。大統領閣下に叱《しか》られます。ちょっとお待ちを」

　クスダが外に出た。

　ボンネットを開けて何かを激しく叩いている。ボンネットを降ろすと今度は車体の横を蹴《け》飛《と》ばし始めた。

　荒々しい息づかいで運転席に戻ってきた。

「失礼しました。今度は大丈夫だと思います」

　イグニションを入れた。ウーウーといううなり音の後やっとこさという感じでエンジンがかかった。車が走り始めた。

　道路は車が一台やっと通れるぐらいしか舗装されていない。そこをクスダは百キロ近いスピードで飛ばしている。さすがの沖田も心配になった。

「ヘッドライトをつけたほうがいいんじゃないですか」

「懐れているんです。でも大丈夫。ちゃんとあそこについてますから」

　と言って夜空に光る月を指した。

「街まで少しかかりますからくつろいでください」

沖田はぐったりとシートに身を沈めて目を閉じた。疲れが倍になった気がする。着いたばかりでこれなのだから先が思いやられる。

だが来たこと自体は後悔していなかった。ほかならぬジョージ・ヤマダの招待である。沖田にとっては最も古い友人のひとりだった。

沖田が初めてヤマダに会ったのは今から三十三年前にさかのぼる。当時彼はハーヴァードの大学院で心理学と法律を専攻していた。

一方のヤマダは学生ではなく大学の清掃課で働いていた。仕事は学生寮の掃除。

あるとき沖田が授業を終えて寮の部屋に戻ってくると、グリーンのつなぎを着た男が鼻歌を歌いながらモップで廊下を掃除していた。百九十センチはあろうかという巨体、肩幅が異様に広く首のようなものはない。色は浅黒く縮れ髪、大きなギョロ目とこれまた大きな鼻、愛嬌《あいきよう》ある顔の造りだった。

彼の鼻歌が妙に沖田の耳に引っ掛かった。どうも日本のメロディに感じられたのだ。

「イズント　ザット　ア　ジャパニーズ　メロディ　ユー　アー　ハミング？」

思わず聞いてしまった。

「さようでごわす。〝炭坑節〟と言いましてな。日本が世界に誇る民謡の名曲でごわす」

沖田はびっくりして彼の顔をまじまじと見てしまった。表現方法はともかくはっきりとわかる日本語だったからだ。鹿児島弁とほかのなまりが混じっているようだが、外国なまりはない。

「どこで日本語を習ったんだ？」

「父上から教わったんでごわす。はい」

「親父さんは日本人なのかい」

「それは違いまする。ポリネシアのハッカイドロミング族の指導者でごわす、はい」

「国はどこなんだ」

「ヤマダ諸島ってご存じかな。英語名でチッキン諸島と呼ばれてるんだが」

「それなら聞いたことがある。南太平洋にある島だろう」

「ヤマダ島は大ヤマダ、中ヤマダ、小ヤマダという三つの島からできておる。島民の数より鶏のほうが多いんでチッキン諸島と呼ばれておるんじゃ。今はイギリスの管轄下にあるが将来は独立することになっておるのでごわす、はい」

「あんた西郷隆盛にそっくりだね」

「西郷どんはおいどんの英雄でごわす」

「でもなぜヤマダ島なんて呼ぶんだ」

「チッキンは弱虫という意味もある。だから島民はその呼び名をいやがるんじゃ。当然のことじゃ。誇り高い戦士たちにとっては屈辱ものでごわすからのう。それよりヤマダなら第二次大戦中に日本軍がおいどんの父上につけた名前じゃ。島にはヤマダが二千人はおる。二万五千人の島民は皆日本が大好き。おいどんの名前もヤマダ、ジョージ・ヤマダでごわす。ここではチーフと呼ばれている、はい」

「おれは沖田次郎吉《じろきち》。よろしく。ここの大学院に通ってるんだ」

「さぞや頭がいいのであろうのう。ところでおぬし日本のどこから来たのじゃ」

「東京だ」

ジョージの目がパッと輝いた。

「東京はハリウッドと並んでおいどんの憧《あこが》れの都でごわす。〝東京だョおっ母さん〟を歌った島倉千代子と〝ローマの休日〟のオードリー・ヘップバーンはおいどんの憧れの女性なのじゃ。将来おいどんが故郷のリーダーとなった暁《あかつき》には逡巡《しゅんじゅん》なく二人を招待する所存でござる。またいつの日か父上と日本を訪れ、日本国民と胸襟を開いた真の友好関係を発展させるのも、おいどんの夢でごわす」

何かを振り払うように沖田が二、三度首を振った。確かに日本語で会話をしているのだが、その実感が今ひとつ感じられないのだ。

「何か複雑なこと言ったかのう?」

「いや、あんたの日本語があまりに達者なんでびっくりしてるんだ。古典調というか混同調というかなにしろ素晴らしいね」

ジョージが胸を張って、

「日本語はきれいでおしとやかじゃ。英語のような汚い表現がない。独立したら英語に替えて日本語を公用語にしようと思っとるのでごわす」

「それを聞いたら日本国民はさぞ喜ぶだろう。日本政府は援助を惜しまないと思うよ」

「ありがとうさんにごわす」

これが二人の出会いだった。

その後何度か顔をあわせているうちに、沖田はヤマダが今でこそ大学の管理部門の清掃課で働いているが、以前は学生だったということを知った。

彼の父親ツーパリ・ヤマダはハッカイドロミング族の族長で昔から島を仕切ってきた。非常に親日的な人物で先の戦争中は日本軍に協力してゲリラを組織した。そしてイギリス軍を追い出し、島に上陸しようとしたアメリカ軍を日本軍とともに撃退した。そのために戦後は英国とアメリカから一時パージを食らった。

しかし彼の親日的姿勢は変わらなかった。この姿勢は一九六〇年代半ばから日本が高度経済成長の軌道に乗ったときペイした。日本の援助が少しずつではあるが入り始めてきたからだ。

ツーパリは将来ヤマダ島が独立したときの準備のため、息子のジョージをアメリカに留学させることにした。ジョージはもともとハーヴァードに入れるような頭脳は持っていなかったが、そういうできの悪い者のためにハーヴァードは例外措置を設けていた。世界中の王族や貴族などの子女に対する特別枠である。ハッカイドロミング族の族長の息子であるジョージは立派にこの特別枠に当てはまった。

入学はしたものの生来の勉強嫌いはどうしようもなく、一年目の一学期が終わったとき彼はあえなく落第してしまった。

しかし島を出るとき大歓送会を催して日本の軍歌で送り出してくれた島民や父親のことを思うと、落第したからといっておめおめと帰るわけにはいかなかった。そこで彼は四年間はアメリカに留まる決心をした。

大学側にしてみれば、いくら特別枠で入った者とはいえ落第してしまったら救済の余地はない。大学の管理局はそれをはっきりとジョージに通達した。

だがジョージはあきらめなかった。学生でだめなら職員として雇うよう大学側に迫った。大学側はポストがないとはねつけた。

せっぱつまったジョージは学長に面会に行った。そこで彼は力説した。大いなる努力にもかかわらず自分は落第した。断腸の思いである。このままのことヤマダ島に帰ったら火あぶりの刑に処せられるであろう。ハーヴァードにしても一時期とはいえ籍を置いた学生が火あぶりの刑に遭うのは恥であり悲しいことであろう。だから、ここにあと三年半自分を置いて欲しい。そうしてくれたら自分はハーヴァードに一生恩を感じるであろう。将来ヤマダ島は独立し自分はそこのリーダーとなる。そのときはハーヴァードに優先的にヤマダ島からの学生を送り込む。

もし願いが聞き入れられないのなら、自分がリーダーとなった暁にはヤマダ島民全員が反米ののろしを上げるであろう。ヤマダ島がアメリカに宣戦布告することもあり得る。

学長は目をしろくろさせて聞き入っていたが、結局大学のメンテナンス管理部になんとか彼を雇うよう便宜を図ってくれた。

学長からの直接指示に驚いた管理部は清掃課に話をつけた。そして彼に与えられたポストがジャニトリアル・コンサルタント。聞こえはいいが平たく言えば掃除夫である。肩書きはあくまでヴィザの都合からだった。

このポストのほうが学生よりもはるかに彼には合っていた。仲間の掃除夫たちは彼をチーフと呼んだ。侮蔑《ぶべつ》的な意味からなのかそれとも親しみをこめた呼び名だったのかは疑問の残るところだが、なんでもいいほうにとるジョージにとっては〝酋長〟と呼ばれるのがうれしくてたまらなかったようだ。

沖田と会った時点でジョージはすでに滞米三年目であと一年残っていた。

彼はマサチューセッツには最初から来たくはなかったとよく沖田にこぼしていた。冬があるし雪も降る。故郷の灼熱《しゃくねつ》の太陽もなければ抜けるような紺碧《こんぺき》の海も、黄金の砂浜もない。あるのはレンガとコンクリートの建物だけ。道さえもコンクリートでできていて裸足で歩けるところがない。こんなところは人間の住むところではない。一日も早くヤマダ島に帰って人間らしい生活をしたい。

ふたりが知り合ってから一年が過ぎたある日、ジョージが沖田の部屋に突然やってきた。

「次郎吉さん、喜んでくっさい。やっとヤマダ島に帰れることになり申した。おいどんはうれしいんじゃ」

一年間しょっちゅう話していたのだが、彼の日本語は一貫して変わらなかった。

「そりゃよかったな。で、いつ発《た》つんだい」

「あさってじゃ。管理部にはさっき退職届を出した。みな寂しがっておったな」

「おれも寂しくなるよ。学長にも挨拶《あいさつ》したのかい」

「もちろんじゃ。学長殿には最も世話になったからのう。辞めると言ったら目が潤んどった」

　多分うれし涙だったのだろう。

「ところでジョージ、あんたはハーヴァードを卒業して故郷に錦《にしき》を飾ることになってるんだろう」

「さよう。だから四年もこのような神なき場所で生きてきたんじゃ。まことに長い年月でごわした」

「親族の人たちはあんたがちゃんと卒業したという証明書のようなものを見たいと言うんじゃないかな。特に親父さんは楽しみにしてると思うけど」

「そりゃそうじゃ。だが父上も家族も字が読めんから見せても無駄じゃろう」

「だけど何らかの証拠は必要だよ。何しろ四年間もここにいたんだ。その大部分を掃除して過ごしたなんて言えないだろう」

「そりゃ言えん。断じて言えん。困ったのう。厳しいのう。切ないのう」

　ジョージがめずらしく真剣な表情で考え込んでしまった。

「どうすればいいんじゃろうか。おぬしはよか頭を持っとる。なんぞいいアイディアはなかろうか」

沖田がにっこりと笑った。

「心配ないよ、ジョージ。問題は解決できる」

「まことか！」

「これからふたりで卒業式をやればいいんだ」

「卒業式？　おぬし、そう簡単に言うが……」

「実を言うとそのための用意はしておいたんだ」

と言って沖田が机の引き出しを開けゴールド色をした一本の筒を取り出して、ジョージに渡しながら、

「ジョージ・ヤマダ君、卒業おめでとう」

ジョージがきょとんとした表情で筒を開けた。丸く巻かれた紙が出てきた。ゴールドの縁で飾られた卒業証明書だった。

ジョージが丸い目をさらに丸くして、

「おぬし、これをどこで盗んできたんじゃ⁉」

「盗んだんじゃない。作らせたんだよ」

「でもこれは詐称になるではないか。おいどんはハーヴァードを卒業してはおらんのじゃぞ」

「その通りだよ。大学の名前を見てみろ」

「ちゃんとハーヴァードとなっておるではないか」

「声を出してスペルを読んでみろ」

「エイチ、エイ、アール、ヴィ、エイ、ディ。間違いなく書いてあるではないか」

「違う、違う。ｖａのあとのｒが抜けてるだろうが」

「あっ！　まさしく！　これではハーヴァドではないか」

沖田がうなずきながら、

「だが見る者は皆本物と思うだろう。現にあんた自身見間違えたんだから」

ジョージが両手で沖田の手を握り締めた。

「おぬしは天才じゃ！　おいどんの救い主じゃ。これで父上も家族も鼻高々になろう。ヤマダ家の未来は光に満ち満ちておるでごわす。万歳！　万歳！」

「喜んでもらってうれしいよ」

「だがおぬし、これを作るために随分と苦労をしたろうのう」

急にしんみりとした口調になった。

「たいしたことじゃないさ。日本人を愛し、日本の歌を愛してくれる本当の友のためだよ」

「おぬしとおいどんは一生の友じゃ。故郷に帰っても決しておぬしのことは忘却つかまつらぬであろう」

ジョージの目には涙が浮かんでいた。

実はその卒業証書は沖田が三ヵ月前にニューヨーク市にある偽物専門の通信販売会社に特

注したものだった。だがこれほど喜んでいるジョージにそんなことは言えなかった。

それから約三十年間ふたりは手紙のやりとりや、ときには電話で話したりして友人関係を保ってきた。その間ジョージは何度か沖田をヤマダ島に招待したが、その都度沖田の都合がつかなかった。

二〇〇五年五月、ヤマダ島は悲願かなって独立を達成し、二百番目の国連加盟国となった。あらかじめ決められていた通り族長のツーパリの息子ジョージ・ヤマダが初代大統領となった。

沖田はその就任式に呼ばれたがやはり多忙のため出席できなかった。今回は独立一周年記念のために招待されたのだが、これだけはなにをおいても出席すると決めていた。そしてやっと念願かなってヤマダ島の土を踏んだというわけである。

第二章

　空港を発ってから二十分ほどでクスダの運転するカローラはツキミ市のメイン通りであるヤマト通りにさしかかった。

　入り口の右側約五十メートルほどのところに、この地にしては巨大とも言える建物があった。しかもコンクリート造りだ。建物全体をネオンが覆っている。アーチ形をした入り口の上にホテル名が輝いている。〝グランド・ホテル〟。

「あれは地元資本で建てられたのですか」

「いえ、日本の資本です。商売にはならないのですが、律義な日本の方が独立の御祝儀として建ててくれたのです。今回の式典に出席する外国要人が泊まっているんです。設備はたいしたことはありませんが、温泉風呂だけは大きいのがあるんです」

「本物の温泉が？」

「ええ、島中どこを掘っても温泉が出るのです。これからの観光資源になるとわれわれは期待を抱いているのです」

車はヤマト通りに入った。

両側には屋台がずらっと並び一軒一軒が数珠の形をしたネオンで飾られている。タナカとかスズキ、コンドウなど日本語名の店がやたらと多い。今カローラを運転している大統領第一秘書官のクスダも日本名だ。そう言えば昔ハーヴァードにいたころ、よくジョージ・ヤマダが島民がいかに日本に親しみを寄せているかを語っていた。

それにしてもネオンの明るさに沖田は感心した。空港ターミナルといい、グランド・ホテルといい、そしてこの市場といい、よほどの電力がなければこれだけ派手なショーアップはできない。

「電力が豊かなんですね」

「一人当たりの電力供給量はオーストラリアやニュージーランドより上なんです。旧日本軍が水力発電所を作ってくれたおかげです。島の中央を横断する山々には豊富な水があるので発電所さえあれば電気に困ることはないのです」

「日本軍が作ったのならかなり古くなってるでしょう」

「いや、ちゃんとメンテはしてますから大丈夫なんです。それにここ十年あまりは日本政府からのODAで新しい発電所もできてますから」

にぎやかな市場は三百メートルほど続いた。

市場が終わるところがヤマト通りの終点でもある。日本式の門があり、その向こうに空港のターミナルに似た建物があった。サイズはターミナルより一回り小さいが、ネオンの派手さはこっちのほうが上だった。建物のフレームにそって赤、黄色、オレンジ、緑、ピンク、シルバーなどの色が煌々《こうこう》と輝きながら目まぐるしく変わる。正面のバルコニーや窓も同じだ。屋根には富士山を描いた旗がひらめいている。USAの国旗である。バルコニーの上には黄金のネオンで"THE GOLD HOUSE"と記されている。

車が止まった。

「さあ着きました」

クスダがイグニションを切った。

「これがホテルですか」

クスダがややムッとして、

「とんでもありません。ゴールド　ハウスです」

「ゴールド　ハウス?」

「大統領官邸です。閣下が一刻も早くあなたにお会いしたいので直接ここにお連れするようにおっしゃいましたので」

車から出て建物を見上げた。

思わず笑みがこぼれた。〝ゴールド　ハウス〟、ジョージのことだからワシントンのホワイトハウスの向こうを張ってつけた名なのだろう。

クスダが先に立って階段を上った。正面玄関の両脇に屈強そうな男が二人立っていた。上半身は裸で腰蓑《こしみの》とサンダル、手には槍、頭は長い鳥の羽で覆われている。

「お着きでございます」

クスダがおごそかな口調で叫んだ。

ドアーが開いて中から二人の男女が現れた。両方とも巨体だった。女性のほうは一メートル八十ぐらいでウエストがない。優に百五十キロはありそうな堂々たる体格。

男のほうはさらにでかい。頭に白いものが交じってはいるが、西郷隆盛を少々崩したような顔は間違いなくジョージ・ヤマダだった。

クスダが二人に向かって敬礼をした。

「閣下、ミスター・オキタをお連れしました」

「次郎吉どん！」

叫びながらジョージが沖田に近付いてその太い両腕で彼を抱き締めた。

「おぬしやっと来てくれたのう。一日千秋の思いでこのときを待ったのじゃ。おいどんはうれしいでごわす」

「思いは同じだよ」

ジョージが両腕を離して一歩下がって沖田を見た。

「大学院のときと変わっておらん。スリムでいい顔をしとる」

「よせやい、ジョージ。あれから何年たっていると思う。おれはもう五十六だぜ。それよりあんたこそ随分と貫禄《かんろく》が出たじゃないか」

お世辞ではなかった。人なつっこい笑顔は昔と変わらないが、その巨体がかもしだす雰囲気の中に重厚さのようなものが感じられる。位が人を作るとはよく言ったものだと沖田は感心していた。

ジョージがかたわらの女性を紹介した。

「おいどんの妻オードリーじゃ。オードリー・ヘップバーンとはいかぬがまずまずでござろう」

彼女が笑いながら沖田に手を差し出した。沖田がそれを軽く支えるように握って会釈《えしやく》した。

「お会いできて光栄です」

彼女の手の甲にキスをした。彼女がゲラゲラと笑った。

「彼女はあまり話はせんのだが、感情や思ったことを笑いで表すのじゃ。今のは会えてうれしいという笑いじゃ」

ジョージが沖田の肩を抱くようにして中に招き入れた。

入ったところの両側に受付のデスクがあり、その先が大広間になっていてあちこちに応接セットが置かれている。場違いなほど豪華なシャンデリアがいくつかぶら下がっているが、これもやはり外側のネオン同様さまざまな色彩を放っている。壁はゴールド一色。趣味はともかく明るさだけは際立っている。

「ここがレセプション兼パーティ用の部屋じゃ。明日はここでおぬしを迎えるパーティをやることになっておったが、出席者が多すぎるのでガーデン・パーティとした。だがおぬしが国賓であることには変わりはない。建国以来最初の国賓じゃ」

「でも昨年の独立式典のときは、外国から国賓クラスがずいぶん来たんだろう」

　ジョージが頭を振った。

「誰も来なかったでごわすよ。アメリカの圧力があったんで皆びびったようじゃった」

「アメリカの圧力？」

　ジョージがうなずいて、

「わが国とあまり付き合わないようにとのおふれを出したらしいんじゃ。皆アメリカを怖がっとるから仕方ないんじゃろうのう」

「でもなぜアメリカがそんなけちなことをするんだ？」

「国名問題でごわす。まだUSAという国名にこだわっているのであろう。アメリカのような大国がみっともないことじゃ。でも今年は副大統領を送ってくると言っとった。そしたらイギリス、オーストラリア、中国、フランス、ロシアも閣僚か準閣僚級を送り込んでくると言った。だが彼らは国賓ではなか。なぜ急にこんなことになったのか困惑しておるでごわすよ。アメリカは国名問題であんな振るまいをしたのを恥じたのかもしれん」

　沖田が声を上げて笑った。

　昨年ヤマダ島が独立するときニューヨーク・タイムズやワシントン・ポスト紙を一時期にぎわした問題があった。国連に加盟をしたときヤマダ諸島は The United States of Asians 略してUSAという国名で申請した。確かに大ヤマダ島と中、小のヤマダ島にはポリネシア系だけでなく昔から中国系やインド系、フィリピン系などが住んでいた。アジア民族のるつぼであるからこの国名は決して間違ったものではなかった。これに対してアメリカは猛然と反対した。だが国連には却下する権利も理由もなかった。アメリカ国務省はヤマダ島にアメリカ資本をつぎ込んでリゾート施設を作り、島を観光地として大々的に売り出すことを提案した。それによって現地の雇用を促進するというふれこみで、ジョージ以下新政府の閣僚の抱き込みを図った。だがその案は失敗した。雇用問題など存在しないヤマダ島にとってリゾート建設などは環境破壊以外のなにものでもなかった。そんなことをしたら大事な魚が逃げてしまう。

「アメリカはばかにされたと感じたんだな」

「あの国は強引すぎるところがあるからのう。われわれをどうにでもなる属国と思っとる」

沖田はちょっと考えた。なぜ急にアメリカだけでなく中国やロシアなどの大国が小さなUSAに関心を持ち始めたのだろうか。

その答えはUSAが占める地政学的位置にあるのではないか。おりしも中国とアメリカの関係は経済、政治、人権問題、さらには台湾をめぐって悪化の一途をたどっている。中国はこの三年間で海軍力を大きくアップし、空母三隻体制に入った。だが現在の中国には外海に出るルートがない。そのため中国はASEAN諸国を取り込んで外海に出るルートの確保に必死になっている。さらに彼らは太平洋に海軍と空軍の基地を作るための外交努力をしている。

アメリカは全力をつくして中国の太平洋への進出を阻止するかまえでいる。彼らにしてみれば太平洋はアメリカの海である。これまで通りアメリカの軍事的影響下に置き続けることは絶対に必要なことだ。だからUSAのような小さな国でもおざなりに扱うわけにはいかないのだ。

ふたりは大広間の奥にある部屋に入った。

「これがおいどんの執務室じゃ。本当のオーヴァルルームというものでごわす」

部屋は確かにオーヴァル形をしている。ホワイトハウスの大統領執務室もオーヴァルルームと呼ばれるが、これほどちゃんとした卵形ではない。大きな机がひとつと応接セット、床にそのまま植え込まれた椰子の木が三本、机の後ろには富士山が描かれた国旗といったごくシンプルな内装だ。

壁にはいくつかの表彰状のようなものが飾られている。沖田の目はその中のひとつに吸い寄せられた。オークにゴールドがちりばめられたフレームに収められた、いかめしい造りの証書だった。かつて沖田がジョージのために作った偽のハーヴァードの卒業証書である。

「ジョージ、これは掛けとかないほうがいいんじゃないのか」

「なんでじゃ」

「ここは大統領執務室だろう。いろんな客が来る。中には本当のハーヴァードマンだっているだろう」

「それはいる。だけど問題はないんじゃ。今まで誰も見破っておらん。おぬしの腕のおかげじゃ。ついこないだもアメリカ国務省の役人が来おったんじゃが、この証書を見て自分もハーヴァードの出身だと喜んどった。同じハーヴァード出身なら話は通じるなどと言っとったよ。そのときは基地の話を持ち込んできたんじゃ」

なるほど思った通りだった。

「海軍基地をオーストラリアと共同で作りたいと言っていたな」

「その条件としてUSAという国名を変えろ、か」

「いや、そのような条件は出なかった。本当に基地を作りたいとの話でごわした。金は十分に出すとも言っておった。その金でわが国に初等から大学までの一貫した教育システムを作るべきだと提言してきたのじゃ」

「いい話じゃないか」

「おいどんもそう思っとるんじゃが、問題があってのう」

「問題」

そのときクスダが入ってきてディナーの準備ができたことを告げた。いつの間にかオードリーは消えていた。

ふたりはクスダに従いて大広間を横切ってダイニングルームに入った。

長方形のテーブルの上には、子豚の丸焼きや鳥の葉包み焼きをはじめとするありとあらゆるローカル料理が置かれていた。部屋の隅には大分古い形のカラオケ装置が置かれている。テーブルの上座に老人がちょこんと座っていた。まるで皺《しわ》だけでできている顔と上半身。目だけがぎらぎらと光っている。その後ろにオードリーが立っている。

老人が立ち上がった。

座ったままでも小さいが、立ち上がるとなおさら小さく見える。体全体を比べればオードリーの五分の一ぐらいしかない。

「父上、これがわが親友沖田次郎吉殿でごわす」

老人の顔の皺が動いた。多分笑っているのだろう。

「そなたのことは愚息からよく聞いておる。よくぞ参った。まあちこうちこう」

カラオケ装置も時代遅れだが、こっちは骨董品だ。大分歯が抜けてるせいか言葉の中にすきま風が吹いているように聞こえる。

沖田は笑みをたたえながら老人に近付いて手を差し出した。骨と皮だけだが握りはしっかりしている。

「ご尊顔を拝したてまつり恐悦至極にござりまする、ツーパリ・ヤマダ族長閣下」

「まあそう格式ばらずになされ。みどもは古い日本語しか話せないのじゃ。そなたは普通の日本語でお話しめされ」

「それを聞いて安心しました。なにしろ日本語は難しいです」

「その通りじゃ。だが美しい。特に古い日本語はのう。古いからこそ美しいのじゃ」

ジョージが間髪《かんはつ》を容《い》れずに、

「父上のようにでごわすかのう」

「こいつ！　こしゃくなことを言いよって」

豪快なジョージの笑いと老人のヒーヒー声が部屋を満たした。

おもしろい親子だと沖田は思った。父親は博物館に陳列されてもおかしくないアンティーク、その息子は小国とはいえ一国の主。二人ともそれなりの存在感がある。それに姿や形はまったく違うが二人の間には言葉では表せない温かさが感じられる。

食事が始まった。老人は歯のハンディがあるためかあまり食べ物は口にせず、ひたすらパイナップル酒を飲んでいた。

その間オードリーはボディガードのようにずっと彼の後ろに立っていた。酒を注ぐわけでも料理を盛るでもない。ただ腕組みをして立っているだけだ。

「沖田殿、そなたは愚息の恩人じゃ。愚息はよく言っておる。そなたの助けがなかったらハーヴァードを最優秀の成績で卒業はできなかったであろうとな」

沖田がちらっとジョージに目をやった。だがジョージは意に介さず豚の丸焼きをつっついている。

「いや、ジョージの努力が勝ったのです。こいつほどの努力家はハーヴァードでもめずらしかったですからね。勉強だけでなく大学への奉仕活動までこなしていました。まさに努力の虫でした」

「それはわしも認める。だがのう沖田殿、わしはこいつに負い目を感じとるのじゃ」

「…………」

「こいつはハーヴァードを卒業したとき、学長殿から大学に残って教授の道を歩んではどうかと請われたとのこと。だがこのヤマダ島の将来を思うとそれもできなんだ。断腸の思いでここに帰ってきたのじゃ。こいつには申し訳なかったと思うておる」

沖田は吹き出しそうになったが、せっかく気持ちよく話している老人を前にしてはストレートな表情を保たざるを得ない。

「族長閣下のおっしゃることはよくわかりますが、それはお考えすぎだと思います。今ではジョージは大統領です。結果として彼の選択に間違いはなかったのではないでしょうか」

「そなたは優しい男じゃのう。誠を持った本当の日本男児じゃ。人の心をよく読んでおる。ところでそなた、仕事は何をしておるのじゃ」

「父上」

ジョージが言った。

「次郎吉殿は国際的ビジネスマンとして活躍しておるのでござる。人は彼をコンフィデンス・マン《——詐欺師——》と呼んでいるのでごわす」

沖田は一瞬ぎくっとした。彼の本職についてはジョージに話したことはなかったからだ。一体どうやって知ったのだろうか……。

「何じゃそのコンフィデンス・マンというのは」

「コンフィデンスとは日本語に訳すと自信でありますな。ですから自信満々の男。略してコン・マンとなるのでごわす」

「ほう。それはすごいのう」

「これから次郎吉殿にわが政府の手助けをしてもらおうと思っております」

「それはいい。そなたの周囲にはあまりおつむのいいのがおらんからのう」

それから十分ほどして老ツーパリは椅子にすわったまま寝込んでしまった。

ジョージが妻のオードリーに向かって、

「お休みじゃ。丁重にな」

オードリーがうなずいた。老人を軽くすくい上げてまるで赤ん坊を抱くようにして、ケラケラと笑いながら寝室に運んでいった。

「今の笑いは」

思わず聞いてしまった。

「あれは〝可愛い、可愛い〟と言ってるんじゃ。父上を毎晩床につかすのは彼女の役目でのう」

「夫婦げんかなんかしたことないだろう」

「それはないな。けんかというものは両者が真剣にならねばできぬものじゃ。おいどんたちは両方とも真剣味に欠けとるからのう」

と言ってジョージが大声で笑った。

「ところでさっきあんたが言ったコンフィデンス・マンの定義はなかなかよかったよ」

「おぬしがおいどんを持ち上げてくれたお礼じゃ。それにおいどんはおぬしをけちなコン・マンとは思っとらん。おぬしは超一流じゃ」

「だけどいつどうしておれがコン・マンをやってると知ったんだ」

「昨年国連総会に出席したとき、あるパーティで知り合ったロシア人から聞いたんでごわす。たまたま日本の話が出たので、おいどんの親友は沖田次郎吉といって、昔ハーヴァードで一緒だったごっつい頭のいい日本人だと言ってやった。そしたらそのロシア人がびっくりしおって、おぬしを知っとると言うではないか。去年の五月におぬしは大変なことをやったらしいのう。詳しいことは言わなかったが、なにしろおぬしは世界一のコン・マンであり芸術家じゃと言っとった。おいどんは鼻が高かったわい」

去年の五月といえば日本政府の頼みでロシアの大統領安全保障担当補佐官と協力してチェチェンのテロリスト問題を片付けたオペレーションが行われたときだ。だがあの作戦を知っているロシア側の人間は大統領と安全保障担当補佐官、それに当時駐日大使だったセルゲイ・ボヴァンだけだったはずだ。ほかに知っている者などいるはずがない。ボヴァンはあの作戦の数カ月後引退した。となるとジョージが国連のパーティで会ったのは安全保障担当補佐官ということになる。

「そのロシア人はゴンチャレンコという名前じゃなかったか」

「図星じゃ。ユーリ・ゴンチャレンコ。通商部の首席代表だが、昨年までは大統領の安全保障担当補佐官だったと言っておった。おいどんはちょっとびっくりしたが、考えてみると徹底した独立志向のおぬしに一番合っとる仕事じゃ。おぬしの頭では普通の仕事など退屈すぎてやっておられんじゃろうからのう」

「買いかぶりだよ」

とは言ったものの、ひとつだけジョージが言ったことに真実があると思った。それは物心ついた当時から自分の人生は自分で決め、退屈な仕事は一切やらないと決心していたということだ。

ジョージ・ヤマダがアメリカを去った二年後、沖田はハーヴァードでのダブル メジャーをこなして法律と心理学の博士号をとった。そのままアメリカに留まっていれば大学で教えたり、また民間企業や政府機関で働くことはできた。現に国防総省や民間シンクタンクからは引く手あまただった。しかしどこで働こうが所詮《しょせん》は勤め人、縛られる身にすぎない。そんな人生は真っ平だった。

彼は日本に戻った。そして十代からずっと考えていたある〝仕事〟を始めた。その仕事とは〝コン・ジョブ〟、下世話な言葉で言えば詐欺である。だがちんけな詐欺ではない。彼には確固としたゴールがあった。それは詐欺を犯罪ではなく芸術の域まで高めること。そのためには結果よりもプロセスのほうを大事にする。

プロセスの中でも最も基本的なものは人の心理をフルに把握すること。と同時にそれをいかようにも動かせるテクニックを身につけることである。さらには法律を熟知することも絶対的条件となる。

要は人の心理のメカニズムと世界各国の法律を完全にものにできれば不可能なことはないということだ。だからこそハーヴァードで法律と心理学のダブル メジャーにタックルし、博士号をクリアーしたのだ。

日本に帰ってから十年もたたないうちに、沖田はその道で押しも押されもせぬ存在となっていた。七カ国を舞台にして大コン・ゲームを展開し、アメリカ、イギリス、ドイツの官憲から起訴されながらもすべて無罪。警視庁捜査二課もやっと逮捕したものの起訴する材料が不十分で釈放。今では日本を代表する芸術的詐欺師として足立梵天丸とともに捜査二課内での語り種《ぐさ》となっている。

仲間うちで知られている彼のこれまでの最大のコン・ジョブはアラブの金持ちに富士山を売ったことだった。しかし沖田自身にとってはそんなことはどうでもよかった。大切なのはその間のプロセスだった。そこには刃《やいば》の上を歩くような緊張感と大舞台で何役もの役をこなす役者の演技力、そして自らの力とその限界を知った芸術家の心得が必須となる。これらを完璧《かんぺき》にこなせれば結果はついてくる。

「あんたの言う通りだよ、ジョージ。おれにはほかの仕事は向かん」

「そうじゃ。大事なのはその道で一番になることでごわす。さあ次郎吉どん、積もる話もあることだし、今夜はとことん飲もうではないか。朋有《ともあ》り遠方より来《きた》る、亦《また》楽しからずやじゃ」

ジョージが二人のマグになみなみとパイナップル酒を注いだ。甘みがあるので飲みやすいのだがアルコール度は五十度。さすがの沖田もスロー ペースにならざるを得ない。

「ところでジョージ、先ほど基地のことで何か問題があると言ってたな」

「そうなんじゃよ。アメリカとオーストラリアが莫大《ばくだい》な金を積んできておるんでごわす。わが国のサイズは日本の四国の半分程度だから基地のための土地は十分にある」

「いくらぐらいオファーしてきてるんだ」

「まず工事が始まる前に三千万ドル、工事は三年かかるらしいが、それが終わった時点で五千万ドル、その後基地使用料として毎年二千万ということじゃ」

「大した金額じゃないな」

「そうじゃろうか」

「はっきり言えば子供騙《だま》しの金額だ。考えてもみろよ、ジョージ。中国は今必死になって軍事力のアップを図っている。いずれはアメリカに追いつく決意でいる。アメリカは唯一のスーパーパワーで居残りたい。だから自国と並ぶ力を持った国の存在や台頭は認めない。これは何度もアメリカ国防総省やホワイトハウスが言ってることだ。ということは近い将来必ずアメリカと中国はぶつかる。そのときにそなえてアメリカは基地が必要なんだ」

「グアムや沖縄にも基地はあるではないか」

「だがグアムは小さすぎるし、沖縄は政治問題がからんでいるからいつどうなるかわからない。そうなるとグアムから五百キロしか離れていないこのUSAは理想的な位置にある。真珠湾と横田を一緒にしたようなスケールの基地が作れるはずだ。話を受けた時点で少なくとも手付けとして五億ドルは取れるよ」

「手付けで五億ドル！」

ジョージの大きな目がさらに大きく開いた。

「夢のような額じゃのう」

「ネゴ次第ではもっと取れる。閣僚たちは何と言ってるんだ」

「皆賛成しとる。わが国が先進国の仲間入りをするチャンスだと歓喜しておる者もいる」

「じゃ問題なんかないじゃないか。あとはネゴで取り分を吊《つ》り上げればいいんだ」

「ところが問題はあるんじゃ」

ジョージのトーンが急に低くなった。

「アメリカのオファーを受け入れるわけにはいかないほど重大な障害があるのでごわす」

沖田が笑いながら、

「まさかこの島が消えて失《な》くなっちまうなんてことじゃないだろうな」

ジョージがあんぐりと口を開いて沖田を見据えた。

「なぜおぬしそれを知っとるんじゃ」

今度は沖田がびっくりした。

「知ってるって何を」

「わがＵＳＡが失くなってしまうことをじゃ」

「…………」

「これはおいどんと環境大臣しか知らぬことなんじゃが、この島の下には巨大な活火山があるんじゃ。もうマグマが少しずつ噴き出しとる。いつ爆発してもおかしくはないんじゃ」

沖田はまだ絶句していた。

「この国家機密を打ち明けるのはおぬしが初めてなのじゃが、くれぐれも口外無用ということにしておいてもらいたいのでごわす」

沖田はまだ信じられなかった。

「冗談じゃないんだな」

ジョージはあくまで真顔だった。

「おいどんはジョークが好きだが、こんなジョークは到底言えましぇん」

「だけど科学的根拠はあるのかい」

ジョージが大きくうなずいて、

「昨年の独立を機においどんはこのUSAの地質調査をある学者に頼んだのでごわす。なぜかと言うとアメリカの一部勢力は当時衛星写真などを引き合いに出して、この島はいずれは沈むなどというやがらせのプロパガンダを流しておった。ここから五百キロ離れた島が毎年一メートルずつ沈んでいるということもあって、あのプロパガンダは効果があったのでごわす。

そのプロパガンダを否定するために、おいどんは徹底調査をすることにしたのじゃ。もちろんアメリカの地質学者などには頼めん。となると頼りになるのは日本人しかござらん。そこで請け負ってくれたのが東急大学理学部地質学科の治邦正太郎《はるくにしょうたろう》教授でごわした。教授の調査は一カ月で終わったが判定は無残なものであった。確かに大、中、小のヤマダ島の下には巨大な活火山が存在し、いつそれが爆発してもおかしくはないとおっしゃったのでごわす。活火山のサイズはこの島の二十五倍。毎年一・五メートルずつ島が浮き上がっており、爆発まで半年から一年というタイムテーブルも確言なさったのじゃ。地割れが起き始めたら爆発直前とも言うとった。まだ幸いそれは起きておらんが」

「一・五メートルも浮き上がってたら肉眼でも確認できるだろう」

「それがちょっと無理なのじゃ。島は地球の温暖化の影響で毎年一メートルから一・五メートルずつ沈没しておると教授は宣言なさった。ということはプラスマイナスゼロということなのじゃ」

沖田はさっきクスダが車中で言ったことを思い出した。島のどこを掘っても温泉が湧《わ》き出ると言ったが、活火山の上にある土地なら当たり前の話だ。

「じゃなぜアメリカやオーストラリアがわざわざ金を出してここに基地を作りたがってるんだ？　奴らは当然それを知ってるはずだろう」

「いやそれは違う。アメリカは衛星写真をもとにした分析を出してきたが効き目はなかった。なぜなら治邦教授がそんな分析は机上の空論と一蹴《いっしゅう》して彼らの言い分をすべて否定したからじゃ。教授は決して調査の結果を口外しないで欲しいというおいどんの頼みを聞いてくれたのでごわす。そしてアメリカに対してこう言ったのじゃ。〝ヤマダ三島はオーストラリアの大陸棚と完全につながった土地である。私は自信を持って言える。あの島が爆発したり沈むことなどあり得ない。私はあそこへ行ってちゃんと現地調査をしてきたのだ。衛星で遠くから見たのとはわけが違う。私はこの発表に学者人生を懸けておる〟と。さすがは日本男児じゃ。人情の機微をわきまえとる。アメリカも教授の権威ある発言の前にはグーの音《ね》も出なかった。そして彼らは教授の言葉を信じ始めたのじゃ」

「だが事実は反対、か」

「だから困っておるんじゃ」

「なにも困ることはないよ、ジョージ。奴らが基地を欲しがってるなら、じゃんじゃん吹っかければいいんだ」

「しかしおいどんにも良心があるでのう」

「ジョージ、国家がなくなるというのにあんたの良心もへちまもないだろう。国民はどうなるんだ。それを考えるのが大統領としてのあんたの第一の義務じゃないか」

「どうすればいいのでごわすか」

沖田が少し間をおいてから、

「治邦教授の調査結果に間違いはないという前提で事を運ぶしかあるまいな」

「おいどんもそう思う。地割れが起きたらもう遅いしのう」

「現在この国には何家族ぐらいいるんだ」

「国勢調査をしたことがないのでちゃんとした数字はわからんが、多分五千家族ぐらいじゃろう。一家族平均して五人ぐらいじゃ」

沖田は頭の中で素早く計算した。五千家族が外国で苦労なく暮らしていくには一家族あたり最低百万ドルはかかる。となると五十億ドルは必要となる。邦貨にして約六千億円。大した金額ではない。基地を必要としているアメリカとオーストラリアを軸にしてネゴを展開すれば集められる金だ。それ以上集められればそれに越したことはない。

賭け金をどれだけ上げられるかはディーラーの腕次第であることは、ラスヴェガスのポーカーゲームが証明している。自分の腕は奴らよりはずっと上だ。

沖田の頭の中で数千の閃光《せんこう》が走った。久しぶりに体の中で熱い血潮がほとばしり始めた。

「大丈夫だよ、ジョージ。心配することはない。泰然自若とかまえていることだ。国民には知らせないほうがいい。パニックを起こすだけだからな。大事なのはそれだけだ」

ジョージが目をむいた。

「おぬし、そう簡単に言うが、事は国家的問題なのであるぞよ。大統領としてのおいどんはどうすればいいんじゃ」

「何もすることはない。だが国民と一緒にほかの土地に移ることを考えておくことだ。ニュージーランドあたりがいいな。あそこはかつてキリバス島の民を受け入れた前例もあるし」

「ヤマダ島を捨てて移住するというわけでござるか」

「ほかにオプションがないだろう」

「でも二万五千もの人間をニュージーランドに限らず、受け入れてくれる国があるじゃろうか」

「ヨーロッパやカナダでも受け入れてくれるよ。ある条件をクリアーすればの話だが」

「その条件とは何でござるか」

「五千家族全部が百万ドルの金を持っていることだ」

「……！　そりゃ無理じゃ。国民の平均的預金は七十ドルしかないのが現状じゃ。百万ドルなどという金はここの銀行にもない」

「だけど金なんてちょっと頭を使えばいくらでもひねりだせる」

「どうやってやるんじゃ」

「それは秘密だ」

「おぬしやってくれるのか」

「ほかならぬあんたのためだ。やることはやる。だがもうひとつおもしろみが欲しいな」

「どういう意味じゃ」

「ただの金集めなら簡単にできる。だけどそんなのはおもしろみがない。おもしろみがなけりゃやる気も半減する」

ジョージが今にも泣き出しそうな表情で、

「しかし次郎吉どん、おいどんとこの国の民にはこれからの人生がかかっておるのじゃ。そんな悠長なことは言わんでくだされ」

「悠長でも何でもない。おれたちは親友だろう」

ジョージが大きくうなずいて、

「切っても切れぬ仲じゃ」

「おれを信頼するか」

「もちろんでごわす」

「じゃあんたは大統領らしくどっかりとしていればいいんだ。あとはおれにまかせろ。おもしろおかしい芸術をたっぷりとお見せしてやるぜ」

「芸術もいいが次郎吉どん、おいどんとUSA国民の運命がかかっていることをくれぐれも忘れないでくんしゃい」

「わかってるよ、ジョージ。これから地上最大のショーを見せてやるから楽しみにしててくれ。ところで、環境大臣がこの話を知ってると言ったが、まさか口外するようなことはないだろうな」

「環境大臣はおいどんの妻じゃ」

「それなら心配ないな」

「それより次郎吉どん、確固とした考えはあるのじゃろうな」

沖田が首を振った。

「そう簡単に浮かぶようだったらあんたにだってできる。誰も考えつかないようなアイディアで人の心を操って芸術を完成させる。それでこそ初めて本物のコン・マンの資格があるんだ」

「そんなもんかのう」

そう言ってジョージが期待とあきらめ半々の表情で沖田を見つめていた。

翌日の朝、ツキミ市のほぼ中央にあるトウジョウ広場でUSA国の独立一周年記念式典が盛大に行われた。プラットフォームには大統領のジョージ・ヤマダとアメリカやイギリスなどが送り込んできた十カ国の代表がずらりとならんだ。沖田はプラットフォームの中央にジョージとともに無理やりすわらされた。これにはアメリカや日本の代表が不満そうだった。

プラットフォームの下には一万人の人々が集まっていた。まず全員起立してUSAの国旗掲揚と国家斉唱がなされた。歌手は大統領自身。演奏に乗ってジョージの太いバリトンが流れ始めた。

「うえをむーいてあーるこーう。なみだがこぼれないよーうにおもいだす、はーるのひ、ひとーりぼーっちのよるー……」

この曲がUSAの国歌として初めて国連で流されたときもやはりジョージ自身が歌った。世界の反応は電撃的だった。フランスのル・モンド紙は世界のどの国の国歌より平和的で建設的かつポエティックと褒めたたえ、初めてフランス国歌〝ラ・マルセイエーズ〟を超える国歌が誕生したと報じた。

日本国内でも反応は同様で、特に若者たちの間ではヒップでモダンだとの意見が圧倒的だった。一部の識者たちの間では、日本の歌なのになぜ日本がUSAに先んじて国歌としなかったのかとの議論が沸き上がった。

大統領が歌い終わると観衆の間から割れるような拍手と万歳が地鳴りのように響いた。

アメリカ代表として出席していたチェリー副大統領が拍手でジョージを迎えながら、

「いやぁ大統領閣下、スキヤキソングはいつ聞いてもいいですなぁ」

ジョージが彼をにらみつけて一喝した。

「スキヤキ ソングではない！ 〝上を向いて歩こう〟という名曲だ！」

チェリー副大統領がばつの悪そうな苦笑いを浮かべた。

「でも一九六〇年代のアメリカではスキヤキソングというタイトルで大ヒットしたんです」

「スキヤキは食べ物だ！ この曲は詩なのだ！」

そのあとジョージが国民へのメッセージを簡単に述べた。

「マイフェロウ カントリーメン！」

スムースな英語で話し始めた。大統領になってからすぐにジョージはポリネシア語と日本語を公用語とする法律を作ろうとしたが、これには議会が反対。長い英国の統治によって現地語を話す者などほとんどいなくなってしまった。かといって日本語を若い人たちに教えるのは時間がかかるとの判断からだった。

「今日はわが民族の記念すべき日である。この式典に世界十カ国から代表が送られてきたことでもわかるように、わが国は世界にその存在を認められたのだ。われわれはさらなる努力を重ねて世界の期待に応えなければならない。世界にヤマダ魂を見せてやろうではないか！」

　ここで観衆から大きな拍手と声援。それが静まるのを待って彼が続けた。

「やるべきことは多いとも言えるが少ないとも言える。閣僚の中には十年後わが国が先進国の仲間入りをするという考えを持った者もいる。しかし今まで通りのスローテンポの生活様式でよいという意見もある。この判断はあなたがた国民次第だ。いずれはこの件に関してレフレンダム《国民投票》をすることになるであろう」

　レフレンダムという言葉の意味がわからないのか観衆の反応は今ひとつだった。

　沖田は笑いを嚙《か》みころしていた。先進国入りはあくまで国力がバロメーターになるのであって、国民の意見は関係ない。それを国民投票で決めるとは一体何を考えているのだろう。周囲を見渡すとアメリカの副大統領やイギリス、ロシアの代表などは吹き出しそうになるのを必死にこらえているのか、顔の筋肉を極端に硬直させている。

　ジョージが続けた。

「いずれにしても諸君、わが国はまだ生まれたての国家である。この一年間を通して大統領として感じたことは諸君の協力と理解なしでは何もできないということだ。また有能な閣僚や官僚たちの協力も欠かせない。われわれが一致団結すればどんな艱難辛苦《かんなんしんく》も乗り越えることができる。頑張って前進しよう！」

　割れんばかりの拍手と口笛。ジョージコールも湧き上がった。各国代表が立ち上がって拍手しながらジョージが席に着くのを待った。

　続いて代表たちが次々と演壇に立って、ＵＳＡの独立一周年記念に対する祝辞を述べた。

実はその朝、これらのスピーチの順番をめぐって代表たちの間でひともんちゃくがあった。最初はアルファベット順に話すはずだったのだが、それでは中米代表のベリーズが一番目になってしまう。それに続くのが中国。これにはイギリスと本家本元のUSAアメリカが猛反対。

仕方なく大統領ジョージによる裁断でクジ引きとなった。クジ引きで一番となったのがアフリカ、ジンバブエの代表で、二番もやはりアフリカのモザンビーク代表、三番目が中米ベリーズ。沖田にはこれらの国々がなぜ太平洋に浮かぶ小さな国の独立一周年にわざわざ代表を送ってきたのか、今いち理解しかねた。結局、アメリカが七番目、日本がそれに続き、そのあとが中国。ロシアは最後の締めくくり役となって一応面目を保った。

沖田が興味を感じたのは、アメリカ副大統領と中国が送り込んだ外交部次官趙豊国《チャオフングオ》のスピーチだった。チェリー副大統領はアメリカ合衆国という国名との差を強調するかのように〝ザ・ユナイティッド・ステーツ・オブ・エイジアンズ〟と正式な国名を使ったが、中国代表はUSAで通した。しかもそれを短いスピーチの中で八回も使った。アメリカに対する明らかな当てつけであるのは確かだった。

代表たちのスピーチが終わると、再びジョージが演壇に立った。

「今日は特別な日本人のお客が初めての国賓として出席してくれている。今から三十年以上も前ハーヴァード大学で会って以来の親友である。私のような凡夫と違って非常に頭が切れる。おそらく今日ここに集まった人間の中で最高のIQを持っているだろう」

沖田はいやな予感に襲われていた。国賓としてスピーチを頼まれることは当然予期していた。しかしどうもそれだけではなさそうに感じられた。この先ジョージがとんでもないことを言いそうな気がした。

「私は現在大統領と外務大臣を兼務しているが、荷はあまりにも重い。そこでその親友に外務大臣のポストについてもらい、わが国の外交一切を仕切ってもらうことに決めた」

ビンゴ！

「幸いわが国の法律には外国人が大臣になってはならないなどという狭いナショナリスティックな規制はない。今は二十一世紀であると世界に知らしめてやるのだ。そして彼ならわが国の利益のために全力をつくしてくれると確信している」

一呼吸おいてジョージがおごそかに言った。

「ナウ、アイ ギヴ ユウ マイ ベスト フレンド アンド ア トゥルー ジャパニーズ サムライ、ミスター・ジロキチ・オキタ！」

またもや大拍手と歓声。

ジョージが振り返って沖田を手招きした。

沖田が立ち上がって演説台に向かった。

席に向かうジョージとすれ違ったとき日本語で言った。

「こりゃファウル プレーだぜ、ジョージ」

「こらえてつかっさい、次郎吉どん。これも国家国民のためなんでごわす」

「助けると約束したじゃないか」

「わかっとる。だがそのコミットメントの保険が必要なんじゃ」

沖田が笑顔で演壇に立った。まず後ろに並んだジョージや各国代表にお辞儀をした。そして観衆のほうに向き直って左右中央に三度深々と頭をたれた。

「独立一周年、心からお祝い申し上げます」

と言ってから空を見上げて昇りゆく太陽を指した。観衆の顔がいっせいに上に向いた。

「皆さん、今のUSAはまさにあの太陽です。何よりも熱く、何よりも輝き、何よりも希望に燃えております」

盛大な拍手と歓声が広場を包んだ。

ちょっとばかばかしいとも思ったが、スピーチもまたコン・マンの芸のひとつである。

「太陽は決して燃えつきることはありません。同じようにこのUSA国家も決して燃えつきることはないでしょう」

観衆のヴォルテージはさらに上がった。

「先ほど大統領閣下から私に対して身にあまるお言葉を賜りました。ハーヴァード時代から閣下は抜きん出た人物でした。その真面目さたるや他を寄せ付けませんでした。一週間に一度は自分の部屋だけでなく男子寮全部をひとりで数年も掃除し続けました。これぞまさしく奉仕の精神です。そのとき私は思いました。〝この方はいつか必ずヤマダ島のリーダーとなる〟と。それが実現した今、万感胸に迫る思いがするのであります。ヤマダ大統領のリーダーシップのもとで前進するこの国家国民は世界一幸せであると確信致しております」

観衆の反応は最高潮に達していた。

沖田が一歩下がって観衆の三方に向かって三度お辞儀した。そして振り返って代表席に礼。

観衆が静まるのを待って沖田が再び演壇に着いた。

「もうひとつだけ言わせていただきたい。先ほど大統領閣下から外務大臣のポストが私にオファーされましたが、私のような若輩の徒にはあまりに大きすぎ、また重すぎる名誉です。ですからそれは固辞させていただきます。その代わりとして大統領の外交顧問および全権特命大使とさせていただきたい」

と言って右手を挙げ宣誓のジェスチャーを示して、

「USAの外交顧問として親友であるジョージ・ヤマダ大統領とこの国がよりよい対外関係のもとに国益を維持し、推進するために微力ながらベストをつくすことをここに誓います」

またまた観衆は大騒ぎ。

ジョージが閣僚たちとともに演壇に近付いてきた。彼のリードで万歳三唱が行われた。

ジョージが沖田の片手を握って高々と挙げた。観衆たちに笑みをふりまきながらジョージが、

「外務大臣のほうがいいと思うがのう」

「肩書きなんてどうでもいい。要は結果だ」

「いいアイディアが浮かんだでごわすか」

「まだだ。今ひとつおもしろみが足りん」

「頼み申したぞ、次郎吉どん」

どこからかドラムの音が響いてきた。それを合図にするように観衆があちこちに輪をなして踊り始めた。

ジョージ以下閣僚たちは観衆に手を振り続けた。

後ろの貴賓席にすわった各国代表たちの反応はさまざまだった。ジンバブエの代表のように観衆のダンスに合わせて体を揺する者やベリーズの代表のように手拍子を打っている者もいる。ロシア代表とモザンビーク代表はプラットフォームから降りて観衆の中に入って一緒に踊り始めた。

だがそんな雰囲気とはまったく無縁な者もいた。アメリカ代表のチェリー副大統領と中国の外交部次官趙豊国である。二人とも硬く複雑な表情である一点を見つめていた。その視線の先には沖田次郎吉の後ろ姿があった。


式典が終わり各国代表はいったん宿舎のグランド・ホテルに戻った。沖田の宿舎は大統領官邸の離れにあるのでジョージとともにゴールドハウスに帰った。

官邸周囲ではすでに夕方行われる歓迎晩餐会の準備がなされていて、人々が忙しそうに動き回っていた。

官邸の門の上に大きな看板が取り付けられ、そこに“MR. JIROKICHI OKITA, WEL-

COME TO THE USA"とある。

　その看板を見上げながら沖田が言った。

「ジョージ、外交顧問として最初のアドヴァイスを与えたいがいいかね」

「何なりと言うてくだされ」

「あの看板をはずしたほうがいい」

「なんでじゃ」

「各国の代表に失礼だ。おれはただの民間人だが、彼らは政府を代表して来てるんだ。そこのところを理解しなきゃ」

「しかしおぬしはおいどんの親友じゃ。そしてただひとりの国賓じゃ。その国賓を迎えるのがなぜ悪いんじゃ」

「そこが間違ってるんだよ。いいかい。あんたは一国の大統領なんだ。大統領としての人間関係は個人レヴェルのものとは違う。特に今日のようなイヴェントはプロトコール通りに運ばなきゃならん。それが国益につながるんだ」

「何じゃ、そのプロトコールとかいうのは」

「外交儀礼とでも言うかな。世界の国々の外交組織はみな共通したプロトコールを持ってるんだ」

「そんなものかのう」

「だからすぐあの看板をはずせ。晩餐会の席順もまずアメリカの副大統領を上座にすわらせること。代表団の中で一番肩書きが上なのは彼なんだからな」

「その心配は無用じゃ。晩餐会は庭でのバーベキューだから席順もへったくれもなかろう」

「乾杯の音頭は誰がとるんだ」

「それは親友のおぬしにやってもらう」

「だめだな。やはりアメリカ副大統領がいい。オープニングのスピーチはあんたがやって、乾杯をアメリカ副大統領に頼む。なにしろアメリカをたてること。これが今夜のテーマと思ってくれ」

ジョージがうなずいた。

「ところで晩餐会は何時間ぐらいを考えているんだ」

「そりゃわからん。楽しかったら一晩中続けるし、おもしろくなかったらすぐやめてしまえばよか。それがヤマダ流でごわすからのう」

「そりゃだめだよ、ジョージ。きちんと時間をセットしなきゃ。せいぜい二時間がいいとこだ」

「面倒くさいものじゃのう」

「仕方ないよ。世界と付き合っていくには、それなりのレヴェルに合わせなきゃ」

「おぬしが外交顧問になってくれてよかったわい。とんだ恥をかくところでござった」

晩餐会には閣僚をはじめとして各国代表とその随行員、そして地元の代表など合わせて総勢二百人近い男女が出席した。その中にはジョージの妻と八人の子そして老ツーパリもいた。

ジョージは沖田に言われた通りに事を運んだ。まず彼が短いスピーチの中で各国代表団の出席に感謝した。それが終わるとアメリカのチェリー副大統領に乾杯の音頭を頼んだ。予期していなかったのか副大統領は少々びっくりしたようだったが、得意満面な表情で片手にパイナップル酒のマグを持って前に進み出て、もう一方の手でマイクを握った。

「まずこの国の偉大なるリーダーであるジョージ・ヤマダ大統領閣下にアメリカ合衆国国民を代表して大いなる敬意を表したい。閣下がわが国の最高学府のひとつであるハーヴァード大学に通っていらしたという事実ひとつとっても、両国の関係がきのう今日築かれたものではないことを示している……」

簡単な乾杯の音頭のはずが五分ものスピーチになってしまった。

それが終わっていよいよパーティ開始となった。

半エーカーほどある庭を囲むように松明《たいまつ》が据えられ、地元有志によるオーケストラがポリネシアの曲を流し、これまた地元有志の男女がポリネシアン ダンスを披露。

沖田はマグを片手にしばしダンスに見入っていた。松明を振り回したり口から火を噴くところなどはハワイアンに似ているが、ロックの動きとサンバをミックスしたようなダンスはずっとダイナミックでセクシーに見える。

「沖田さん」

後ろから声がかかった。

朝方、式典で会った日本代表の奥田啓輔《おくだけいすけ》だった。奥田はオーストラリア大使であるが、USAをはじめとする付近一帯の小さな国々の大使も兼ねている。

「どうです？　まったくのんびりしたもんでしょう」

「こういう場所がまだ地球上にあったんですね。心からリラックスできますよ」

「日本の給料をもらってここに住んだら、それこそ王様の暮らしができますよ」

「まったく」

「ところで沖田さん、あなたがここの外交顧問になるという話ですが、本気で受けるんですか」

「もちろん本気ですよ」

奥田が苦笑いしながら首を振った。

「何かおかしいことでも」

「いやこれは失礼。しかし私にはわかりませんねぇ。ここの財政じゃあなたに顧問料さえ払えませんよ」

「そうでしょうね。でもいいんです。金目当てに引き受けたのではありませんから」

「とは言ってもやはり金銭的報酬は大切だと思いますよ」

沖田は次第にいらだちを感じてきた。なぜこれほど金にこだわるのだろうか。そういえば日本では一度大使をやったら家が建つと言われていると聞いたことがある。それだけ外務省による税金の無駄遣いが多いということだ。

沖田が軽蔑《けいべつ》に満ちた眼差しで奥田を見据えた。

「奥田さん、あんた友情って聞いたことあるかね」

「………………」

沖田が首を振り振り、

「あんたがたには縁のない言葉だろうねぇ」

言い残して奥田に背を向けた。

ビュッフェテーブルに向かおうとしたとき、今度は二人の随行員を従えた中国外交部次官の趙豊国が流暢な英語で話しかけてきた。

「ミスター・オキタ、USAの外交顧問就任おめでとうございます」

「サンキュー、サー」

「外交顧問の仕事は大変だと思いますよ。なにしろここには確固とした世界観を持った人間がいないのですから」

「それだけやりがいがありますよ。ところでミスター・チャオ、独立一周年記念に対する御祝儀として貴国からどのくらいの援助をいただけます」

趙が笑いながら、

「単刀直入ですね。そういう言い方が私は好きです。近々北京《ペキン》にいらっしゃいませんか」

「ヤマダ大統領をご招待いただけたら、私も行きやすいでしょう」

「そうします。さしあたって大統領の外国訪問計画はあるのですか」

「さあ、まだ聞いてませんが、アメリカと日本が大統領の訪問を打診してきてるらしいですよ」

うそだった。だが趙は引っ掛かった。

「アメリカ」

趙が傍らの側近のひとりに中国語で話しかけた。沖田は二人の話に耳を傾けていた。

「請等一下《チータンイーシャー》（ちょっと待ってください）！」

突然、沖田が彼らのやりとりに割って入った。

「それはおたくの情報不足ですよ。アメリカはこの国を取り込もうとがんばってます。なにしろ普通の小国ではありませんからね」

趙の流暢《りゅうちょう》な英語よりもさらに流暢な中国語だった。

趙の顔が見る見る赤らんだ。

「中国語がしゃべれるんですね！」

「しばらく使っていないので少々錆《さ》び付いてしまってるでしょう」

「いや見事なものです。それにしてもお人が悪い。こちらとしてはまったくの冷や汗ものです。これからは中国語で話しましょう」

言いながらハンカチを取り出して額の汗を拭《ぬぐ》った。

「ところで沖田先生、アメリカとこの国は未だ国名問題でぎくしゃくしていると聞いてるんですが」

「それは過去のことです。アメリカはここを重要視しています。現に副大統領を送ってきたじゃありませんか。普通なら最高で国務長官のはずでしょう。御国の場合は外交部次官のあなたがいらっしゃってるし」

「なぜそれほどこの国が大切なんですかね」

沖田が笑った。

「それはあなたがたが一番よく知ってるはずでしょう」

「いや、わかりませんね」

趙の目がわずかに笑っていた。

「貴国の国防部も知ってるはずです。とにかくヤマダ大統領への招待状を待っています」

「できるだけ早くやりますが、まず現場のスタッフが話し合って準備にとりかかる必要があります」

「現場のスタッフといってもこちら側は私だけですよ。なにしろこの国には外務省の建物もないんですから。それに私だってここにずっといるわけじゃありませんからね」

「じゃ準備については誰と話し合えばいいんですか」

「準備など必要ないんじゃないですか。大統領もあの通りざっくばらんの人柄ですからあまり大袈裟《おおげさ》に考えないほうがいいでしょう」

「そうは言っても国賓としてお迎えするわけですから。それに共同宣言の内容についても話し合わねばなりませんし」

「ではこうしましょう。準備はあなたがたのほうで自由に進めて結構。それが終わったところで私に連絡をください。私は明日東京に発って、一、二週間かの地に滞在します。連絡をくだされば北京に行きます。東京の宿泊先はホテル・ニューコタニ。ご存知でしょう？ 御国がまだ国連のメンバーでなかったとき、ずっと連絡事務所を置いてたホテルです」

「わかってます。共同宣言の内容についてはどうします」

「ごく普通でいいんじゃないですか。世界の平和、地域の平和、人類全体の発展、この国と中国の共通利益の追求、環境保護などといった御託をならべればいい。それはあなたがたが得意とすることじゃないですか」

「それでいいんですか」

「ああそうそう。中国は今後できる限りの援助をこの国の発展のために与える用意があるという項、内政不干渉の項は必ず入れてください。援助の金額については入れるわけにはいかないでしょうから、それはのちほど話し合いましょう。国防部ともよく話を煮詰めてください。いいですね。

それではご連絡をお待ちしてますよ。希望早日见到您《シィワンザオリイジエンダオニン》、再见《ツアイジエン》（一日も早くあなたにお会いしたいと思います）」

趙はしばし沖田の後ろ姿を見つめていた。突然、われにかえったように数度頭を振った。自分は一体何を話してしまったのだろうか。沖田は一国の外交顧問とはいえ初めて会った人物である。なのに気がついてみると共同宣言についてまで話が進んでしまった。

趙の顔に苦笑いが浮かんだ。

「私としたことがいつの間にか奴のペースに乗せられてしまった」

ドラムの音が次第に大きくなりダンサーたちの動きがさらに激しくなった。沖田はビュッフェテーブルに向かって歩いた。

テーブルの近くでジョージとチェリー副大統領が話していた。副大統領のそばには三人のシークレット サーヴィスがぴったりとついている。

「なかなか盛大なパーティですな、大統領閣下。こういうスタイルのパーティは新婚旅行でハワイに行ったとき以来ですよ。閣下もわが国に留学時代は相当パーティに行かれたんでしょうね」

「いや、あまりなかったね」

「勉強でお忙しかったというわけですね」

「いや、好きでなかっただけのことだ。一度呼ばれたがひどいものだった。わけのわからない音楽が耳をつんざき、そこら中でヤクをやってる。セックスも平気でやっていた。目を覆いたいばかりの堕落《ぶぜん》だった」

チェリーが憮然とした表情で、

「そんな乱交パーティばかりじゃありませんよ。ハイクラスなパーティもあります」

「そういうところには招待されたことがなかったたな」

会話が途絶えた。

アメリカをたてろと言った沖田の言葉をジョージは思い出した。

「しかしパーティなどは関係ない。私はアメリカという国が大好きだ。大陸的で国民はおおらか、豊かさと強さは世界のどの国もおよばない。あんな偉大な国家に住むアメリカ国民は幸せだと思う。しかもあなたのような威厳のあるかたが副大統領。大統領になってもおかしくはないのに」

チェリーが大きく相好《そうごう》をくずした。

軽く咳払《せきばら》いをして、声を落とした。

「ところで閣下、例のお話ですが、われわれとしてはいつでもネゴシエーション《――交渉――》を開始する準備ができております」

「例の話というと」

「基地に関してです」

「ああ、その話ならミスター・オキタに任せてあるから、これからは彼と進めてください」

そのとき副大統領の肩越しに沖田が近付いてくるのが見えた。

「次郎吉どん！　ちょっと」

ジョージが沖田を手招きした。

改めて副大統領を紹介した。

二言、三言彼と言葉を交わしてから沖田がジョージに向かって、

「ところでミスター・プレジデント、近々中国政府から国賓として招待されることになりそうですよ」

チェリーにわかるようにわざと英語で言った。

「中国政府？　理由は」

「両国の親善のためです」

「どうしてそれを知っているんだ」

「今、外交部次官と話したんです。向こうからオファーしてきたので一応オーケーの返事はしておきました」

「いつごろになるんだ」

「一、二週間のうちに私に連絡してくることになっています。あちらさんはやることが手っ取り早いですね」

言いながら沖田が横目でチェリー副大統領を見た。頭に血が上ったのか顔面が紅潮している。

「おぬし」

ジョージが日本語に切り替えた。

「それは本当のことなのか」

沖田がうなずいた。

「外交顧問としての最初の仕事だ」

「まずいのう」

ジョージが舌打ちした。

「副大統領に聞かれてしまったではないか」

「それでいいんだよ。それが目的だったんだから」

「ミスター・プレジデント」

かすかに震える声でチェリーが言った。

「まさかわが国を飛び越して最初に中国を訪問するということはあり得ないでしょうな」

ジョージが困ったという表情で沖田に目をやった。

「どうなんです、大統領閣下！　この場でお返事をいただきたい」

チェリーがたたみかけた。

「次郎吉どん、どうしたらええじゃろうか」

「アメリカから招待状は来てるのか」

「いや、そんな話はこれまで一度もなかったでごわす」

チェリーは完全にいらついていた。

「英語で話しなさい！」

沖田が冷たい眼差しでチェリーを見据えた。

「オーケー、アイル　スピーク イン　イングリッシュ。ユー　アー　ア　ヴェリー　ルード　サン　オブ　ア　ビッチ」

チェリーがものすごい形相で沖田をにらみつけた。その体は小刻みに震えていた。今まで人を〝サン オブア ビッチ〟と呼ぶことはあっても呼ばれたことはなかったのだろう。

沖田が続けた。

「一国の大統領に向かってその話し方は何なんだ。この国は小国といえども独立国家だ。アメリカの属国ではない。大統領閣下に謝っていただきたい」

「次郎吉どん」

ジョージがか細い声で言った。

「もういいではないか。面倒はご免じゃ」

「だめだ。あんたは大統領なんだ。甘く見られたら致命傷になる」

チェリーの怒りが爆発した。

「謝れだと⁉ 貴様一体この私を誰だと思ってるんだ！ いやしくもアメリカ合衆国の副大統領だぞ！ その私に向かって何だ、その口のきき方は！ ユー アロガント マザーファッカー！」

沖田が肩をすくめた。そしてジョージに向き直って、

「大統領閣下、仕方ありませんね。こうなった以上当分の間アメリカ合衆国との公式、非公式な接触は控えるよう外交顧問として進言します」

チェリーの顔が今度は見る見る蒼白《そうはく》に変わった。沖田はほくそ笑んでいた。赤くなったり青くなったり忙しい奴だ。チェリーが考えていることはよくわかった。両国の関係が悪化し

たらその責任はすべて彼にある。基地問題はもとより副大統領としてのクレディビリティ《—信頼性—》も失墜する。そうなったら将来ホワイトハウスの主になることなど問題外となる。

　チェリーが頭を垂れた。

「大統領閣下、つい興奮してしまいました。子供じみた私の言動をお許しください」

　ジョージがほっとした表情で、

「あなたの心のこもった言葉うれしく受け入れよう」

　両者が手を握った。

　チェリーは位が違うとでも言いたげに沖田には手を差し出さなかった。

「ミスター・ヴァイスプレジデント」

　沖田が言った。

「ヤマダ大統領が最初に中国に行こうが、日本に行こうが、貴国との関係には何ら変化をもたらすものではありません。アメリカは最も重要かつ特別な友邦です。貴国の意思を無視するなどわれわれは一切考えておりません」

　チェリーが小さくうなずいた。

「その思いはお互い様であることを強調したい。ところで基地建設についてだが、貴国の窓口は当然君になるのだろうね」

「ええ、力不足は承知ですが一応大統領閣下に一任されておりますので」

「帰国したら早速国務省と国防総省の担当者に話して君に連絡させる。君が相手じゃタフなネゴになりそうだな」

「何をおっしゃいます。こちらこそお手柔らかに願いますよ。なにしろ外交に関してはずぶの素人なんですから」

チェリーが笑ったが、その笑いにユーモアはなかった。

「君のような参謀がぜひ欲しい。私の参謀になってくれるなら金はいくらでも出すよ」

沖田が相変わらずの冷たい目で彼を見据えながら、

「残念ながらあなたにはそれだけの金はないと思いますよ」

チェリーは肩をすくめてジョージに向かって、

「このような素晴らしい外交顧問をお持ちの閣下は果報なお方です」

言い残して去っていった。

ジョージが感心して、

「おぬし随分と買われたのう」

「何を言ってるんだ、ジョージ。あんたは馬鹿にされたんだぞ」

「おいどんがなぜ馬鹿にされたんじゃ」

「だってそうだろう。あんたの前でのうのうとおれをスカウトした。そして金ならいくらでも出すとほざいた。あんたは奴を怒鳴りつけるべきだったよ」

「そんなものかのう。それにしても外交というものは難しいものじゃ」

「かつて国連の事務総長をやったノルウェーのトリグヴ・リーが言ったことがある。外交官とは、隣人に気づかれずにそのノドをかき切ることができる人物である、と」

「そんなことはおいどんにはできん」

「だからあんたは大統領なんだ。ノドをかき切るのはおれにまかせておけ」

「コン・マンと外交官は似たところがあるのかのう」

　沖田がうなずいて、

「言葉に命を懸けている点については同じだが、大きな違いはコン・マンのほうがはるかにここを必要とするんだ」

　と言って人差し指でこめかみを叩《たた》いた。

「ところでおぬし本当にアメリカと基地建設について話を進めるつもりでごわすか」

「もちろん。しかしその前にやらねばならんことがある。明日の朝一番でおれは東京に発つ。グアムへの飛行機は何時に出発するんだ」

「時間は決まってはおらん。おいどんが飛行場に連絡しておこう。何時がいいんじゃ」

「そうだな。グアムでの乗り継ぎを考えたら朝の五時ごろがいいだろう」

「おいどんも一緒に行ったほうがよかろうか」

「いや、あんたの出番はまだだ。あんたは千両役者だ。千両役者はシナリオの中のいい場面にだけ登場すればいいんだ」

第三章

　足立は自宅の居間で三日前にヨーキム・ダイムラーから受け取った書類に目を通していた。表にはただ“INVESTIGATION《調査報告》”とあり、下のほうに調査会社のガリソン社と担当者数名の名前がある。

　その書類はヨーロッパ、中東、ロシアを舞台に活動していた国際詐欺師たちについての調査報告書だった。二百ページにのぼるその書類の半分はすでに逮捕、起訴、そして有罪となって現在各国の刑務所で服役している者の出身国、生年月日、写真と犯罪内容、逮捕のきっかけ、そのときの様子などが克明に説明されていた。残りの半分は現在国際指名手配中の詐欺師たちと、まだ手配まではいかないが要注意人物についてだった。これを作るためにガリソン社は自社の調査員たちだけではなく、パリ警視庁やロンドンのスコットランド・ヤードの関係者などにも随分と鼻薬を効かせたのだろう。

　足立がヨーキムを通してその調査報告書を作るよう頼んだのは、今から七カ月前の二〇〇五年十月のことである。

ページをめくる足立の顔にときどき笑みがこぼれた。かなりなつかしい顔がいる。絶対に捕まらないと豪語していたつわものでも塀の向こうにぶち込まれている。

「何をそんなに熱心に読んでるの？」

妻の定子がお茶を持って入ってきた。

「国際詐欺師についての調査書だよ。実によくできてる。これぞ最新版の国際詐欺師名鑑だ」

「あんたも出てるの？」

「いや、これはヨーロッパ、中東、ロシアに限ってるんだ」

「でも以前はヨーロッパでも働いていたじゃないの」

「確かに。しかしこの名鑑には逮捕、投獄された者や国際指名手配されている奴と要注意人物しか載っていないんだ」

「じゃ大丈夫ね。あたしの梵ちゃんはそんなへまはやらないものね」

「それにもう引退したし」

「だけどまだ未練がある。その証拠にそういうものを読んでる。そうでしょう」

足立が笑いながら、

「〝直感のお定〟もときには見当違いなことを言うね」

「いえ、あたしの勘に間違いはないわ」

「違うな。これはな昨年のアカプルコのインターナショナル・アーティスト協会のコンヴェンションの結果を見て、おれが特別に注文したんだ。お前も一緒に行ったから覚えていると思うけど、出席者が極端に少なかったろう。いつもなら二千人いるメンバーの中で半分は来る。だが昨年は五百人も集まらなかった。世界的なスケールの詐欺師狩りが行われているからだ。そこでメンバーの何人ぐらいがぱくられているか、また何人ぐらいが指名手配をくらって動きのとれない状況に陥っているかをおれは知りたかった。それだけだよ」

インターナショナル・アーティスト協会とは七年前に沖田次郎吉が作ったものだが、この場合の〝アーティスト〟とは沖田の考える芸術家、すなわち詐欺師である。

「でも、あんたに国際詐欺師協会があるなんて聞いたとき、最初は信じられなかったわ」

「だけどちゃんとそのコンヴェンションをアカプルコで目の当たりにしただろうが」

「次郎吉さんはなぜあんなもの作ったのかしら」

「十年前にオランダとサンフランシスコで世界売春婦協会というのが設立されたのを知ってるかい」

「まさか」

定子が一笑に付した。

「本当なんだ。ヘラルド・トリビューンにも載った。売春婦が国境を超越してお互いに助け合い、老後のための積み立てや健康保険などに関して統一した機構を作るのが目的だった。次郎吉さんはこれにヒントを得てインターナショナル・アーティスト協会なるものを作ったんだ」

「でもわざわざ協会を作るなんて、世界中の警察に自分たちは詐欺師ですと教えているようなものじゃない」

「捕まるような奴はアーティストじゃないというのが次郎吉さんの信条なんだ。それはおれの信条でもあるがね」

「ところが捕まってるのが随分といる、というわけね」

「その通り。だが捕まったのは大体自分の実績にうぬぼれて傲慢《ごうまん》になった奴が多い。当局を甘く見ちまうんだ」

と言って足立が書類の中の一ページを定子に見せた。

「たとえばここにあるハリー・アーノルド。イギリス人で抜群のコン・マンだった。かつては貪欲《どんよく》な保険会社から莫大《ばくだい》な金を詐取したり、ウインザー城の出入り商人になりすまして、食品会社や薬品会社から賄賂《わいろ》を取りまくったが逮捕もされなかった。だが成功に自分を失ってしまったんだな。自分を失うということは〃勘〃や〃アンテナ〃を失うことだ。そうなったらアーティスティックな資質は自然と消えてしまう。結局アーノルドはぱくられて今じゃ刑務所の中だ」

「なんでぱくられたの?」

「けちなヤマさ。何年か前に死んだダイアナ妃の遺書と称するものをバッキンガム宮殿に売り付けようとしたんだ。だがまだ若かったダイアナは遺書など書いてなかった。しかもアーノルドはダイアナの親友で唯一彼女が心を許した友として売り込んだんだが、それを裏付ける人間がひとりもいなかった。計画自体、穴だらけだったんだ。アーティストどころか三流の詐欺師になりさがってしまったんだよ」

「まさに天国から地獄ね」

そのときテーブルの上の電話が鳴った。

お定が受話器を取った。二言、三言話して受話器を足立に渡した。

「警視庁の権田さんて方よ」

足立が小さく舌打ちして受話器を耳に当てた。

「はい、足立ですが」

「権田です。先日はすっかりご馳走になりまして本当にありがとうございました」

「またいつでも来てください」

「ところで先生、丸の内で出刃を振り回していたのは、やっぱり被害者の〝家族の会〟のメンバーでした。蓑田が報告してきたんですが、自殺した親父の復讐《ふくしゅう》をしようとしていたんです。本人は後悔してるらしいです。蓑田ともども止めてくださった先生に感謝していました」

「そりゃよかった」

「二度と馬鹿な真似はするなと私のほうからもクギを刺しておきました」

「あんたも大変だね。ああいう連中を相手にしなきゃならんのだから。まあせいぜい頑張ってくれ」

「ちょっと待ってください、先生！　本題はこれからなんです」

「本題？　例の件ならお断りだよ。はっきり言ったろう。おれはもう足を洗ったんだ」

「そんなことおっしゃらずにお願いします。このままでは多くの人が不幸になるんです。先生のお慈悲にすがるしかないのです」

「次はおれを説得できなかったらあんたはクビになるとでも言うんだろう」

「そうなんです」

足立の顔に小さな笑いが浮かんだ。捜査二課にいたときの権田は〝泣き落としの権田〟と言われていた。容疑者の心に訴えて彼らを落としていたからだ。

「あんたが何を言おうがおれの答えは変わらないよ」

電話を切った。

「まったくやってられないよ。サツが詐欺師に仕事を頼むなんて……」

「おもしろそうじゃない」

足立が眉《まゆ》をひそめてお定を見た。

再び電話が鳴った。

足立がもぎとるように受話器を取った。

「あんたもしつっこいな！　何度かけてもおれの返事は同じだ！」

「……何が同じなんだ？」

権田の声ではなかった。

「次郎吉さん⁉」

「何を怒ってるんだ、梵ちゃん」

「いやぁ、これは失礼。ちょっとかっかしていたもんでね。今どこにいるんだ？」

「あんたが想像もつかないところだよ。明日東京に行くことになったんだが、あんたにひとつ頼みがあるんだ」

「なんなりと」

「まだ萩原《はぎわら》は総理をやってるんだろう」

「ああ、相変わらずふらついた内閣だが、さすが〝スッポンのハゲ原〟まだしがみついてるよ。うちの店にもよく来るんだ」

「彼とアポをとって欲しいんだ。東京に着くのが明日の午後遅くになるから、できればあってがいいんだが」

「了解。必ずとっておく」

「ああそれから沖田次郎吉個人ではなく、USAの外交顧問として会いたいと言っといてくれ」

「USA？　まさかアメリカの？」

「いや、このUSAは太平洋に浮かぶ島だ。去年独立したんだが、そこの大統領がおれの旧友で外交顧問を頼まれたんだ」

「コン・ジョブかい？」

「それはまだわからん。成り行き次第としか言えんな。会ったら話すよ。すごいことに発展するかもしれん」

「いや、それは聞かせないでくれ。おれはもう辞めたんだ」

「去年の対カサバドフ作戦のときもあんたはそう言ってたな。だが話を聞いた途端心変わりしたじゃないか」

「だから今度こそは聞きたくないんだ」

「わかった。それじゃ明日の晩」

電話が切れた。

お定がじっと足立を見つめていた。

「次郎吉さん相変わらず元気だな。おれより二歳上とは到底思えないよ」

それには応えずお定はまだ足立を見据えていた。

「どうしたんだ、そんな深刻な顔して？」

「はっきり言っていいかしら」

「どうぞ」

「……？」

「あんた三日前から変なのよね」

「三日前あんたがある人と店で会ったとマネージャーから聞いたの。さっきの電話の刑事さんでしょう」

足立がうなずいて、

「でも話は断った」

「あれ以来あんたおかしいのよ。なんとなく心ここにあらずといった様子で。でも今、次郎吉さんと電話で話してるときは、声も表情も生き生きしてた。それを必死になっておさえようとしてるのが見え見えだったわ」

「何が言いたいんだ」

「あの刑事さんの頼みを聞いてやったら?」

足立が首を振った。

「おれはもう辞めたんだ。結婚前にお前にも約束したろう」

「そんな約束なんてどうでもいいのよ」

「むちゃ言うなよ。今お前幸せじゃないのか」

「そりゃ幸せよ。でももっと大きな幸せは、あんたが本来のあんたになるのをこの目で見ること」

「おれは今の自分で十分満足してるさ」

「満足はしてるけど充実感はない。充実感がなければ幸せじゃない。そうじゃない?」

三日前に権田も同じようなことを言っていたのを思い出す。

「今のあんたはしぼんでいくばかり。レストランのオーナーとしてつつがなく暮らしてはいるけど、あたしから見ると日々少しずつ死んでいるみたい。そんなあんたを見るのがあたしはつらいのよ。守りに入った足立梵天丸なんて魅力が半減だわ」

ぐさりとくる言葉だった。

「守りか……」

確かに自分自身もそう感じてはいた。

今は金はあり、いい女房もいるしレストランも順調にいっている。なんら不満はない。しかし決定的に欠けているものがある。お定の言う充実感、言い換えれば生きてることのおもしろみだ。そのおもしろみは一寸先何が起こるかわからないというスリリングで張り詰めた気持ちなくしては得られない。

それを四、五年前までの自分は持っていた。社会に対しても人生に対してもずっとアグレッシヴだった。刃《やいば》の上を歩きながらも人生を高笑いしながら生きていた。

「あんた一体何を守ろうとしてるわけ?」

守るものなど何もないと足立は言いたかった。しかし口をついて出たのは別の言葉だった。

「あえて言えばお前とつかんだささやかな今の幸せかな」

「そんなの迷惑だわ。あんた自身が幸せじゃないのになぜあたしが幸せなのよ。十年前銀座で働いていたころ初めてあんたが店に来たときのことはよーく覚えている。あのときあたしは心に決めたの。一緒になるのだったらこの男しかいない、と。なぜかわかる?」

「おれの体に惚《ほ》れた?」

「バカ! 真剣に話してるのよ」

足立が首をすくめた。

「それはね、それまで会ったどの男よりもあんたは〝生きて〟いたからよ。生ける屍《しかばね》のような連中が多い中であんたは本当に旬《しゅん》だった。傲慢で自信満々、世間を見下した横柄な態度。そして人を馬鹿にした笑い。でも馬鹿にされても当然と思わせる何かがあんたにはあった。その何かとはドスを呑み込んで生きてる人間だけが持つ底知れぬすごみと鋭さ。あたしは思った。この男となら退屈な小市民的人生だけは送らないですむ、と。そして念願かなって去年一緒になれた。なのに今のあんたは何よ。ドスは溶けちまって傲慢な自信も失ってしまった。"ささやかな幸せ"なんて言葉をあんたは絶対に使っちゃいけない男なのよ。それを平気で言う小市民的なセンス。まるで去勢されてしまった狼じゃない。狼はタマをとられたらただの野良犬よ」

「………」

足立は返す言葉がなかった。自分の心の底でなんとなく感じていたもやもやを彼女がそっくり吐き出してくれたのだ。

「でもねぇ梵ちゃん、あたしにはわかるのよ。あんたは決してタマなど抜かれてはいない、と。なぜならあんたは本物の狼だから。本物は捕まって去勢されるより野垂れ死にを選ぶのよ。だからこのまま檻《おり》などに入らないでちょうだい。あたしのためでも誰のためでもなく、あんた自身のためにやりたいことを何でもやって。そうやって生きるあんたをそばで見ているのがあたしには一番幸せなの」

足立は彼女に感心すると同時に感謝していた。いつもはノー天気に冗談を言ってばかりいる彼女が初めてマジに自分にぶつかってくれたのだ。

足立の胸の中で今まで消し去ろうとしていた炎がめらめらと燃え始めた。全身の血が熱い激流となって魂を揺さぶった。


「お前に惚れたおれは間違っていなかった」

お定がにっこりと笑った。

「わかってくれたのね」

「きつーい一発だったが効き目は上々。次はおれが一発見舞う番だな。さあベッドに行こう」

「そうこなくっちゃ。それでこそあたしの梵ちゃん！」

沖田がホテル・ニューコタニにチェックインしたとき、時計はすでに七時をまわっていた。

部屋に入るとすぐに足立に電話をかけた。

「梵ちゃん、今ホテルに着いたよ」

「店に来るかい。それともおれがそっちに行こうか」

「ちょっとバテ気味なんだ。下に〝キトーズ〟というバーがあるんだが、そこの個室へ来てくれないか」

「わかった。三十分後に行く」

沖田は素早く服を脱いでシャワーを浴びて髭《ひげ》をそった。ジャケットを引っ掛けてドアーに向かったとき電話が鳴った。

「ヘロー、イズ ディス ミスター・オキタ？」

重く引きずるようなロシアなまりの英語だった。

「スピーキング」

「私はロシア大使館のアレクセイ・モロゾフという者です。ちょっと会って話がしたいのですが」

「どんな話です？」

「それは会ってからお話しします」

「話の内容も知らないで会うわけにはいきませんよ」

相手がちょっと間を置いてから、

「それもそうですね。実はUSAに関することなのです」

「どっちのUSAです？」

冗談半分に言った。

「もちろんヤマダ島のほうです。あなたはあの国の外交顧問ですよね。ぜひ会って話を聞いてください」

「わかりました」

USAにいる間ロシア代表とは話もしなかった。なのに東京のロシア大使館にはすでに自分のことについての情報が入っている。しかも滞在中のホテルまで相手は知っている。

「ところでモロゾフさん、私がこのホテルにいるのがどうしてわかったんです?」

「われわれの情報網はグレードが高いんです。それでいつお会いできますか」

「明日もう一度連絡いただけますか。それまでにスケジュールを調整しておきますから」

電話を切ってから今度はホテルのオペレーターを呼び出しロシア大使館の番号を調べてもらった。

何度かの呼び出し音の後、女性の声がした。

「アレクセイ・モロゾフさんにつないでください」

「当大使館にはそういう名前の者はおりません」

「でもたった今モロゾフ氏から電話を受けたのですが」

「そういう者はおりません」

「確かですか?」

「おりません」

思った通りだった。多分モロゾフはアメリカか中国のために働いているのだろう。

〝キトーズ〟の個室に着いて数分もしないうちに足立が入ってきた。

「やあ」

足立が手を上げた。

「よう」

挨拶《あいさつ》はこれだけで十分だった。二人が最後に会ったのは昨年の八月メキシコのアカプルコで行われたインターナショナル・アーティスト協会のコンヴェンションでだった。だがどれほど長く会わなくともそんなことは問題ではなかった。二人とも毎日会っているような感覚で互いを思っていた。それが二人の関係を特別なものにしていた。

マネージャーが入ってきてテーブルの上にバーボンのボトルと二つのグラスを置いた。ボトルを開けてグラスに注ごうとすると沖田がそれを取り上げて、

「しばらくの間は誰も入れないでくれ」

マネージャーが会釈《えしゃく》をして出ていった。

「ハゲ原のほうは大丈夫だ。明日の午後八時おれの店に来るとのことだ」

「すまん」

沖田が二つのショットグラスになみなみとバーボンを注いだ。

「店のほうは順調なのかい」

「思っていた以上だな」

「じゃそれに乾杯だ」

沖田がグラスを上げた。

「おれはあんたがUSAの外交顧問になったことに乾杯しよう」

二人が一気にグラスを乾《ほ》した。

「うまい！　こんなにバーボンがうまいと感じたのは久しぶりだ。酒はやっぱり自由な心で

飲まなきゃ」

「今までだって自由だったろうが」

「いや、一時的に自分で自分を縛っていた。情けない小市民に陥ってしまってたんだ。だが今は正気に戻った。お定のおかげだ。レストランのオーナーのおれは抜け殻のようで男としての魅力もないと言われたよ」

「さすがお定さん、いいとこついてるな」

「これからは以前のようにやりたいことをやる。手始めに今頼まれてることをやろうと思ってるんだが、今いちおもしろさに欠ける。それをあんたにまず相談したいんだ。クライアントは警視庁なんだ」

「警視庁？」

足立がうなずいて、

「刑事部国際捜査課なんだ。あそこの捜査第一係の権田という男がコンタクトをしてきたんだが、一応は断ったんだ。覚えてるだろう、権田を？　昔、捜査二課にいた奴だ」

「権田ねぇ。ああ思い出した。あの権田昭三だろう」

「彼だよ」

「〝泣き落としの権田〟、なつかしいね。〝お母さんは泣いているぞ〟が得意文句だった。おれのおふくろはおれが生まれてすぐ親父とおれを捨てて出ていってしまったんだが、そのおれに〝お母さんは泣いているぞ〟だものな」

「その彼が今は第一係の係長で警部補になってるんだ」

「何を頼んできたんだ？」

「日本人の中小企業経営者たちが国際詐欺師によって騙《だま》し取られた金を取り返して欲しいと言うんだ。詐欺師は二人なんだが、やり方が巧妙で証拠は残さないから警視庁としては手が出せない。金さえ取り戻せれば被害者たちは納得すると言うんだが」

「しかし権田がその話をあんたに持ってきたのを上のほうは知ってるのかな」

「許可は得ていると言っていたよ」

「でその詐欺師の名前はなんと言うんだ」

「ひとりがフランス人でアンリ・フェルナンデリック、もうひとりが日本人で中田豊蔵。中田豊蔵はＩＭＦで活躍していたかの山形春子の実の弟なんだ」

「ちょっと待てよ……」

沖田の眉間《みけん》にしわがよった。何かを思い出そうとしているときのくせだ。

「そうだ！　ベルナールだ。去年の暮れパリで会ったとき彼が言ってたよ」

「ベルナールってあのフランス最高のコン・マンと言われる男かい」

沖田がうなずいた。

「ジョルジュ・ベルナールだ。彼は最近小物の詐欺師が多くて困ると嘆いていた。そのとき二、三人の名前をあげたんだが、その中に確かフェルナンデリックという名前があった。かつてはフランス政府で役人として働いていたらしい。奴のターフ《縄張り》はヨーロッパではなく日本や中国、韓国などアジア圏で武器はオイル　マネー」

「間違いなさそうだな」

「ベルナールはフェルナンデリックをただのけちな詐欺師と見ていたが、彼が憤慨していたのは奴をバックアップしているアラブ人に対してだった」

「どんな奴らなんだ」

「国名は言わなかったが王族ぐるみで詐欺師たちを飼ってると言ってたな」

「じゃフェルナンデリックは本当にアラブと関係があるというわけか」

「だろうね。ベルナールがあそこまで言うんだから」

「もっとディテールが必要だな」

「料理の仕方によってはおもしろみのある仕事になると思うよ」

「しかしあんたがやろうとしていることほどのスケールやおもしろみはない。そうだろう、外交顧問殿」

「いやいや、こっちだって今料理の仕方を考えてる最中なんだ。ゴージャスなフランス料理になるか、それともどんぶり飯になるか、今の時点ではおれ自身にもわからん。ただ材料がいいのが救いだがね」

「だろうね。じゃなきゃあんたがＵＳＡのような小国の外交顧問などになるはずがないからな」

「しかしあれは単純な成り行きだったんだ」

と言って沖田がジョージ・ヤマダとの三十年以上にもなる関係について語った。

「そんなわけで外交顧問を引き受けることになっちまった」

「それでこれからアメリカや中国を相手に金をふんだくるというわけか」

「ふんだくるなんて聞こえが悪い。援助をいただくと言って欲しいね。だけどそれだけじゃおもしろみも何もない」

足立がうなずきながら、

「そりゃそうだ。芸術性もへったくれもないただの金集めだからな」

「だが金集めは至急やらなきゃならないんだ」

「それはまたどうして」

沖田がグラスを口に運んだ。

じっと足立を見据えた。しばしの沈黙……。

「実はな梵ちゃん、あの国は消えてなくなるんだ」

足立が手にしたグラスを落としそうになった。突然足払いでぶっ倒された感じだった。だがこういうことで冗談を言うような沖田ではないことは十分に知っていた。

それでもまだショックは残った。

「〝消えてなくなる〟とはどういう意味だ?」

「読んで字のごとくさ。物理的に消えうせてしまうんだ。あの国は巨大な活火山の上にある。これは日本の著名な地質学者が確認している。それが爆発するのは時間の問題。その教授は残された時間を最悪で半年、長くて一年と断言したらしい。もちろんその前にいっちまうということだってあり得る。自然は気まぐれだからね。その間にできるだけ金を集めなきゃならないんだ」

「しかし国家がなくなってしまったら、金なんて意味がなかろうが」

「いや大いに意味があるんだ。二万五千人のUSA国民を他国に移す。この案はおれが大統領のジョージ・ヤマダに提唱したんだ。だがこれを実施するには莫大な金がかかる。その上その金を集める時間はごく限られている」

「具体的にいくらぐらいの額を考えてるんだ」

「五十億ドル」

ピューという口笛が足立の口から漏れた。

「日本円で六千億近いぜ！」

「二万五千人の国民が難民として扱われず、どんな国からももろ手を挙げて歓迎されるにはこれくらいの金は必要なんだ」

足立がにやっと笑って、

「やっぱり次郎吉さんは人情家だな。いくら親友のためとはいえ二万五千人の人間の運命まで背負っちまうんだから」

「そんなおおげさなことじゃない。あくまでおれ中心に考えているんだ。これをやることによって体の中が激しくスパークする。それが生きてるという実感を確実に与えてくれる。わかるだろう。それにしても……」

　と言ってグラスにバーボンをつぎながら、

「もうひとつ何かおもしろみが欲しいな」

「あんたが金集めをすると言ったとき、おれは十億、二十億の話だと思っていた。六千億円じゃ桁《けた》が違う。その金をアメリカや中国からしぼりとるだけでもおもしろみ十分じゃないか。おれが頼まれているのはたかが九百万ドル取り返す仕事だぜ」

　バーボンはすでに半分以上空けられていた。二人はしばし無言でグラスを口に運んでいた。しかし二人とも頭の中はフル回転していた。

　どちらからともなくくすくすと笑い出した。沖田がグラスを置いて、

「最高の料理になるぜ、梵ちゃん」

「次郎吉さん、おれと同じことを考えているんだな」

「もちろん」

　それ以上の言葉は要らなかった。

　沖田が片手を差し出した。その手のひらを足立がパシッと叩《たた》いた。まさにあうんの呼吸。

　足立が携帯電話を取り出して番号を押した。相手はすぐに出た。

「権田さん？　足立だ。例の仕事引き受けることにするよ。ついてはフェルナンデリックと中田についてあんたがたが集めた情報を大至急欲しいんだ。今ホテル・ニューコタニの〝キトーズ〟というバーの個室にいる。すぐ来てくれ」

沖田も足立も作戦のスケールがどれほどのものになるかは知っていた。そしてそれを二人だけで遂行できないことも知っていた。少なくともあと二人か三人は必要だった。

「まず井原世之介《いはらよのすけ》と綾小路右近《あやのこうじうこん》にアプローチしたほうがいいだろうな」

「次郎吉さんの仕事だと聞いたら彼らは何をおいても馳せ参じるよ」

井原も綾小路もまだ四十代だが、詐欺師としては大ヴェテランのクラスに入る。二人は若いころから沖田に傾倒し、コン・マンとして彼のレヴェルに達するのを最大の目標としていた。昨年チェチェンで展開したカサバドフというテロリストに対する作戦にも参加して、その成功のために大きな貢献をなした。二人とも今では押しも押されもせぬその道のメジャーである。

「世之介は今でもあのモデルとカンヌに住んでるのかい？」

「いや去年の作戦が終わってからすぐに彼女と別れたんだ。今じゃマンハッタンのイーストサイドにあるコンドで優雅に暮らしてるらしい。三カ月ほど前ひょっこりおれの店に来たんだ。あのときはビオンディ・サンティを三本も空けながら上機嫌だったよ。いい仕事をしたあとは実にすがすがしい気持ちだと言っていた。そのいい仕事って何だったと思う？」

沖田が首を振った。

「リンカーン・グラント事件て覚えてないかい」

「グラントという男とボストンのカトリック教会との間での訴訟事だろう。CNNやニューヨーク・タイムズがずいぶんとカヴァーしていたな」

昨年の十一月ニューヨークに住むリンカーン・グラントという黒人が、米カトリック教会の総本山ボストンの大司教管区を不法占拠のかどで州地裁に訴え出た。

訴状によると一八六三年南北戦争の真っ只中グラントの先祖のひとりサムは北部に逃げてきた。そしてボストンに住み着いて土地を購入。その土地に建物を建て南部から逃げてくる黒人たちのためのシェルターにしようとした。しかしシェルターが完成する前に、その土地はある不動産屋によって騙し取られてしまった。その後その土地はカトリック教会の手に渡り教会が建てられた。以来その教会は米カトリックの総本山として君臨してきた。

グラントの弁護士は万全の準備をして裁判に臨んだ。まだ奴隷時代だったころグラントの先祖サムが売り買いされた記録や一族郎党がアフリカから連れてこられたときの様子とそのルーツを示す書類、ボストンの土地を買ったときの契約書、その後不正な取引で不動産屋に渡った経過など、考えられないような古い文書まで集めた。

これに対して教会側は既得権を主張し、それらの文書の真偽性を問題にした。だが何人かのエキスパートが鑑定した結果、それらの文書はすべて本物であるという判断がくだされた。

三カ月続いた裁判の結果は教会側にとって惨めなものだった。グラントの言い分がほぼ百パーセント認められ、教会は土地をグラントに返すよう命じられたのである。もしグラントと話し合って今の土地に留まることが認められても、教会側は今までの家賃としてそれ相応の支払いをせねばならない。

教会側は恥を忍んでグラントとの話し合いに入った。グラント側は柔軟な姿勢を見せた。教会はすぐには立ち退くわけにもいくまいから、しばらくの間は今の地に居続けてもよい。しかしその代償として、これまでの不法占拠に対する賠償金と借地料を払ってもらう。金額は双方合わせて年百万ドル。一八六三年から二〇〇〇年までの百三十八年分として一億三千八百万ドル。

プラス二〇〇一年から二〇〇六年までは年二百万ドルとするから、これが一千二百万ドル。教会側としては選択の余地はなかった。泣く泣く彼らはグラント側の条件を飲んだ。

この事件のクライマックスはその後にきた。リンカーン・グラントが弁護士とともに記者会見を開いたのである。その席上グラントは言った。

「皆さんに申し上げたい。私がこの裁判を起こしたのは決してお金のためではない。わが人種に対する迫害の歴史をはっきりとアメリカ国民の心に訴えたかったからだ。私の先祖のサムは字が読めなかったがゆえに騙された。そういうハンディキャップに苦しんでいる人々は現在もいる。

裁判に勝ちはしたが私は満足してはいない。未だ多くの不正や腐敗がこの国に存在するからだ。例えばカトリック神父たちによる信者の少年たちに対する性的虐待《ぎゃくたい》。この五年間で一体われわれは何人の犠牲者たちの話を聞いたろうか。神父に弄《もてあそ》ばれてその一生をだめにしてしまった人々もいる。しかしヴァチカンはもとよりアメリカのカトリック界も、その問題を真っ正面から見つめようとしない。そこで私は今回の訴訟の結果得た金の約半分七千五百万ドルを、今もカトリック教会が見過ごしている性的虐待に苦しむ人々の基金に寄付することをここに約束する」

グラントが内ポケットの中から一枚の紙を取り出して高々と上げた。七千五百万ドルの数字が刻まれた小切手だった。

マスコミはべた褒め。グラントは一躍時の人となった。だが一ヵ月後、彼はいなくなった。新聞やテレビがいくら捜しても見つからない。ただ忽然《こつぜん》と姿を消してしまったのである。

「今ごろグラントはリオでお楽しみさ」

「あの件に世之介がからんでいたとはなぁ」

沖田は改めて感心していた。

「完全な人形芝居だったんだ。製作、演出、証拠作りとすべて彼がやった。あとは適当な弁護士と原告を探して彼らを背後から操ればよかった。一番難しかったのは証拠文献を作ることだったと言ってたな」

「しかしカトリック教会も大変な奴に遭遇しちまったな」

「だけどあれはよっちゃんの信条がよく出ていた件だったと思うよ。彼は権力を笠に着て弱者をいじめる奴らを極端に嫌ってる。しかも聖者づらして子供たちを犯すなんてもってのほか。それを見て見ぬふりしてる教会はもっと悪いと言っていたよ」

「いずれにしても今度の仕事には欠かせないひとりだな」

足立が再び携帯電話を取り出してボタンを押した。

「よっちゃん？　足立だ。今どこにいるんだ？……仕事があるんだが？……それはよかった。もちろん沖田さんも一緒だ。できるだけ早く合流して欲しいんだが……それじゃ」

次に足立はコートダジュールにいる綾小路右近に電話を入れた。

井原同様、綾小路も足立の話に即座に乗った。

「二人ともあさっての午後までにはこっちに来ると言ってるよ」

「それまでに一応作戦の概要をまとめておきたいな」

そのときドアーがノックされた。マネージャーがおそるおそるドアーを開けて、

「あのう、お客様がお見えですが」

マネージャーの背の向こうに権田の顔が見えた。

「やあ権田さん、どうぞ」

やや緊張した面持ちで権田が部屋に入ってきた。

沖田が笑いかけた。

「しばらくだな、権田さん」

「これはこれは沖田先生ではありませんか」

「お元気そうでなにより」

「とんでもありません。今のペースで行ったら何年持つやら」

マネージャーがグラスを持ってきた。

「さあ景気づけに一杯いきましょう」

グラスにバーボンを注ぎながら沖田が言った。権田は体をすぼめながら何度か頭を下げた。

「それでは」

沖田がグラスを上げながら言った。

「警視庁と権田昭三君の健康に乾杯といこう」

権田はちょっとグラスに口をつけただけだった。

「沖田先生」

感極まった口調で権田が言った。

「私のファーストネームまで覚えてくださったんですね」

「それがおれの欠陥でね。好きな友人や印象深い人の名前や電話番号はいやでも覚えちまうんだ」

皮肉のつもりで言ったのだが権田はそうはとらなかった。

「光栄の極みです」

「ところで権田さん」

足立が言った。

「あの二人についての情報はどのぐらいあるんだ?」

権田がカバンを開けて分厚い封筒を取り出した。その中から三枚の写真を抜いて、

「まずこれが二人の写真です。アンリ・フェルナンデリックと中田豊蔵」

二人ともさえない顔をしている。この地味さが逆に人々に安心感を与えるのかもしれない。

権田が封筒から書類を取り出した。

「それからこれが二人の履歴です。警察庁の外事課とわれわれが協力して集めたものです」

その書類にはフェルナンデリックと中田のこれまでの経歴が書かれていた。

フェルナンデリックはユニヴェルシテ・ド・パリの出身で卒業後官僚の道を歩むが、突然退職してフランスを去った。彼が去ったあと政府の金庫から五十万フランが消えていた。だがその消失と彼をつなぐ証拠はまったくなし。パスポートはキプロス政府発行のものを持っている。

中田豊蔵についてはもっとはっきりしていた。元公家の中田家の長男でハーヴァード大学中退。学力が勝っていたわけではなく、当時ハーヴァードが世界の王族や貴族の子女に提供していた特別枠での入学だった。

姉の春子は一度結婚したが離婚し二度目は山形家に嫁ぐ。優秀な頭脳が買われてIMFにポストを得て現在はスイス在住。豊蔵はハーヴァードを中退後、中東のオイル会社の日本支社長となったが六カ月でそのポストを解任された。次にフランスの金融会社の東京支社を任せられたが、これも三カ月で首。次にアメリカの不動産会社の東京支社の責任者となったが、これもやはり三カ月でお払い箱。

「中田はギャンブルが大好きなんです」

権田が言った。

「金さえあれば馬や競艇に使ってしまう。稼ぐ金より使うほうがはるかに多い。典型的なばか旦那なんです。彼に金を貸したある男が姉の春子さんのところに行ったんですが、彼女はこう言ったそうです。〃あの人はもはや私の身内でもなければ弟でもありません〃。実の姉にそこまで言われてはおしまいですよ」

「姉さんも相当の迷惑を被ったんだろうな。ところであんたは二人に直接会ったことはあるのかね？」

　足立が尋ねた。

「いえ、まだ一度も。何人かの被害者が訴えてきたので二人をしょっ引こうとしたんですが、確実な犯罪の証拠はまったくなかったんです。逆に名誉棄損で訴えられる可能性が大でした。ちんけな詐欺師であることはわかっているんですが。それが悔しくて」

「東京での奴らのアジトはあるのかね」

「ホテル・ロイヤルの一階に〃上海《シャンハイ》クラブ〃という事務所があるんですが、そこをたまり場にしています。ちんけな詐欺師が集まった仲良しクラブのようなものです」

「じゃ日本にいるときはそこが活動基地なんだな」

「そう考えてもいいと思います。ですが月の三分の一は韓国や中国に行っています」

「奴らのバックにいる連中については何か調査したのかい」

　権田が蓑田からあずかったフェルナンデリックについての紹介状を開いて見せた。

「このレターヘッドしか手掛かりはないんです。われわれはアビラハフェズの駐日大使館に問い合わせてみました。確かにプリンス・サバ・アル・ビン・フェイザルという人物はいるとのことです。しかもファルーク国王が体を悪くしているため、いつ王位を降りるかわからない。その場合三百人以上いるプリンスの中で王位につくのはこのフェイザルとのことです」

「ここにアル・フェイザル・インヴェストメントとあるけど、それもチェックしたのかね」

「それについては駐日大使館はわからないの一点張りなんです。仕方なく現地の警察に問い合わせましたがナシのつぶて。それ以上は手の打ちようがありませんでした」

「フェルナンデリックがキプロスのパスポートを持っているというのは確かなんだな」

「はい、入管記録に載ってますから」

足立と沖田が顔を見合わせた。

「あそこは一種のタックス・ヘーヴンになってるからな」

と沖田。

「権田さん、被害者たちはフェルナンデリックに現金で支払ったのかね」

「いえ、みなそれぞれの取引銀行からキプロスのラルナカ銀行に送金したと言っています」

「受取人は？」

「ジャン・ダリュウという名前で住所はＰＯ ＢＯＸ《—私書箱—》になってるんです」

足立と沖田が再び顔を見合わせた。無言の会話がふたりの間でなされた。

足立が権田に向かって、

「被害者たちはその送金記録のコピーを持っているはずだね」

「ええ、当然持っていると思いますが」

「それらのコピーをできるだけ多く集めてくれ。できるだけ早く」

「わかりました」

権田が立ち上がった。

「これから蓑田たちに連絡します」

権田が帰ったあともふたりは飲み続けた。

すでに二本目のバーボンも底をつきそうだった。

「問題はキプロスから向こうだな」

沖田が片手でグラスを弄びながら言った。

「ジャン・ダリュウという奴がフェルナンデリックたちを操っている可能性もある。アビラハフェズのレターヘッドなんて誰でも作れるからね」

「だがダリュウがフェイザルとフェルナンデリックたちとのスクリーン役をやっているということも考えられるんじゃないか」

「そっちの可能性のほうが高いと思いたいね。ベルナールもアラブのバックアップについて言ってたし。そうでなければ仕事のおもしろみはパーになっちまう」

足立がちょっと間をおいてから、

「とにかく藪《やぶ》をつっついてみよう。それで蛇が出てきたら上々だ」

「そうだな。時間は限られているし、舞台も広すぎる。攻撃しかないな」

ふたりがグラスを合わせた。

沖田が〝アモーレ・デラ・ソーレ〟に着いたのは八時をちょっと過ぎたころだった。足立が彼を入り口で迎えた。そばに二人の背広姿の男たちが片耳にイヤーピースをはめて立っている。

「あの爺さんにもこんなにSPがつくのかね。税金の無駄遣いもいいとこだ」

「ハゲ原が来るたびにこうなんだ。迷惑きわまりないよ」

ふたりが個室に向かった。

「グァッハハッハ」

特徴のある笑い声が個室のほうから聞こえてきた。

「爺さん相変わらず翔んでるな」

「五回目の内閣改造をしたばかりなんだ。まだまだ頑張るつもりらしい」

「そうして欲しいよ。こっちにとっちゃ優良な投資信託みたいなもんだからな」

個室の前にもSPが二人立っていた。

中には三人の男が待っていた。ひとりは総理の萩原愚助《ぐすけ》。昨年会ったときは官房長官だった有働大樹《うどうたいき》、もうひとりは初めての顔だった。

「いやぁ沖田さん、お久しぶりじゃな。昨年のチチュンの件では大変お世話になった。改めて礼を言わしてもらうわ」

相変わらずチェチェンと発音ができない。

有働がとなりに座った男とともに立ち上がった。深々とお辞儀をして、

「その節はお世話になりました。おかげさまでまだ官房長官をおおせ付かっております」

まだ彼が官房長官をやっているところを見ると、萩原の周りにはよほど人材がいないのだろう。だがそのほうが今の沖田には都合がよかった。

「沖田さん、紹介します。外務次官の西川平祐《にしかわへいすけ》氏です。あなたがUSAの外交顧問としていらっしゃるというので、外務省を代表して彼にも同席してもらったのです」

「沖田次郎吉です。よろしく」

西川が名刺を差し出した。沖田には名刺の用意がなかった。

「まだ名刺ができてないので勘弁してください」

「お構いなく。あなたについては駐オーストラリア大使の奥田啓輔氏にチェックしましたから」

チェックという言葉が沖田には気に入らなかった。

「ほう、奥田氏に?」

「USAの大統領とはハーヴァード時代から親しくなさってたそうですね。報酬もなしで外交顧問をお引き受けになったとか?」

「友人の頼みですから」

「でもあんな小国の外交顧問を無報酬でやるからには何か目的があるはずでしょう。誤解し

ないでください。これは私が言ってるのではなく奥田が言ってるのです」

「目的ねぇ」

沖田がポーカーフェイスのまま言った。

「ありますよ。将来ＵＳＡをミサイル・ディフェンスで固めて核爆弾を大量に生産してオーストラリアとニュージーランドに対してニュークリア・ブラックメイル《核の脅喝》を行う。さらにアメリカと中国に宣戦布告して世界最終戦争を始めるというのはどうです」

「グァハッハッハー！」

総理独特の笑いが部屋中に響いた。

「そりゃええわ！　あんた相変わらず冗談がきついのう」

西川が顔を真っ赤にして沖田をにらんだ。

「私は真剣に話してるんだ」

「やめとけ、西川。お前の相手になるような人じゃないわ。沖田さんはここにいる足立さんと昨年……」

「総理！」

低くシャープな声で足立が言って首を振った。

「そうじゃったな。すまん、すまん。それにしても沖田さん、ワシャ残念なんじゃ」

「……………」

「ＵＳＡのようなちいちゃな国の外交顧問になるんだったらワシのブレーンになって欲しか

ったんじゃ」

わきから有働が、

「プレーンじゃなくブレーンです」

「だからプレーンと言ったじゃろうが」

「ブレーンです。プレーンは飛行機です」

「じゃがしい！　いちいち文句をつけるな！」

有働が首をすくめた。

「それにしても総理」

沖田が言った。

「相変わらず元気ですねぇ。去年会ったときより髪の毛が少し増えたんじゃないんですか。顔のつやもいいし」

「おお、よう気づいてくれた。中国製の毛生え薬を使っておるんじゃ。〝超人毛〟っちゅう薬なんじゃがこれがよう効いてのう。だが股の間のほうの毛がほとんど抜けちまったんじゃ。副作用じゃろうけど、まあしょうないわな。肝臓をやられて死んだもんもおるんじゃから」

「総理、めったなことを口にしてはいけません」

と有働。

「マスコミに聞かれたらどうするんです。いやしくも日本国の総理大臣があそこの毛がないなどと知ったら連中はおもしろおかしく書き立てます。それでなくともアダルトマンガの変態主人公にされているんですから」

「それもそうじゃな。ところであの輸入業者はどうなったんじゃ」

「警視庁が薬事法違反容疑で逮捕しました」

「ということは、あの〝超人毛〟はもう手に入らんということか」

「そういうことになりますね」

「参ったのう」

「しかし大丈夫です。この有働が買いだめをしておきましたから」

「そうか。お前もときにはいいことをしよるのう」

沖田も足立も漫才コンビはまだ健在という思いで二人のやりとりを聞いていた。

タイミングを見計らって沖田が口を開いた。

「ところで首相、USA大統領ジョージ・ヤマダ閣下からのメッセージをお伝えします。これは親書として受け取っていただきたい。よろしいですか」

「おお、よっしゃ」

親書などもともとなかった。だがこんなことは即興でどうにでもなる。

「ヤマダ大統領は非常に気さくでインフォーマルな方です。まあ言ってみれば総理と同じようなレヴェルと思っていただきたい。ではお伝えします。〝親愛なる日本国国家総理大臣萩原愚助閣下……〟」

「ちょっと待ってください」

西川が口をはさんだ。

「それは大統領からの親書のはずでしょう。それならちゃんと書面でよこすのがルールです。書面はどこにあるんです？」

「ここですよ。一字一句漏れなくね」

言いながら沖田が指でこめかみを指した。

「しかしそんなことは前例にない」

「前例は常に破られるためにあるんですよ」

「無茶だ。わが外務省は……」

「うるさいんじゃ、お前は！　少しは黙っとらんかい！」

総理が西川を一喝した。

「沖田さんはお前らと頭の中身がちゃうんじゃ」

「総理のおっしゃる通りだよ、西川君」

と有働。

「沖田さんはわれわれと頭の構造が違うんだ。私はそれを目の当たりにした。この人にとっては親書を暗記するなど朝飯前なんだよ」

「沖田さん、どうぞ続けてくだされ。西川、お前は沖田さんのメッセージを書き取るんじゃ」

沖田がうなずいて再び話し始めた。

「〝萩原総理大臣閣下におかれましては偉大なる日本国の総帥として日々国政に努力しておられることと存じ、USA国民を代表して心から尊敬と友情の念を表すものであります。また今回のわが国の独立一周年記念の式典に貴国の代表として駐オーストラリア大使をお送りくださり、心より御礼申し上げます。

歴史を振り返りまするにわが国と貴国は特別な関係にあることに思いをはせます。太平洋戦争中はともに戦いともに華々しく散りましたが、貴国はあの破滅をものともせず見事に復活し、経済大国として世界に揺るぎない地位を築きました。これこそ不屈な大和魂の具現化にほかなりません。

わが国は長年の夢であった独立を勝ち得ました。独立以前から貴国はわが民にさまざまな援助の手を差し伸べてくださいました。独立した今、さらに貴国の寛容なる援助を期待するものであります。もちろんこれは相互がプラスとなる援助でなければなりません。

わが国民は私同様日本国と日本国民そして日本の文化を心から愛しております。国歌が〝上を向いて歩こう〟、国旗が富士山であることがそれを如実に証明しております。

これから先、未来永劫におよんでさらに両国の関係がより深いものとなっていくことと確信しております。

平成十八年五月吉日

USA大統領ジョージ・ヤマダ〟以上です」

「いやぁ、素晴らしいのう」

萩原が拍手しながら言った。

「失礼ですが平成と言いましたね、普通は西暦を使うんでしょう?」

有働が言った。

沖田がうなずきながら、

「それほど大統領は日本びいきということです」

「ちょっと聞き逃したのですが」

西川が聞いた。

「〝歴史を振り返りまするに〟と〝わが国は長年の夢であった〟の部分をもう一度繰り返していただけますか」

沖田がニヤッと笑った。西川がテストをしているとわかっていたからだ。

沖田がまったく同じ言葉を繰り返した。一言一句すべて同じだった。

喜んだのは萩原総理だった。

「どうじゃ西川。せこいトリックなど沖田さんには通じないということがわかったじゃろうが」

沖田が萩原に向かって、

「以上、総理、確かにお伝えしましたよ」

「わかった。確かに親書お受けしたと大統領にお伝えくだされ」

有働が感心した表情で、

「素晴らしい親書ですね。感動しました」

「さすがはUSAの大統領じゃ。言うべき言葉をよう知っちょるわ」

「しかしながら」

沖田が真顔で言った。

「親書の裏を読んで欲しいのです。総理、あなたならとっくに気づいているでしょう」

「何をじゃ?」

「今のメッセージにはいろいろなことが隠されている。そうでしょう?」

「うーん、難しいのう。じゃがあんたが言う通りじゃと思う。西川、そう思わんか」

「と言いますと?」

「アホ! それでも外務省の元締めか?」

「しかしヤマダ大統領というのはなかなかの人物だねぇ」

それまで黙っていた足立が言った。

「言葉の端々に意味ありげな隠し言葉を入れてるなんて」

「そうなんだよ」

と沖田。

「大統領は物事をあまりはっきり言わないんだ。相手をテストしているんだ。その姿勢を何も考えていないと誤解する奴らが多くてね」

「ちょっと待ちぃな」

萩原が心配げな表情を呈した。

「大統領はそんなに頭がええのかいな」

「少なくとも総理と同じようなレヴェルだと思いますよ」

「そりゃすごい！　それで今のメッセージは何を意味するんじゃ」

沖田が咳払《せきばら》いをして、

「まず駐オーストラリア大使うんぬんがありますね。あれは皮肉です。アメリカは副大統領を送ってきたんです。だが日本は駐オーストラリア大使ですました。大統領としてはばかにされたと思ってますよ」

「有働、誰がそれを決めたんじゃ？」

総理がものすごい形相で官房長官をにらんだ。

「それは外務省です。私の知らぬうちに決められたのです。官邸には一言も相談がなかったのであります」

「なぜじゃ？」

総理が西川をにらみつけた。

「外務省といたしましてはプロトコールに従いましてですね……」

「何がプロトじゃ、あほんだら！　なぜ外務大臣ぐらいを送らなんだ？　アメリカは副大統領を送ったっちゅうじゃないけ！」

「それだけアメリカはＵＳＡに注目しているということです」

と沖田。

「しかし大統領をはじめとして、あの国と民の目はアメリカより日本のほうに向いているんです。今日の世界で日本を尊敬する数少ない国家のひとつです」

「そういう友人は大切にせにゃあかん。総理のワシが直々に行くべきじゃった。それにしても外務省はなっちょらん。有働、外務大臣を左遷じゃ。西川、お前も首を洗って待っておれ！」

ものすごい見幕だ。

「まあまあ総理、あまり興奮しないで」

足立が言った。

「これをこれからの教訓とすればいいじゃないですか」

「足立さん、あんた外務省に就職する気はないかのう」

足立が声を上げて笑った。

「ないじゃろうのう」

「総理、続けますよ」

「まだあるのかいな」

「〝太平洋戦争中はともに戦いともに華々しく散りましたが〟というくだりは、チッキン諸島と呼ばれていて、イギリスの植民地だったときから彼らは日本のために戦った。それを忘れないで欲しいと言っているのです」

「そりゃ忘れちゃならんこっちゃ。仁義に反するからのう」

「これが次の〝寛容なる援助を期待〟につながるのです。しかし親書を通して一番大切な部分は〝もちろんこれは相互がプラスとなる援助でなければなりません〟というくだりです。日本がただUSAに援助を与えるのではなく、日本もそれなりの見返りを得なければ意味がないということです」

「何かをくれるっちゅうことかいな」

沖田がうなずいて、

「あの国には実に豊富な天然資源があるんです。コバルト、マンガン、ダイアモンド、プラチナ、ゴールドなどはもとよりオフショアーに膨大な量の石油と天然ガスが眠っていること も地質学者によって確認されています。さらにはまだ西側諸国にタッチされていない自然があり、これは本物の観光資源となります。漁業権も大きな価値があります。クロマグロの権益だけでも大変なものです」

「まさに宝島じゃのう」

「あっ、さすが総理、いいこと言いますね。そう間違いなく宝島です。この宝島の開発のオプション権をまず日本にオファーすると大統領は言っておられるのです」

「なーるほど、そりゃすごいことじゃ」

「アメリカが副大統領を代表として送ったわけだな」

と足立。

「中国も狙《ねら》っているんだ。記念パーティで中国代表が大統領を中国に招待したいと正式に申し入れたほどだからな」

首相の顔色が変わった。

「その中国の招請を大統領はお受けになったんか？」

「いや、受けるか受けないかは外交顧問である私の判断次第です」

総理がちょっと考えてから、

「沖田さん、それは受けんでくれ。まず日本が大統領を招待するということにして欲しいんじゃ。戦争中からのいきさつからしてＵＳＡは日本の弟のようなものじゃ。大統領の最初の外国訪問で他国に行かれたとなっては日本の恥となろうが」

「総理」

西川が恐る恐る言った。

「ここでの即断はいかがなものかと」

「うるさいんじゃ、お前は。外務省がもうちょっとＵＳＡを大事に扱っとったらこのワシが頭を下げることもないんじゃ。まともな仕事もできんで能書きばかりたれおって」

「総理、中国に関しては心配する必要はありません。たとえ大統領が訪中することになっても、その前に日本に立ち寄ることにしますから。もちろん国賓として」

「そうか。そりゃありがたい」

「ですが条件があります」

「土産じゃろう。それなら考えちょる」

「いくらぐらいを?」

総理が人差し指を立てた。

「これでどうじゃ?」

「たった百億ですか」

「いや、十億じゃ」

沖田が吹き出した。

「総理、冗談がすぎますよ」

「ワシャ冗談なんぞ言ってないぞよ」

「ならもっと悪い。ケタが違いすぎます。そんな額じゃクロマグロの権益さえ手に入りませんよ。大統領はばかにされたと怒るでしょう。なにしろ人一倍誇り高い人ですから」

「しゃーない、これでどうじゃ」

と言って総理が五本の指を示した。

沖田が苦笑いしながら、

「その五十億は日本政府による善意の無償援助としていただいておきます。それでいいですね」

「開発権のほうはどうなんじゃ」

「そちらのほうは別問題です。あれだけの権益なら金に糸目はつけないという国はあります

いろと問題があるんじゃ。対外援助も切り詰めておるし……」

「ちょっと待ちいな、沖田さん。そう結論を急がれちゃ困るがな。わが国も今財政難でいろいろと問題があるんじゃ。対外援助も切り詰めておるし……」


から」


「しかしODAや無償供与は相変わらずやってますよね」

「額はしぼんじまったがのう。おい今年度のODAの割り当てはまだ残っとるのか」

総理が外務次官の西川に聞いた。

「少しは残ってますが、アフリカ諸国にまわすことになっております」

「三百億ぐらいはあるんか」

「そのぐらいはあると思います。それを十ヵ国に配分することになっています」

「だが仕事を請け負うのは日本企業じゃ。そんな額じゃあいつらが可哀想じゃわ。アフリカはヨーロッパに任せとけばええ」

「しかしもう決まってしまったことですし」

「決まったことなら引っ繰り返せばええんじゃ。アフリカより大事なのはUSAじゃ。なにしろ日本の弟分じゃからのう。できる限りの援助をするのが筋じゃ。そうじゃろう、沖田さん」

「総理、あんたがたの問題は金がいくら出ていくかばかりに執心して、入ってくるお宝のことはまったく考えていないということじゃないですかね。出せば出すほど入ってくる。金を取り扱う基本ですよ」

それまでしょぼくれていた総理の顔がパッと輝いた。有働と西川にしばらく席を外すよう命じた。二人はほっとした表情で部屋から出ていった。

「沖田さん、あんたが今言ったことはなかなか意味深いと思うちょる。そこでじゃ。男同士ずばり聞く、最終的にどれぐらいの援助ならええんじゃ」

沖田がかすかな笑みを含んだ眼差しで総理を見据えた。

「三百億の無償援助プラスODA」

「……！」

「実質的には三百億にすぎませんよ。ODAはどうせ日本企業にまわるのですから」

「しかしあの国に三百億とは……」

「三百億の三分の一は一週間以内にUSAのカスミ銀行に入れてもらいます。あれが中央銀行にあたるんです。残りは二週間以内。ODAのほうは少しぐらい遅れてもいい。あんたへのキックバックはODA分からになるが、今まで通りの十パーセントにこだわることはない。いくらになるかはあんたの腕次第。中国方式のようにキックバックを相手国の政治家と半々に分けることもない。全部があんたのものとなる。うちの大統領はそういう金は一切受け取らないんでね」

総理は腕を組んで目を閉じていた。沖田には彼が何を考えているかよくわかっていた。ODAからいくら取れるか……多く取れるに越したことはないが、それは総額による。多ければそれだけ多くのキックバックを得ることができる。これほどの儲《もう》け話はざらにない。

「これをやればあんたは外務省が重ねてきたチョンボを消し去ることができる。そして南太平洋の〝宝島〟を日本の傘下においたということで歴史に名を残すだろう。もちろん政治資金にも困らない。チャンスとはこういうことを言うんですよ、総理」

総理が目を開いた。

「よっしゃ！ 〝宝島〟に惜しみない援助を与えたる。無償援助三百億、ODA三百億。これで決まりじゃ」

「いつ発表になります？」

「今週の定例記者会見でどうじゃろうか」

「いいですね。書類面での契約はそっちで勝手にやってください。なにしろUSAには外務省スタッフもいないもので」

「わかっちょる。事務的なことはどうにでもなるわ。大事なのはあんたとワシの男同士の約束じゃ。ワシらは互いに心の通じ合ったパートナーじゃ。そうじゃろうが。ワシゃ日本とUSAのために余生を捧げるんじゃ！」

馬鹿に威勢がいい。ODAの三百億から多分二十パーセントは抜くつもりだろう。しかしそんなことは沖田にとってはどうでもいいことだった。大事なのは無償援助のキャッシュだ。

「それから記者会見で総理がUSAから名誉国民の称を受けるということも発表してください。これは官房長官に言わせたほうがいいでしょう」

「ワシが名誉国民とな？」

「名誉市民というのは世界によくありますが、名誉国民というのはあまりないんです。希少価値ですよ」

「ありがたいこっちゃ」

「そのうえ大統領は近い将来、総理がUSAに来るときは地元の大学の名誉博士号授与も考えているんです」

「名誉博士号！　ワシの夢じゃったんじゃ！　大学は何ちゅう名前なんじゃ」

「ツキミ総合大学です」

とっさに浮かんだ名前だった。

「農業と電気関係に強いんですが、大統領が学長をやってるんです。世界の基準にひけをとらない大学です。そこの名誉博士号は日本の勲一等に匹敵すると言われているんです。今までそれを受けた人はいません。総理が最初です」

総理が感極まった口調で、

「この萩原愚助もついに名誉博士号を受けるまでになったのじゃ。これを父母が聞いたら……よーし、ワシゃやるぞ！」

「そうと決まったらUSAを二十一世紀の〝宝島〟としてどんどん宣伝してください。そうすれば日本の投資の価値も跳ね上がりますからね」

「おお、もちろんじゃ。政府広報部や外務省を総動員して世界中に宣伝する」

「よかったな、次郎吉さん」

足立が握手を求めた。

沖田がニタッと笑ってその手を握った。

総理が何かを思い出したような怪訝《けげん》な顔付きで二人を交互に見た。

「まさかあんたがた、この萩原を騙そうなんちゅうことはせんじゃろうな」

半分冗談、半分マジな口調だった。

沖田が首を振りながら、

「何て恐ろしいことを言うんです、総理。あんたは騙すことはしても騙されるような人じゃない。われわれの頭脳ではあんたを騙すなんて到底無理です。そうだろう、梵ちゃん？」

「その通り。〝スッポンのハゲ原〟を騙すなんて考えるだけで畏《おそ》れ多いことです」

「それにわれわれは昨年国家の一大危機に対してともに戦った刎頸《ふんけい》の友じゃないですか」

「そうですよ。あれ以来、総理はわれわれの大事な同志と思っているんです。総理にとっては迷惑な話でしょうが」

「なんのなんの。詐欺師でもあんたがたぐらいの大物なら同志となっても恥ずかしくないわ」

と言って大声で奇怪な笑いを発した。しかし彼には足立の言う〝同志〟が何を意味するかまったくわかっていなかった。

「ところでご両人、ワシゃこれからカラオケに行くんじゃが一緒にどうじゃな」

「カラオケですか。実は大統領もカラオケが大好きなんですよ。きっと話が合いますよ」

「そりゃええ。カラオケで両国の絆を強めるんじゃ。今夜は大統領の代わりにあんたがたが歌えばええ」

「いや今日は遠慮します。まだ話があるんで」

「そうか。それじゃこれで失礼するわ」

総理が立ち上がってドアーに向かった。

「総理！」

沖田が声をかけた。

「無償援助の三分の一の百億、一週間以内にお願いしますよ」

「心配無用じゃ。この萩原愚助やるっちゅうたことはやる」

ドアーのところで立ち止まって振り返った。

「今日はほんまにええ日じゃった。こういう会合なら毎月持ちたいもんじゃ。ほなさいなら、パートナーよ」

ドアーが閉じられた。

「幸せな男だな」

と沖田。

「〝カラオケわが命〟。筋金入りの平和ボケだ。それにしても随分と張り切ってたな」

「そりゃそうさ。大金が転がり込んでくるんだ。しかも大義名分もある」

「沖田さまさまってわけだ。しかしうまいやり方だったよ。無償の三百億だけ取ったらそれこそ詐欺だが、ODAをからませて爺さんを巻き込んだ。あとで何が起きても爺さんは何も言えない」

「それよりも彼を味方につけたのは大きい。おれは今回の仕事をこなすには最低五人は必要と思っていた。だがハゲ原を仲間に引っ張り込んだ」

「しかし本人は引っ張り込まれたなどと思ってもいない」

「もちろん。それが素晴らしいところだ。無意識の参加者ほど効果的なものはないからね」

「ところで次郎吉さん、さしあたってのターゲットだが作戦は決まったのかい」

「まず切り込み隊長はあんたにやってもらいたい。奴らにとってはネギを背負ったカモになるんだ」

足立がうなずいた。

「例の送金記録のコピーは、今日の午後権田が持ってきた。百枚以上あるよ」

「ということは新たな被害者が出たということか」

「それもあるが、大部分は二回に分けて送金しているんだ。日本円にするとしめて十一億ちょっとと言ったところかな」

「いずれにしても作戦の練り上げは明日井原と綾小路が着いてからやろう。その間おれはアラブに詳しい友人たちに当たってみる」

第四章

その夜沖田がホテルに戻ったのは十一時過ぎだった。閑散としたロビーを通り抜けてエレヴェーターに向かっていると誰かが彼の名を呼んだ。声のしたほうに振り向くと男が近付いてきた。中肉中背でアルマーニの三つ揃《ぞろ》いで決めている。

「ミスター・オキタ、お待ちしてたんです」

ムスターシュを生やしてはいるが、まだ二十代の後半か三十代の初めといった顔付き。濃いブルーの目が目立つ。その英語のアクセントから誰であるかはすぐにわかった。

「あんたも食わせ者だね、ミスター・モロゾフ」

「私がなぜ食わせ者なんです?」

「昨夜あれからすぐにロシア大使館に電話を入れたら、アレクセイ・モロゾフなんていないと言われたよ」

「さすがはミスター・オキタ、きちっとチェックしますね。だけど私は一応大使館には所属してるんです。ただし名前はミハイル・ルイシコフ、文化担当官となっています。理由はおわかりだと思います」

「スパイか」

「そういう呼び方もできます。実は私はＳＶＲ《──対外情報庁──》の要員なのです」

「悪いけど興味ないね」

「待ってください。やっとお会いできたのですから話だけでも聞いてください」

「なぜ私があんたの話を聞かなきゃならないんだ？　名前に関してはウソをつく。そして正体はスパイでＳＶＲの要員だと言う。そんなことを初めて会った人間に明かすなんてどうかしてるよ」

「でもそれは本当なんです」

「だったらなおさら悪い。ＣＩＡのメンバーが自分はＣＩＡですと言いふらすかね」

「言いふらしてるわけじゃありません。あなたを信じているから言っているんです。日本語でよく言うでしょう。胸襟を開く、と」

沖田が鼻で笑った。

「それはあんたの勝手だが私は眠くて目を閉じたいんだ」

言い残して沖田は彼に背を向けエレヴェーターに急いだ。

後ろからモロゾフの声がした。

「ミスター・オキタ！　私はあきらめませんからね！　地の果てまでついていきますよ！」

部屋に帰って早速電話をかけ始めた。まずはパリのジョルジュ・ベルナール。

「サリュ　モナミ、コマンサヴァ？」

「ジロキチ！　今パリにいるのかい」

「東京だ。ちょっとあんたに教えて欲しいことがあるんだ。去年パリで会ったとき、あんたはフェルナンデリックの名を口にしたな？」

「ああ、あのアンリ・フェルナンデリックだろう」

「彼の後ろにアラブの王族がいるともあんたは言った。その王族とはどこの誰なんだ？」

ベルナールがちょっと間をおいた。

「あんたにとってどうしても必要な情報なのか」

「どうしてもだ。フェルナンデリックたちに騙《だま》された零細企業の経営者が自殺までしているんだ。だが日本の警察は確たる証拠がないために何もできない。代わりにおれたちに頼んできたんだ」

受話器を通してベルナールのヴォリュームのある笑い声が聞こえてきた。

「日本の警察もしゃれたことをするねぇ。パリ警視庁も見習うべきだな」

「あんたに迷惑は決してかけないと約束する」

「わかった。その王族はアビラハフェズのプリンス・サバ・アル・ビン・フェイザルだ。アビン市にアル・フェイザル・インヴェストメントという会社を持っていて、そこが司令塔になっている。そこからけちな詐欺師たちをリモート　コントロールしているんだが、奴らはアジア、南米、北米、ロシア、もちろんヨーロッパにも浸透している。フェイザルは決してアラブ人は使わない。必ず外国人を使う。そのほうがいざというときに都合がいいからね」

「キプロスにジャン・ダリュウという男がいるらしいが彼について何か知ってるか」

「あれはフェイザルの財政担当者だ。とは言っても詐欺で稼いだ金の集金人にすぎないがね。あいつといいフェルナンデリックといい、フランス人の恥さらしだよ」

「しかしフェイザルはオイル国家のプリンスだろう。その彼がなぜちんけな詐欺師たちと組んでるんだ。オイルを売って得る収入に比べたらほんのはした金だろうが」

「そうとも言えないんだ。今王国のファルーク国王は病気でいつ亡くなってもおかしくない状態にある。後継者に二、三人の名が挙がっているが最も可能性が高いのがフェイザル。しかし三百人以上いるプリンスたちの支持を完全に取りつけたわけじゃない。それを得るにはエサ、すなわち金をばらまかなけりゃならない。そういう金はオイル・レヴェニュー《―収益―》から出すわけにはいかない。あくまで自分のポケット　マネーを使うのが一種のルールだ。そのポケット　マネーを作るために彼が考案したのが、二流の詐欺師たちを使って見せかけのオイル　マネーをバックにした集金マシーンというわけだ。詐欺師たちにとってアビラハフェズ王国とフェイザルの名前を使えるだけで、彼らに最も必要なクレディビリティが得られる。あんたは大した金じゃないと言うが、日本ではどれくらいの被害が出ているんだ？」

「わかってるだけで約一千万ドルといったところかな」

「それを十倍したら一億ドル。奴は少なくとも五十人の詐欺師を使っている。となると五十億は超える額になる。詐欺師たちに半分与えても二十五億は手にしている。決して小さい額じゃないよ」

「なるほど。助かったよ、ジョルジュ」

「奴らと事を起こすなら腹を決めてかかったほうがいいぞ。殺し屋も飼っているらしいからな」

「メルスィ　ボク　モナミ」

「サム　フェ　プレズィール　ボンヌ　シャンス」

次に沖田はアラブのゴースト・オイルをエサにコン・ジョブを働いているアメリカ人のアート・トーマスの携帯に電話を入れた。彼の住まいはロスアンジェルスだが、その仕事の性格上ほとんどの時間を海外で過ごしている。

「やあアート、ジロキチだが」

「ヘイ、イッツ　ビーン　ア　ロング　タイム！」

「今どこにいるんだ」

「ジュネーヴだ」

沖田が笑った。

「取引の書類を作ってるんだろう」

「まあね。この仕事を最後に引退しようと思っているんだ」

「じゃでかい仕事だな」

「おれが小さい仕事をしたことがあるかい。ところでジロキチ、急におれが恋しくなって電話してきたわけじゃないだろう」

「ちょっと聞きたいことがあるんだ。アビラハフェズ王国のプリンス・サバ・アル・ビン・フェイザルについてなんだが」

「あのサンオブアビッチがあんたに対して何かしでかしたのか」

その口調からしてあまりプリンスを好きではないらしい。

「いや、まだだ。彼が次の国王になるという噂《うわさ》があるが、本当のところはどうなんだ?」

「それについてはおれも聞いてるが、なにしろああいう国だからね。オイル マネーで成り金にはなったが連中のメンタリティは未だ中世のまま。宮殿の中では壮絶な跡目争いが展開されているというのが実情のようだ」

「フェイザルに会ったことはあるのか」

「ああ、数回会ってる。おれの人生で唯一最大のミスだった。一千万ドル奴にやられたんだ」

「あんたが? まさか?」

「恥ずかしいことだが本当なんだ。五年前ロッテルダムのスポット・オイルに手を出した。そのときアプローチしてきたのがフェイザルの手下だった。スポット市場の値段よりバーレル当たり一ドル安くすると奴らは言った。おれは信じられなかったので責任者に会わせろと言った。そこで出てきたのがフェイザルだった。初めての取引なので安くするが、条件として少なくとも今後十年間は彼を通して油を買うことと年間最低三回は取引をすること。こっちにとってはありがたいほどの条件だった。その条件を書いた契約書をそのままオイル会社に売ることもできるからね。だがそれらの条件はただこっちを安心させるためだったんだ。契約を終えた時点でおれは頭金として一千万ドルを奴の指定した銀行に振り込んだ」

「ひょっとしてその銀行はキプロスにあるんじゃないか?」

「よく知ってるな」

「受取人はジャン・ダリュウというフランス人だったろう?」

「フランス人かどうかは知らんが確かにダリュウという名前だったな」

「それでどうなったんだ?」

「契約締結から一週間以内の頭金支払いという条項をこっちは守った。ブツのデリヴァリーは頭金が支払われた一カ月以内ということだった。だがいつまでたってもブツは来なかった。三カ月たっても何のアクションもなかったのでフェイザルに電話を入れたんだが、本人はいないの一点張り。

騙されたと確信を持ったおれはロッテルダムの裁判所に訴えたが、契約はアビン市で交わしているから管轄外であり、訴訟に持ち込むなら現地に行かなけりゃならないと言われた。おれはいちかばちかでアビラハフェズに乗り込んでアビン市のイスラム法廷に訴えた。だが訴訟はその場で却下された。フェイザルが手を回していたんだろう。その上、奴の手下がおれが泊まっていたホテルに電話をしてきて早く出国しないと警察に逮捕させると言ってきた。脅しではなく本気だとおれは思った。情けなかったよ」

「しかし優秀なコン・マンのあんたがなぜ本気でスポットなんかに手を出そうとしたんだ」

「オイルの世界でコン・マンとしてさらなる成功をおさめるには、本物の取引で実績を作るべきと思ったんだ。一度の実績ができたらそれ以後百回のコン・ジョブが成り立つ。だがそれは思い違いだった。コン・マンはコン・ジョブに徹底すべきだと悟ったよ」

「一千万ドルの授業料を払ったというわけか」

「高かったが基本に戻れたという意味では価値があったよ。負け惜しみも半分入っているがね」

「で、フェイザルというのはどんな男なんだ?」

「外見はごく普通のアラブ人だが、やたらとひとなつこくて外交的。お世辞やジョークもまいし、話してるうちに自然とこっちのガードをさげさせてしまうという感じかな。サンドハーストで学んだ後、UCLAで心理学を専攻していたというから、アラブ人としてはかなり変わってるよ」

「頭脳的なレヴェルはどうなんだ」

「Bプラスぐらいだろうね。だが金と権力に対する執着心は人一倍強い。これが彼のドライヴィング・フォースと言ってもいいんじゃないかな」

「信仰心のほうはどうなんだ?」

「その点についてはほかのアラブ人と変わりないね。いつも手にコーランと数珠を持っていて二言目にはアンシャラーさ。おれに言わせりゃアル・カポネがバイブルを肌身離さず持ってるようなもんだよ」

「もうひとつ聞かせてくれ。彼には羞恥心《しゅうちしん》とか人の目を気にするようなところがあるかね」

「うーん」

と言ってトーマスがしばし考え込んだ。

「そういえばおれをアビラハフェズから追い出したとき、奴の手下がもし外国で騒ぎ立てるようなら二度と太陽が拝めないようにしてやると言っていたな。ということはマスコミに事の真相をばらしたりアメリカ政府に陳情したりすることは命取りになるという警告だ。ただの脅しには思えなかったよ」

「自分の名に傷がつくのを恐れていたということだな」

「そういうふうにも考えられるね。ところでジロキチ、あんた、奴とやり合うつもりなのか」

「多分ね」

「そりゃ見ものだな」

「口外無用にしてくれよ。あんたに明かしたのは、前に貴重な情報をくれたからだ」

「おれの口の堅さはあんたもよく知ってるはずだろう。それよりおれの分もたっぷりとお返ししてくれ」

「わかった。サンクス、バディ」

それから三人ほどに電話をかけたが、ベルナールとトーマスから得た以上の情報は得られなかった。しかしベルナールとトーマスから得た情報だけでも、作戦の基本要素となり得る貴重なものだった。

すでに十二時半をまわっていた。シャワーを浴びてベッドに入った。

これまでは一応すべてうまくいっている。だがひとつだけ気になることがある。あのモロゾフという男だ。

SVRはKGBの後継情報機関である。モロゾフはその機関のメンバーだと言った。アルマーニの三つ揃いを着たSVRのメンバーなどいるだろうか。

昨夜電話してきたときはUSAについて話したいと言った。普通だったらそういう話にはロシア外務省が前面に出てくるはずだ。

もちろん彼が中国かアメリカのためにフリーランスとして働いているということは十分に考えられる。そうだとしたらこれまでの彼の言動はある程度理解できる。

しかし今ひとつ腑《ふ》に落ちない何かがあると沖田はガット・フィーリングで感じていた。

翌日の午後アメリカ大使館から沖田に電話が入った。相手はきれいなボストンアクセントでバリー・オークレー一等書記官と名乗った。できるだけ早い機会に会って話したいと言う。

ちょうどそのちょっと前、井原世之介と綾小路右近が東京に到着していた。二人は夜の八時に〝アモーレ・デラ・ソーレ〟で沖田と足立に合流することになっていた。その前なら少しは時間がある。

「七時半から三十分ほどなら空いていますが」

「大使館に来ていただけますか?」

「いやそんな時間はありません。〝アモーレ・デラ・ソーレ〟という店をご存じですか」

「麻布台にあるあのイタリアンレストランですね。行ったことはありませんが、場所はわかってます」

「ではあそこで七時半ということにしましょう」

電話を切ろうとするとオークレーがあわてた口調で、

「ちょっと確認したいのですが、あなたはユナイティッド・ステーツ・オブ・エイジアンズの外交顧問であるミスター・オキタですよね」

副大統領もそうだったが、どうしてもUSAと略した言葉を使いたくないらしい。

「そうですよ。あの国の外交顧問は私だけです。全権大使と思ってください」

受話器を戻してちょっと考えた。アレクセイ・モロゾフのことがまだ引っ掛かっていた。

再び受話器を取り上げてロシア大使館に電話を入れ、ミハイル・ルイシコフを呼び出した。

「ミスター・ルイシコフ?」

「イエス、ホワット　キャン　アイ　ドゥ　フォー　ユー?」

沖田の顔に苦笑いが走った。またあの野郎にやられた!

電話に出たルイシコフの英語はモロゾフの引きずるような調子ではなくまったくスムース

だった。ほとんどネイティヴ　イングリッシュと変わりはない。

「失礼。間違えたようです」

沖田が言って電話を切った。


〝アモーレ・デラ・ソーレ〟にはまだ数人の客しかいなかった。奥のテーブルに白人の男がひとりすわっていた。

沖田が近付くと立ち上がった。

「ミスター・オキタ、イッツ アン オーナー トゥ ミート ユー、サー」

派手なチェックのジャケットにブラウン カラーのシャツとテキサス タイ、そしてグリーンのパンツにスニーカー。アメリカ人らしいと言えばそれまでだが、洗練された言葉遣いとはおよそ対照的な服装だ。

「ザ　プレジャー　イズ　マイン」

二人が握手を交わした。

「素晴らしいレストランですね」

「私の友人がやってるんですよ」

「でもお客がちょっと少なくて寂しい気もしますね」

「東京にはめずらしくここはレイト レストランなんです。ここに来る客は六時や七時に夕食はとらないんです。ニューヨークと同じですよ。金持ちの食事は大体九時過ぎがほとんどでしょう。オペラやブロードウェーが終わってから十一時ごろという人だってざらですからね」

「そう言えばパリやロンドンもそうですね。コズモポリタンな人種はどこでもライフスタイルが似ているのかも」

「もう日本には長いんですか?」

「まだ二年です。その前はパリにいました」

「パリは何度行ってもいいですね。文化あり、芸術あり、歴史あり」

オークレーが腕の時計に目をやった。

「三十分しかお時間がないとのことなので要点に入らせてもらいます」

「どうぞ」

「話というのはほかでもありません。ヤマダ島にわが国の基地を作る件についてです」

「ちょっと待ってください、ミスター・オークレー。ヤマダ島という呼び方はオフィシャルなものではありません。ザ・ユナイティッド・ステーツ・オブ・エイジアンズまたはUSAと言ってください。いやしくも独立国家ですから」

オークレーの顔が一瞬こわばった。カチンときているのは明らかだった。しかしそこは外交官。

「これは失礼しました。その基地の件ですが、アメリカ側を代表して国務省と国防総省の担当者があなたに会いたいと言ってきているのです。しかしあなたは超多忙の方のようなので、どこでいつお会いできるか確認するよう指令されたのです」

沖田がちょっと考えるふりをしてから、

「あの話はマジだったのですか」

「と言いますと?」

「確かにそれについての話は先日のUSA独立一周年記念パーティの席で御国の副大統領から出ました。しかし私には本気とは思えなかったのです」

「でも副大統領は帰国してから、この件についてちゃんと報告書を出しているんですよ」

沖田が首を振った。

「報告書なんて書けるはずはありません。あのときは酒を飲みながら話していただけです。公式な記録なんかないはずです。現に誰もわれわれの会話を録音してなかったし、速記もとっていなかったのですから」

「記録のあるなしにかかわらず副大統領はあなたがザ・ユナイティッド・ステーツ・オブ・エイジアンズを代表してわが国の国務、国防両省の担当者と話を進めることで合意したと言ってるんです」

沖田がオークレーをじっと見据えた。

「それはおかしい。ヤマダ大統領と私が日本語で話していたとき、おたくの副大統領が割って入って何と言ったと思います? 英語で話せとわれわれを怒鳴ったんですよ。私のほうはともかくヤマダ大統領を怒鳴ったんです。一国の大統領を」

「まさか……」

「あのとき私は彼に言いました。一国の大統領に対して怒鳴るとは無礼も甚《はなは》だしい。謝ってくれ、と。それに対して副大統領が何と言ったと思います？」

「……？」

「それについてあなたは聞いてますか？」

「そんなこと私が聞いているわけがないじゃないですか」

オークレーはあわてていた。

「あのとき副大統領が言った言葉をそのまま言いましょう。彼は私に次のように言ったのです。〝フー　ザ　ファック　ドゥ　ユー　スィンク　ユー　アー　トーキング　トゥ？〟これがアメリカ合衆国の副大統領の言葉です。どう思います？　また私を〝アロガント　マザー　ファッカー〟とも呼んだ。もしマスコミがいたら大変なことになってましたよ。アメリカ合衆国副大統領が正式なパーティの席で〝ファック〟という言葉を使ったのですからね。アメリカ国民はそういう下品さを許すでしょうかね。彼は酔っ払ってたんです。ですからあのときの会話はあくまで公式なものではなかった」

オークレーの額から大粒の汗が流れ出していた。

「しかし基地の話は……」

「基地の話はないものと私は思っています。あなたがたが真剣に話してないのに、こっちがまともに受けることはありませんからね」

「いや、われわれは真剣です。現に国務省と国防総省の担当官があなたに会いに来ると言っているのですから」

「問題はそこですよ、ミスター・オークレー。あなたの国は確かにスーパーパワーです。しかしそうだからといって、自分たちの思うままに世界が動くと思ったら大間違いだ。一寸の虫にも五分の魂がある。あんたがたが会いたいからといって、皆がはいそうですかと会いに来ると思ってはいけないんだ。それこそアロガンス・オブ・パワー《力の傲り》というものです。もう時代が違うんです」

「………」

「私にはあなたがたが考えていることがよくわかる。ちょっとした圧力を加えればUSAのようなちっぽけな国はどうにでもなる。要は力だ、とね」

　今やオークレーはパニックに陥っていた。その表情はここでミスったら自分の一生はおしまいという情けない官僚のそれだった。沖田は心の中でほくそ笑みながら彼の次の言葉を待った。

「圧力なんてとんでもありません。われわれはザ・ユナイティッド・ステーツ・オブ・エイジアンズと相互防衛協定を結んでともに前進したいと考えているだけです。あそこにわが国の基地を作るのは既定の方針となっています」

「しかしわれわれにはわれわれの考えがあります」

　そのとき井原と綾小路が個室に向かっているのが見えた。二人も沖田に気づいた。井原が個室を指で差した。沖田が小さくうなずいた。

そんなことには気がつかないオークレーは少しでも立場を挽回しようと必死だった。

「まさかすでにどこかの国がアプローチしてるんじゃないでしょうね」

「だとしたらどうします」

「全力をもってストップさせます」

沖田が笑った。

「できますかね?」

「はっきり答えていただきたいですな」

オークレーの口調は厳しかった。

沖田がうなずいて、

「もちろんアプローチはあります」

「どこの国ですか?」

「それは答えるわけにはいきません。相手があることですから。状況が逆だったらあなただって答えないでしょう」

「わかりました」

オークレーが数度うなずいた。

沖田には彼の考えていることが手にとるようにわかっていた。これ以上突っ込んだ話をするのは自分の役目ではない。自分はあくまで沖田と本国から来る担当者の橋渡しを指示されただけだ。要は沖田を交渉の席に引っ張り出すこと。それさえすれば自分の役割は終わる。

「それで国務省と国防総省の担当者とはいつどこでお会いいただけますか」

「私は別に彼らとは会いたくはありません。しかしどうしてもそちらが会いたいというなら会いましょう。二、三日して外国に出ますが、すぐ帰ってきます。来週の初めならオーケーです」

「場所はアメリカ大使館ということでよろしいですか」

「ご冗談を。うちの大使館にしましょう」

「でも貴国にはまだ東京に大使館がなかったのでは？」

「私が泊まってるホテルが臨時大使館です」

沖田が腕の時計を見て立ち上がった。

「これから人に会わねばならないのでこれで失礼します。ひとつだけ肝《きも》に銘じておいてください。担当者が来るのはあくまで彼らの自由です。うまくいかなかったからといって文句は言わないでくださいよ。それだけは心得ていてください」

軽く会釈《えしゃく》して奥の部屋に消えた。

オークレーが携帯を取り出してボタンを押した。

「ジャック、私だ。今〝サル〟に会ったところだ。こちらの担当者と奴とのミーティングは来週初めに東京で行う。本国にすぐ連絡を入れてくれ。ああそれから奴は〝サル〟というよりコブラだ。だからこちら側の担当者は最高の腕を持ったネゴシエーターじゃなければ通用しない。コブラを殺すことのできるマングースを送ったほうがいいと言っといてくれ」

　個室には足立と井原、綾小路が待っていた。

　沖田が井原と綾小路を交互に見た。

「二人とも元気そうだな。特によっちゃんは顔のつやがいい。カトリックの坊主どもを完膚《かんぷ》無《な》きまでにやっつけたのがよほど生理的にプラスになったんだな」

「でもまだまだ生臭坊主はいますよ。いっそのことヴァチカンは坊主どもを結婚させちゃえばいいんです。もともとキリストは神に仕える者は結婚してはいけないなんて言ってないのですから。そうすれば子供に対する性的虐待も減るわけなんですけどね」

「その通りだと思うね」

　と綾小路。

「カトリック教会は信者たちの結婚を聖なる行事として祝福するけど、そんなにいいもんなら自分たちこそすればいいんだ」

「しかし」

　井原が神妙な顔付きになった。

「あの訴訟事のための調査をしていて思ったのは、アメリカにおける黒人の歴史がこれほど残酷で悲しいものだったんだということだったな。生まれてから六十五歳で死ぬまでに十回も売買されたのがいたし、毎晩主人の慰み物になった女の奴隷などはざらにいた。その彼女たちに子供を産ませて奴隷として売った例も多い。今日のアメリカ黒人の顔のコンプレクションがアフリカの黒人と違うのはそのせいでもあるんだな。また白人の女が男の奴隷をセックスの対象としていたケース。主人に見つかると奴隷のほうは首吊《くびつ》りにされるが女には何のおとがめもない。ひどい歴史だよ」

「でもよっちゃんはいいことしたよ」

足立が言った。

「カトリックの偽善者たちに天誅《てんちゅう》をくだしたし、黒人の悲惨な歴史にもスポットライトを当てたんだから。まさに芸術の域に達したコン・ジョブだった」

「それにしても」

綾小路が言った。

「井原さんはいいな。自由気ままに自分の芸術を伸ばせる立場にあるんだから」

「そうこぼしなさんな、右近君。君はコンゴの大金持ちの娘と結婚してるじゃないか。しかも三人。普通の男から見たら実に羨《うらや》ましい立場だ」

「そこなんですよ、沖田先生。義父に見られていると思うと動きがとれないんです。今回来られたのだって、昨年義父の手に渡った武器の仲介者だった沖田先生と働くと言って、やっと許可を得ることができたのですから。これじゃコン・マンとしての自分の腕は錆《さ》びついてしまいます」

「今回の仕事はそのたまりにたまった君のフラストレーションを十分に発散できると思うよ。

詳しくは梵ちゃんから説明してもらう」

　足立がうなずいた。

「まず最初に言っておきたいのは今回の仕事は相手が複数、しかも国家だということ」

それから二十分あまり足立の説明が続いた。フェルナンデリックと中田、彼らを後ろで操っている可能性が高いアビラハフェズのプリンス・フェイザル、南太平洋に浮かぶＵＳＡとそこの大統領と沖田の仲、ＵＳＡにこれから起きる致命的災厄、そして今回の作戦の最終の目的など重点をほぼカヴァーした。

　説明の終わりに足立が言った。

「これはおそらくわれわれのコン・マンとしてのクライマックスを飾るような作戦になると思う。これから作戦概要を次郎吉さんが話す」

　ピーンと張り詰めた空気が部屋に満ちた。

　四人の男たちの集中心が作り出した緊張感だった。

　沖田が話し始めた。

「まずひとつ訂正しておく。梵ちゃんは今アビラハフェズのプリンス・フェイザルがフェルナンデリックたちを操っている可能性が高いと言ったが、可能性ではなく事実だ。これはおれが昨夜、海外の友人たちに連絡して得た情報だから間違いない。さて作戦だがまず第一段階はフェルナンデリックたちに絞る。時間はごく限られているのでハード　スタイルでいく……」

物音ひとつしない部屋の中で沖田の低く重々しい声だけが響いた。

沖田の説明が終わった。

しばしの沈黙のあと綾小路が、

「一生に一度めぐり合えるかどうかのスケールですね。これだからコン・マン人生はやめられない」

「確かにコン・マン冥利《みょうり》につきる。だが問題もある」

井原が言って沖田に向かって、

「われわれ四人だけでやるんですか?」

沖田がうなずいた。

「ほかにはいないんだ。能力がある奴もいるが信用できない。信用はできるが能力がないといった具合だ」

「でも四人でやり遂げられますかね」

「できるさ」

足立がきっぱりと言った。

「ひとりが二役やればいいんだ。そうすれば八人になる。必要なら一人三役だってこなせるはずだろう」

「しかしできることならアラブ人の仲間も欲しいですね」

と井原。

「それなら私がやりますよ」

自信満々な口調で綾小路が言った。

「いやあんたはアラブ人に化けることはできても、肝心なアラビア語ができない」

「しかし相手にするのはアラブの上流階級でしょう。フランス語か英語で十分通じますよ」

「だめだな。危険すぎる」

沖田が断定的な口調で言った。

「確かによっちゃんの言うように本物のアラブ人の仲間がいたらよりアドヴァンテージにはなる。だがそれはいない。われわれ四人は中国人やロシア人、アメリカ人にならなりきれる。そのほうが危険は少ない」

それから一時間ほど詰めの話をして四人は個室を出た。

ダイニングルームはすでに満員の盛況だった。

出口に向かっているとマネージャーがよってきて何やら足立に耳打ちした。足立の目が隅のほうに走った。沖田の目も自然とそっちに向いた。視線の先にはアラブの民族衣装に身を包んだ男がすわっていた。頭から真っ白なカフィエをかぶりそれをアガールでとめ、首から下はこれも真っ白なガラベーヤで包んでいる。数時間前アメリカ大使館のバリー・オークレーがすわっていたテーブルだった。男が立ち上がった。

「次郎吉さん、彼を知ってるのか」

「全然。初めての客かい？」

「マネージャーはそう言ってる。あんたと話したいそうだ。おれはしばらく事務所にいるから何かあったら呼んでくれ」

　沖田が男に近付いた。

　男が小さく会釈しながら右手を胸の前にもっていった。

「アーマッド・ブン・ユセフ・ハッサン・アブド・カリーム・アイユーブと申します。アットユアー　サーヴィス。突然の訪問をどうかお許しください」

　流暢《りゅうちょう》で気品が感じ取れる英語だった。

「堅苦しい挨拶《あいさつ》は抜きにしましょう」

　二人が相対してすわった。アーマッドはにこにこと笑いながら沖田を見つめている。沖田も何も言わずアーマッドを見つめていた。顔の半分は髭《ひげ》で覆われているが、茶色の目と肌のつやのよさから見て年は三十ちょっとといったところだろう。

　最初に口を開いたのは沖田だった。

「以前どこかでお会いしたことがありませんか」

　会話のオープナーとして聞いたのではなかった。確かに彼のアンテナに引っ掛かっていたのだ。自分が知っているアラブ人はせいぜい二百人足らず。思い出せないはずはない。しかしいくら記憶の糸をたぐっても思い出せない。

「さあ私は初めてお会いしますが」

「そうですか。私ももう年ですね。記憶がごちゃまぜになってしまっている。考えてみれば、あなたのような長い名前を持った人物はそう多くはいませんものね」

「アーマッドと呼んでください。アイユーブは普通使わないのですが、自己紹介のときに限って自分のアイデンティティをはっきりとさせるために使うのです」

「ということはあなたはあのアイユーブ王朝の末裔《まつえい》ですか？」

「ええ、かの偉大なるサラディン・ユセフ・ブン・アイユーブの子孫です」

サラディンといえば、十二世紀十字軍を破ってエルサレムをキリスト教徒から奪還したアラブの英雄である。今から八百年以上も前の話だ。

なにか臭くなってきた。フェルナンデリックと組んでいる中田が元公家の名を利用しているように、ちんけな詐欺師は先祖や親戚を最大限に利用する。

「だがサラディンの子孫というのは何万人かいるのでしょう」

「自称子孫は多いですが本物は私の家系だけです」

「でもかつてのイラクの指導者サダム・フセインは自分がサラディンの再来と信じていましたからね」

「あれはただの騙《かた》りです」

「ところでミスター・アイユーブ。ご用件をうかがいましょうか？」

「最後まで聞いていただけますか」

変なことを言うものだと思った。

「聞く価値があるものなら」

「価値があるかないかは聞き終わってから判断してください。よろしいですね」

沖田が仕方ないといった様子で肩をすくめた。

「実はミスター・オキタ、あなたのところで働かせていただきたいのです」

「働かすって誰を?」

「私をです」

「……?」

「お役に立てることは保証します」

「私は一介の外交顧問ですよ。しかもちっぽけな国の。私自身、給料さえもらえないんです」

「外交顧問としてのあなたに頼んでいるのではありません。〝芸術家〟としてのあなたに頼んでいるのです」

「あなたはなにか勘違いをしているんじゃないですか」

「いえ勘違いなどしていません。あなたはその道のトップであり偉大なる芸術家です」

沖田の頭の中で黄信号が灯《とも》り始めた。一体こいつは何者なのだろう。アビラハフェズ王国に関係してるのだろうか。いや、そんなことがあるはずはない。

「あんたの狙《ねら》いは何なんだ?」

「狙いなんて別にありません。正真正銘あなたのところで働きたい。ただそれだけです」

沖田が首を振り振り、

「付き合っていられんね」

と言って立ち上がろうとした。

「待ってください、ミスター・オキタ。私とどこかで会ったことがあるとあなたはおっしゃいましたがその通りです」

「……?」

アイユーブがちょっとうつむき加減になって両手を顔にもっていった。数秒後、顔を上げた。片手のひらにコンタクトレンズをのせてにっこりと笑った。目の色がブラウンから深いブルーに変わっていた。

身を乗り出した。

「言ったでしょう。〝私はあきらめませんからね。地の果てまでついていきますよ〟と」

それまでとはまったく違った引きずるような語り方だった。

「アレクセイ・モロゾフ……!」

さすがの沖田も唖然《あぜん》とした。

モロゾフがアガールをはずしてカフィエを脱いだ。髭もはずした。

沖田がくすくすと笑い出した。

「見事だ。見事だよ」

「おほめにあずかって光栄です」

「あんたが変装や言葉を変える術《すべ》にたけているということはわかった。だが質問がある」

「何でも聞いてください」

「ソー ホワット?・」

「さっきから言ってる通りです。あなたのところで働きたいのです」

「それに対する答えは変わらない。だめだ」

モロゾフがフラストレーションに満ちた眼差しで沖田を見据えた。

「なぜです?・」

「簡単な理由さ。おれはあんたを知らない。知らない人間と一緒に仕事をするわけにはいかんのだ」

「私のことはすでに知ってるはずじゃないですか。名前はアレクセイ・モロゾフ。SVRの要員。ロシア大使館では文化担当のミハイル・ルイシコフとして働いている」

「しかし今日の午後ロシア大使館に電話を入れたが……」

「ちょっと待ってください」

モロゾフが片手を上げて沖田を制した。

「私はあのときちゃんと電話に出ましたよ。だがあなたは切ってしまったじゃないですか」

「なるほど。あれはあんただったのか」

「確かあなたはこう言いましたね。〝失礼。間違えたようです〟」

その声もイントネーションも沖田のそれにそっくりだった。

沖田が苦笑いしながら、

「それだけの才能を持ってるならソロでやったほうがいいと思うね」

「だめです。なにせ経験がないんですから」

「なら今の仕事を続けるべきだよ。その才能ならSVRのアンダーカヴァーとして成功するだろう」

「政府で働くのはもううんざりなんです。これから先、今のような退屈な仕事をせねばならないと思うとぞっとするんです。伯父によく言われます。お前はSVRには向いていない。太く短い人生のほうが似合っている、と。最初SVRに入ったとき伯父は大いに喜んでくれたのですがね」

沖田はだんだんとモロゾフの言っていることに真実味を感じ始めた。

「伯父さんは何をしてるんだ?」

「政府で働いています」

「なぜアラブ人に化けてきたんだ?」

「そちらにとって一番わかりにくいからです。それにここに赴任する前はエジプト、クウェート、サウジなどの支局で働いていたんです。ですからよく現地人に変装して活動したこともあります」

「おれのことをどうやって知ったんだ?」

「ここのロシア大使館の者はみな知ってますよ。なにしろ日本人なのにUSAの外交顧問になったんですからね」

「そうじゃなくおれのもうひとつの面についてだ」

「警視庁の記録に残ってますから」

沖田の眉間《みけん》にしわが寄った。

警視庁とのごたごた関係は二十年以上も前に終わっている。しかも起訴もされなかったからその記録などもうないはずだ。

沖田が首を振った。

「やっぱりあんたはSVRにいたほうがいい」

言い残して立ち上がった。

モロゾフがあわてて、

「わかりました！　警視庁の話はうそです。でもこれだけは最後まで言うべきではないと思ったのです」

「……？」

「私は私の実力であなたの心に食い込みたかった。だからこうしていろいろとパーフォーマンスをして見せたのです」

モロゾフが周囲を見回した。

「どこかもっとプライヴェートなところがないでしょうか」

沖田がマネージャーに個室が空いているかどうか確認して、足立を呼んでくれるよう頼んだ。

個室に入るとモロゾフが携帯を取り出した。

「これからニューヨークにいるある人物に電話をします。彼と話していただければすべては明らかになります」

と言って携帯のボタンを押して、スピーカーのスイッチを入れた。

数回の呼び出し音のあと相手が出た。

「アリョー！」

太い声がスピーカーを通して流れてきた。

「伯父さん？　アレクセイです」

「一体何事だ。こんな時間に」

どこかで聞いたことがある声だと沖田は感じた。

「今、沖田次郎吉さんと一緒なんです」

「沖田さんと？　やっぱり断られたんだろう。そうでなきゃ私に電話などしてこないはずだからな」

思い出した！　沖田の脳裏にゴンチャレンコの顔が浮かんだ。昨年の五月当時、彼はロシア大統領の安全保障担当補佐官だった。

「ゴンチャレンコさん！　沖田です。お久しぶり！」

「やあ沖田さん。昨年は本当にお世話になりました。事の性質上あなたにロシア国家として勲章を差し上げられなかったことが残念です」

「通商代表部でご活躍中とのことで。ヤマダ大統領から聞きましたよ」

「そちらはUSAの外交顧問になられたそうで」

「友情出演といったところです」

「ところで沖田さん、アレクセイをどう評価しますか？　プロフェッショナルな見地から忌《き》憚《たん》のない意見を聞かせてください」

「うーん」

と言って少し間をおいて、

「才能は素晴らしいと思います。ですがやはり今のSVRにいたほうが本人のためになるのではないでしょうか。ストレートな人生がなによりだと思いますがね」

「おっしゃることはよーくわかります。しかし彼を赤ん坊のころから知る私には確実に言えるのです。アレクセイにはストレートな人生は無理だ、と。彼は子供のころからほかの子と一緒に遊んだりするのを極端にいやがっていました。小学校のころから飛び級を重ねて十八歳でモスクワ大学の法学部を首席で卒業し、現在のSVRに入りました。あのときは身内として本当に誇りに思ったものです。その後、中東に配属されて数々の極秘作戦にかかわり、それなりの手柄をたてたのですが、勲章はおろか表彰さえされたことはありませんでした。なぜか？　それは彼が常に組織を無視して単独行動に走ったからです。〝馬鹿と一緒に行動したら危険〟というのが彼の言い分でした。上司や仲間にとっては非常に扱いにくい人間なのです。このままSVRにいても将来成功する確率はゼロに近い。かと言ってギャンブラーになって金だけを追っかけるような人生も本人はいやがっている」

「ギャンブルをやるんですか？」

「腕はトップ・プロ級です。記憶力が抜群なのでカードゲームに向いているんです」

「それならギャンブラーとして」

「でも生来の飽きっぽい性格とちゃらんぽらんさから、プロにはなりたくてもなれないでしょう。甥《おい》はあなたの人生のほうがただのギャンブルよりもはるかにおもしろいと信じています」

「だが私がやってることだってギャンブルです」

「中身が違います。私としてはアレクセイの才能がこのまま萎《な》えてしまうのが惜しいと思うんです。ですからここはあなたにすがるしかありません。あなたのもとでなら甥は才能をフルに、しかもまともに生かすことができると信じているからです」

「………」

「大統領の首席補佐官までやった私がとんでもないことを言うと思っていらっしゃるでしょうが、それもこれも愛する甥のためです。お願いします」

「でも所詮《しょせん》はコン・マン人生ですよ」

「あなたの場合に限っては違います。あなたは単なるコン・マンではない。コン・アーティストです。モラルの軸がある。それを私は昨年の件で見せつけられました。アレクセイに関しては私が責任を持ちます」

「もし私がお断りしたらどうなります？」

「それは仕方ありません。もともとこちらが無理なことをお願いしてるのですから。ナイストライであきらめます。アレクセイをニューヨークに呼んで私のアシスタントにでもします。どうせ早晩逃げ出すでしょうが。沖田さんにはこんな突拍子もない話を聞いていただけただけで感謝いっぱいです」

沖田の心は決まった。

「わかりました。オッケーです。でも何も保証はしませんよ。あとはアレクセイ次第ですから」

「よかった……」

心の底からつぶやくようなゴンチャレンコの言葉だった。

「アレクセイ、聞いたか？」

「はい、天地神明《てんちしんめい》に誓って伯父さんの期待に応えます」

「私の期待などどうでもいい。沖田さんをがっかりさせぬことだ。いいな。沖田さん、心からの御礼を申し上げる。これで去年のことと合わせると二つの借りができてしまいました。何らかのかたちで必ずお返しすることを誓います」

電話が切れた。

「ドリーム　チームにようこそ」

沖田が差し出した手をモロゾフが両手で握った。

「決して落胆はさせません」

「おれを落胆させたら君はもっと落胆することになる」

「ひとつ聞いていいですか？」

「……？」

「伯父が言ってた昨年の件って何なんですか？」

「聞いてなかったのか」

　モロゾフが首を振った。

「SVRの中ではチェチェンに関することにあなたが関係していたという噂はありますが」

　沖田が皮肉っぽく笑いながら、

「レッスン　ナンバー　ワン。余計なことは聞かないこと。アメリカ人がよく言うだろう。好奇心が猫を殺す、と」

　そのとき足立が入ってきた。

「梵ちゃん、新しいチームメートを紹介しよう。アレクセイ・モロゾフ君だ。アレクセイ、こちらコン・アートの巨匠、足立梵天丸氏だ」

　足立がにっこり笑って手を差し出した。これにはモロゾフがちょっと驚いた。初めて会う男を仲間として受け入れるには相当な信頼がなければならない。しかし足立は一言の質問もせず握手を求めてきた。

　だが考えてみれば、それだけ足立と沖田が信頼し合っているということだ。沖田が判断した上でのことなら疑問などまったく抱かない。羨ましいほどの信頼関係だ。

「まだひよっこですが全力をつくしますので、よろしくお願いします」

神妙な面持ちでモロゾフが言った。

翌日、モロゾフはロシア大使館に辞表を出した。上司は何の文句も言わずにその辞表を受け取った。その足でモロゾフはホテル・ニューコタニに向かった。


沖田のロイヤル スィートにはすでに四人が集まっていた。そこで二時間にわたる長いミーティングが始まった。

モロゾフが加わったことで作戦は良い意味で大幅に変えられ、時間的にも余裕ができた。ミーティングを通して皆いつものようにクールだったが、モロゾフだけは違っていた。心の高ぶりがそのまま顔に表れてか紅潮し続けだった。

ミーティングの終わりに沖田が、

「今さら君たちに言っても釈迦《しゃか》に説法だろうが、アレクセイのために言っておく」

と言ってアレクセイを見据えた。

「いいか、アレクセイ。この仕事には突発的なことがよく起こる。作戦の筋書きから大きくそれるような事態にも直面する。そういうときは自分の勘を信じろ。アドリブでこなさねばならないことは多いんだ。ただ作戦の目的、われわれが描いたシナリオの結末だけは忘れるな。わかったな」

モロゾフが大きくうなずいた。

「それからアレクセイ君」

足立が言った。

「見たところ今の君は肩に力が入りすぎている。力が入りすぎると精神の自由がきかなくなる。精神は常にムチのようなしなやかさを保ち続けるのが肝心なんだ」

「四人の大先輩を前にして力を抜けと言われても無理です。でもご心配なく。いったん大海に出たらいろんな泳ぎをお見せしますから」

作戦は決まり、舞台も決まり、キャストもそろった。

国際詐欺師の犠牲となった日本人たちのリヴェンジと一国の民の将来を賭けた一大コン・ジョブの幕が切って落とされようとしていた。

第五章

東京

その日、足立は女房のお定と銀座でショッピングをしたあと、ホテル・ロイヤルのレストランで昼食をとっていた。こうして二人だけで外食をするのは久しぶりだった。

「しかしこうして見るとお前はまったく年をとっていないな」

ご機嫌な口調で足立が言った。

「十年前初めて会ったときと同じように美しいよ」

「梵ちゃんて機嫌がいいときはよくお世辞言うのよね」

「いやこれはお世辞じゃない。さっきクリツィアでお前が試着しているときもつくづくそう感じたんだ」

「男がいいからじゃない」

足立が腕の時計を見た。

「じゃあそろそろ行くか」

と言って立ち上がった。

お定が立ち上がろうとすると彼女を止めて、

「お前はデザートでも楽しんで帰れ」

「お店のほうはまかしておいて。しゃれたフィナーレを楽しみにしてるわよ」

「哄笑《こうしょう》のフィナーレと言って欲しいね。じゃあな」

「あんた！」

彼女の声に足立が振り返った。

「ピカピカに輝いているわよ」


そのホテルの一階にはいくつかの事務所が入っていた。それぞれのドアーに政治家や経済研究団体の名が貼られてある。あるドアーの前で足立が立ち止まった。〝上海クラブ〟。ドアーをノックした。すぐに開いた。小柄で痩《や》せた男が立っていた。先日、権田から見せられた写真の男のひとり中田豊蔵だった。写真では見えなかったが顔中縦じわがよっている。顔色は黄色く目は蛇のようでお世辞にも人相がいいとは言えない。一緒にいるところさえ見られたくないような男だ。

「あのう、こちら〝上海クラブ〟ですよね」

足立が恐る恐る聞いた。

男が何も言わずにうなずいた。

「〝上海クラブ〟は中国でのビジネスについてのコンサルタントもなされておられるのでしょうか?」

「それは話の内容によります」

尊大な口調だった。

「あのう私こういう者ですが、ちょっとご相談したいことがありまして」

足立が名刺を差し出した。〝リストランテ イタリアーノ アモーレ・デラ・ソーレ オーナー足立梵天丸〟とある。

男の表情が急に変わった。

名刺を出した。〝中田豊蔵　経営コンサルタント〟。

「まあお入りください」

事務所は十畳ほどの広さであちこちに小さな応接セットが置かれていた。七、八人の男が退屈そうにタバコをふかしたり、雑誌を読んだりしている。外国人のほうが多いが、どことなくうさん臭い面ばかり。権田が言ったちんけな詐欺師たちという形容がぴったりだ。フェルナンデリックとおぼしき男もいる。

「さあ、どうぞおすわりください」

足立がすわるとほかの男たちはそそくさと立ち上がって部屋から出ていった。だが一人だけは残って足立と中田に近付いてきた。

中田が彼を紹介した。

「アンリ・フェルナンデリック氏、私のパートナーです」

足立が立ち上がって名刺を交わした。

「あの有名な〝アモーレ・デラ・ソーレ〟のオーナーですか」

「いらっしゃっていただいたことは？」

「まだですが、これを機会にぜひ」

足立が心配していたのは丸の内での出来事だった。あのとき瞬間的ではあったが二人は振り向いた。顔を見られていた可能性はあった。だが目の前にすわった二人にはそんな様子はまったく感じられない。

「早速ですが、相談というのはですね」

足立が話し始めた。

一年前に始めた〝アモーレ・デラ・ソーレ〟は予想に反して大繁盛している。年間の売上は当初考えていた十倍にもなった。そこでこれから日本国内でのチェーン化を考えている。だが高級イメージのあるレストランをチェーン化するのは危険という専門家のアドヴァイスもある。彼らが口をそろえて言うのは日本国内でのチェーン化より世界を舞台にしたチェーン化である。そのチェーン化の第一号として中国を彼らは挙げている。中国市場の無限の将来性を考えれば自分も中国進出に傾いてきた。

しかし自分は中国に関してほとんど知識がない。聞くところによると中国は未だ法治国家ではなく人治国家とのこと。ということはビジネスのやり方も随分と違うと思う。中国でのビジネスは始めたいが、大金を失うことはしたくはない。期待は大きいが恐れもある。中国に行くためすでにヴィザも取ったが、向こうに行ってもこれといった知人はいない。何から始めていいのかさえわからない。せいぜい騙《だま》されるのがせきの山かもしれない。

とにかく自分は金をドブに捨てるようなことはしたくない。中国に進出すべきか、せざるべきか。今の自分はハムレットの心境である。

「そんなわけであなたがたにご相談にうかがったわけです」

フェルナンデリックが大きくうなずいて、

「ここにいらっしゃったのは正しかったですよ。中国はわれわれの専門のひとつですからね」

「ところで」

と中田。

「中国に進出するとしたらどこらへんを考えておられるのですか?」

「まずは北京と上海です」

「資金としてはどれぐらいを?」

「さしあたっては土地付きの建物で十億円ぐらいを考えておるのですが少なすぎるでしょうか?」

フェルナンデリックと中田がちらっと目線を交わした。その無言の会話の意味を足立はわかっていた。すごいカモがネギをしょってやってきたといったところだ。

「私が候補地として考えているのは北京なら王府井《ワンフーチン》かその周囲、上海なら静安《シーアン》区内ですが、十億で少ないならもう少し使ってもいいと考えております」

「それは店の規模にもよりますね」

フェルナンデリックがもったいぶった口調で言った。

「今、北京や上海では二〇〇八年のオリンピックを控えて地価が急上昇しているんです。特に今おっしゃった地域は一昔前にはとても考えられなかったほど高くなっています」

「十億ぐらいで始めようというのはやっぱり甘いですかね」

「いえ、いちがいにそうとは言えません。格安に手に入れることは可能です。私たちには特別なコネクションがありますから。先ほどあなたがおっしゃったようにまだ中国は人治国家です。人脈さえあればたいていのことは可能です。私の友人に交通事故で人を死なせながら日本円三十万円でおとがめなしとなったのもいるほどです」

「その三十万は被害者の遺族に？」

「いえ、事件をもみ消した警察官にわたりました」

「なーるほど」

心底感心したという足立の口調だった。

「そこでいかがでしょう。中国における私のコンサルタントになっていただけるでしょうか？」

二人が再び目と目を交わした。

「それは条件によります」

とフェルナンデリック。

「われわれは非常に忙しいんです。なにしろ仕事の性格上アジア中を飛び回らねばなりませんので。ですから百パーセントあなたのために時間と労力をつぎ込めるかどうか」

「もちろんそれ相応の謝礼はいたします」

と言ってからちょっと考えて、

「第一号店を北京に出すとしてですね、店の確保にはどれぐらいの時間が必要なのでしょうか」

「まあ一カ月あればどうにかなるでしょう」

「その一カ月間お二人に働いていただくとして、おひとり当たりいくらぐらいでやっていただけるでしょうか？」

「われわれを一カ月間完全に縛るというわけですね」

「ええ、契約終了までお願いしたいんですが」

「そうですね。まず基本料金として五百万円。さらにリテイナー・フィー《—話のつなぎ料—》として五百万円。その二人分ですから二千万円プラス経費といったところでしょうか」

「わかりました。支払い方法はどうしたらよろしいでしょうか？」

「半分は前金としていただきます。残りは向こう側と契約終了時ということで」

「いつから始めていただけますか」

「あなたから前金が入り次第動き始めます」

「銀行振り込みですか、それとも現金または小切手がよろしいでしょうか?」

「振り込みにしてください。もちろんドルでです」

と言ってフェルナンデリックが紙切れに何やら書いて足立に渡した。

「振り込み先の銀行口座です。そこに振り込んでください」

足立がその紙切れに目をやった。キプロスのラルナカ銀行、受取人はジャン・ダリュウ、住所はPO BOXナンバー。権田から受け取った振り込みコピーとどんぴしゃり一致している。

足立は心の中でにんまりしていた。エサにすぐに食らいついてくるところは、やはりちんけな詐欺師だ。だがこれだけではすまないことも足立は承知していた。さらなる大きなエサをぶら下げた以上、必ず相手はそれに食らいついてくるはずだ。

足立が携帯を取り出してクレディ・チューリッヒ銀行の東京支店長ヨーキム・ダイムラーを呼び出した。

「ヨーキム、これから言う口座に一千万円をドルに換算して振り込んで欲しいんだ。今日中にやってくれ。キプロスのラルナカ銀行で受取人はジャン・ダリュウ、口座番号は……」

電話を切ってフェルナンデリックと中田を交互に見た。

「三十分後にはキプロスに振り込まれているはずですから確認してください。それが終わり次第向こう一カ月私のために働いていただきます。それでよろしいでしょうか?」

フェルナンデリックが感心したように、

「やることが早いですね。あなたのようなクライアントなら大歓迎です」

「中国にはいつごろ行くことになりそうですか」

「善は急げです。あさってあたり出発ということになるでしょう」

「わかりました。北京までのファーストクラス三枚予約しておきます」

「三枚ですって？」

「ええ、私も連れていって欲しいのです。この目で物件を見たいし。北京は久しぶりなんです」

「いいでしょう。三枚お願いします」

二人が話している間、中田はその蛇のような目でじーっと足立を見つめていた。

彼が考えていることはただひとつしかないということはわかっていた。

「何かご質問でも？」

足立が中田に聞いた。

「いいえ、別に。ただよく考えてみると、われわれはあなたに今日初めてお会いしたわけです。そのあなたが中国に十億もかけて進出したいとおっしゃる。そこのところは額面通り受け取ってよろしいんでしょうね」

かかった！　手応え十分の引きだ。

わきからフェルナンデリックが、

「トヨ、失礼なことを言うもんじゃないよ」

「お互いに誤解がないように言ってるんだ。後々ごたごたに巻き込まれるのはご免だからね。われわれは中国で一カ月間過ごすことになるんだ。その価値があるかないかをきちんと見定める必要がある」

「しかし足立氏はすでにわれわれの目の前で銀行に振り込みを指示したじゃないか」

「いいんですよ、フェルナンデリックさん」

　と足立。

「中田さんのおっしゃることはごく当然です。ぶらりとここに入ってきた男が十億円の話をしたら私だって疑います」

「いや、疑っているわけではありません。ただ」

「いいんですよ、中田さん。要は私に本当にそれだけの資金があるのかないのかの問題です。それを証明するのは私の義務です」

　と言って腕の時計に目をやった。

「どうでしょう。これから私と丸の内にご同行願えませんか」

「丸の内ですか？」

「ええ、あそこに私のリードバンクがあるんです。どうせこれから行こうと思っているんです。支店長にもご紹介しますよ」

「何もそこまでなさらなくても」

フェルナンデリックは大いに恐縮していた。

「いえいえ、私はあなたがたのクライアントです。あなたがたに信用されなかったらクライアントとしての資格はありません。この際、口で何を言っても意味はありません。私の資金力を証明するのが唯一の方法と考えます」

「ご立派なお考えです。よろしい。ご一緒しましょう」

十五分後、三人は丸の内のクレディ・チューリッヒ銀行東京支店の支店長室にすわっていた。

「ヨーキム、今日は金を借りに来たよ」

「おいくらぐらいでしょうか」

「十億。金利の安い今なら自分の金を使うのは馬鹿らしいからね」

と言って、足立が中国進出についての説明をした。

聞き終わってダイムラーが言った。

「ミスター・アダチ、あなたの預金残高から見て十億や十五億はたやすくお貸しできます。しかしあなたは当行の大切なお客様です。ですからあえて言わせていただきます」

と言ってから身を乗り出して足立を見据えた。そしてドラマティックな調子で、

「やめておきなさい……誤解しないでください。あなたのような優良な顧客にお金を貸すのはわが行にとって大きなメリットです。まず金利分を最初にオーヴァー・ザ・トップで取れますし、その後の取りっぱぐれは預金で完璧《かんぺき》にカヴァーされている。だからわが行にとって

得るものこそあれリスクはまったくない。だけど顧客を大切にする銀行家として私は言っているのです。どうか考え直してください。中国進出に十億使うなど狂気の沙汰《さた》です。それよりは先日私が勧めたユーロ債のほうがはるかに優ります。第一リスクはほとんどゼロですからね」

「その話はもう断っただろう。それより十億円をドルでおれが指定する北京の銀行に振り込んで欲しいんだ。ひょっとしたら十五億になるかもしれん」

「それはいつでもできますが……」

「よし、それじゃ決まりだ」

「しかしミスター・アダチ、よーく考えてください。中国であなたがお金を捨ててしまう可能性は大きいのです。私は身を削られる思いです」

足立は笑いを噛《か》み殺していた。ヨーキムは何も知らない。それだけに彼の言うことには現実感も切迫感もある。まさに理想的な無意識の参加者だ。

ヨーキムの机の上の電話が鳴った。その音からして内線電話であると足立は思った。

受話器を取ったヨーキムの顔色が微妙に変わった。

「わかった。お通ししてくれ」

「なにかあったのかい、ヨーキム？」

「今日はこれでお引き取りください。北京への送金は向こうの銀行をお知らせくださり次第、行います」

心なしか顔色が悪い。

「大丈夫なのかい？　とにかく今日はお帰りください」

あきらかにある種のパニックを起こしている。三人が立ち上がってドアーに向かった。

そのときドアーが開いて二人の男が入ってきた。二人とも三十代に見えるがメガネをかけ服装はひとりがごく普通のサラリーマン風、もうひとりはパンチパーマでジャケットにスラックス姿。メガネの奥の目は異常なほどきつい。

二人が胸の内ポケットから黒革の手帳を出してヨーキムの前にちらつかせた。ドアーのそばに立ったまま足立たちは二人を見ていた。

「東京国税局の井村といいます。支店長のヨーキム・ダイムラーさんですね」

ヨーキムが蒼白な表情でうなずいた。

「こちらは私と同じく東京国税局の綾野です。足立梵天丸氏はおたくの顧客ですよね」

「ええ、確かに足立氏は当行の顧客ですが」

「足立氏のアカウントをすべて見せていただけますか」

「それは結構ですが、理由を言ってください」

「すぐにわかります。お願いします」

ヨーキムが受話器を取り上げて秘書を呼び、足立のアカウント・ファイルを持ってくるよう指示した。

「そんなことするこことはないよ、ヨーキム」

足立が言った。

井村と綾野が振り返った。

「あんたは?」

井村が聞いた。

「足立本人さ」

「これはちょうどよかった。われわれはあなたの資産についてチェックしているのです」

「東京国税局にチェックされる覚えはないね」

「それがあるんですよ、足立さん。われわれは昨年あなたがイタリアンレストランを始めたときからあなたの金の出入りを追っかけてきたんです。今日ここにご本人がいたのは幸いでした」

東京国税局と聞いて明らかにフェルナンデリックと中田は動揺していた。十一億以上かせいでいながら所得税も法人税も一銭も払っていないのだ。万が一かかわるようなことになれば大変なことになってしまう。

「足立さん、ご迷惑でしょうから、われわれはこれで失礼させていただきます」

「いや、いてください」

足立が言った。

「日本の国家権力がいかに頭でっかちで、その実ろくなことをしていないということをこれからお見せしますよ」

　秘書の女性が書類を持って入ってきた。それをヨーキムに手渡してそそくさと立ち去った。

　ヨーキムがその書類を井村に渡そうとした。

「ヨーキム、だめだ！　それを渡したらおれはあんたをプライヴァシー侵害で訴えるぞ。それに銀行法違反にもなる」

　ヨーキムがそれを聞いて、書類を抱き締めた。

　井村が冷たい口調で、

「業務だ。あんたに反対する権利はない」

「業務だというなら正式な許可状を見せて欲しいね。警察だって令状を持ってなきゃ何もできないんだぜ」

「足立さんよ」

　綾野が初めて口を開いた。

「あんたをこのまま本部に連れていって地検に渡してもいいんだよ」

　足立が鼻で笑った。

「容疑は？」

「脱税と業務妨害で十分だろう」

「なるほどね。あんたがたはどんな容疑でも一瞬にしてデッチあげられるからな。外国の方の前で恥ずかしいとは思わないのか。フェルナンデリックさん、中田さん、よーく見ていてください。こいつらは後悔しますからね」

「足立さん」

井村が手帳を見ながら言った。

「あなたは十五年前父親の遺産を継ぎましたね。額は十五億以上。しかし当時相続税は払わなかった」

「あんたがた全然調べてないね」

足立が自信満々の口調で言った。

「確かにおれは親父の遺産を相続した。親父は寺の住職だったが死ぬ二年前すべてを売っぱらってカナダに移住した。いい空気を吸いながら死にたかったんだろうな。そのとき全財産をカナダに移した。それをおれが相続した。カナダには相続税はない。そのぐらいのことも調べてないのかい」

「しかし寺やその敷地を売ったときの税金を日本で払ってなかった」

足立がにやっと笑って、

「それは初耳だな。親父はあれでも生臭いところがあったからな。だがもう十七年前の話だ。脱税の時効は五年、悪意のあるケースで七年。どっちにしてもとっくに時効だ。もっと最新の話をしろよ」

フェルナンデリックと中田は信じられない表情で彼らのやり取りを聞いていた。さっきまで何も知らないナイーヴきわまりない男と半分馬鹿にしていた足立が、東京国税局のメンバー相手に一歩もひかぬ姿勢を見せているのだ。

「昨年イタリアンレストランを開いたね」

綾野が続けた。

「開店までにかかった費用は約一億五千万円。この金がクレディ・チューリッヒの本店から、そよかぜ銀行の六本木支店に振り込まれている。なぜスイスからなんだ?」

「金がスイスにあるからさ」

「その金がなぜスイスにあるんだ」

「オイル、金、プラチナなどの取引で儲《もう》けたんだ。すべての取引は外国で行われた。日本とはまったく関係ない。だから日本の税務署とは関係ない。これぐらいはあんたでもわかるだろう。やましいことなんて何もしてないんだ」

「それじゃアカウントのファイルを見せてもいいだろう」

「いや、あんたがたのその強権的な態度が気にくわないんだ」

井村と綾野が顔を見合わせた。

井村がヨーキムに向かって、

「仕方ありません。許可状を持って出直してきます。しかしそのときは足立氏のものだけでなく日本におけるおたくの銀行の活動状況を徹底的に洗いますからね」

ヨーキムが今にも泣き出しそうな表情で、

「足立さん、お願いです。このファイルはガラス張りです。この方々も納得されます。見せてもいいじゃないですか」

「いや、原理原則の問題だ」

「わかります。でもここはひとつ穏便にお願いします。もう中国進出には反対致しませんから。ユーロ特別債を買えなどとも申しません。ヨーキム・ダイムラー一生の頼みです」

足立がちょっと考えた。これ以上頑張ったらヨーキムは心臓麻痺《まひ》を起こしかねない。そうなったら自分に責任がある。なにしろ彼は知らぬうちに舞台に乗せられてしまっているのだ。

足立がヨーキムからファイルを取ってそれを井村に渡した。

「よーく目を開いてチェックしろ」

井村と綾野が食い入るようにファイルを読み始めた。二人でなにやらぶつぶつ言葉を交わしている。

綾野がファイルを指で叩きながら、

「昨年の五月に日本円で二十五億円振り込まれていますね。カッコ内にドルで二千百七十三万九千百三十ドルと書きこまれている」

「足立氏はいざというときの場合に備えて、ドルと円どっちでも引き出せるようにしてあるのです」

ヨーキムが言った。

「それはわかってます。私が聞いてるのはこの金はどこから来たのかということです」

ヨーキムが心配そうに足立を見た。

「パラディウムの取引だ」

「パラディウム?」

「合金材料に使う金属だ。プラチナより価値が高い。最大の生産地はシベリア。地元の工場と契約してヨーロッパやアメリカのカーメーカーに売ったんだ」

「それが二十五億にもなるのかね」

「あんたがたの世界から見たら大金かもしれんが、おれに言わせればそんなのはまだ小さいほうさ。今年もリピートをやるかもしれんから、なんならあんたがたも乗せてやろうか。もっとも最低一億は投資しなけりゃならんから無理だろうね」

井村がファイルをヨーキムに返した。

「お手数をかけました」

と言ってから足立に向かって、

「店のほうの帳簿もしっかりつけておいたほうがいいぞ。近々寄るかもしれないからな」

「大いに歓迎するよ。あんたがたが飲んだこともないようなワインをご馳走してやる」

井村がふんと鼻を鳴らした。

二人が出ていったあとヨーキムはどっかりと椅子に沈み込んだ。額に汗がにじみ顔はまだ蒼白《そうはく》だった。

「怖かったー！　パンツを濡《ぬ》らしかけましたよ」

「奴らはブラッフをかましてるだけだよ」

「また来るなんてことないでしょうね」

「あんたはかなり協力的だったから心証をよくしたろう。おそらく戻ってはこないよ」

「入ってきたときはやくざか刑事に見えましたよ」

「どちらもあまり変わらんがね」

「二度と会いたくない人たちです」

「同感だ。それよりさっきの話、くれぐれもちゃんとやってくれよ」

「中国の銀行の名前と口座番号を教えていただければ即刻手続きをします」

足立がフェルナンデリックと中田とともにドアーに向かった。ドアーを開けて振り返った。

「ヨーキム、あんたは本当にいい人だ。ときと場所と状況が違ってたらおれたちは親友になっていたろうよ」

ヨーキムがキョトンとした表情で閉じられたドアーを見つめていた。

その夜、足立の自宅に井原と綾小路がやってきた。翌日、二人は沖田とともに北京に行くことになっていた。

「奴ら確実に引っ掛かったんですかね」

ワイルド・ターキーをなめながら井原が聞いた。

「おれが感じたところではほぼはまったんじゃないかな」

と足立。

「でも足立さん、あそこまでやる必要があったんでしょうかね。銀行にまで連れていくなんて」

綾小路がいつもの慎重な調子で聞いた。

「あれは必要だった」

足立が断定的な口調で言った。

「おれたちの第一の目的は奴らを北京におびき出すことだろう。一千万を振り込んだ時点で奴らは納得したかもしれない。だがそれはあくまでこっちの希望的観測にすぎない。ああいうけちな詐欺師は意外に勘が働くものだ。特にあの中田のほうは邪推のかたまりだ。突然、何かを感じて北京じゃなくキプロスに行ってしまう可能性もある。確実に北京に行かせるにはもっとでかいエサをぶら下げる必要があったんだ」

「それなら預金残高を見せるだけで十分じゃないですか」

「いや、違うな。奴らは詐欺師だ。しかもマイナークラスときてる。銀行残高なんて作れるし、ヨーキムとおれが出来レースをやってるととるかもしれない。そういうことを奴ら自身やってるからだ。エサは本物でなければならないし、それを奴らにちゃんと証明する必要があったんだ」

「それにしても」

と井原。

「あのヨーキムという男ちょっと可哀想でしたね」

「君たちの演技が迫真的すぎたんだ。だがあのときのフェルナンデリックと中田の表情を見たかい。二人とも本当にびびっていた。奴らがおれに対して抱いていたわずかな疑いもわれわれのやりとりで吹っ飛んでしまったと思うよ」

「それより右近さんが〝二十五億〟と言ったときのよだれをたらさんばかりのあの二人の顔付き。あれでポーカーフェイスを保てればまだ本物になれる可能性はあるんですがねぇ」

皆がどっと笑った。

電話が鳴った。

「梵ちゃん？」

お定の声だった。

「今、店にフェルナンデリックさんと中田さんという人が来てるんだけど」

「今度のビジネス相手だ。なんでも食わしてやってくれ。金は取るなよ」

「そうじゃないのよ。中田さんがあんたに話したいと言ってるの」

「一体何だろうか？」

「今、中田さんと代わるわ」

数秒後、中田が出た。

「すいません。ずうずうしくも早速お店に来てしまいました」

「なんでもご注文ください。私のおごりです」

「ありがとうございます。ところで二つお知らせしておきたいことがあるんです。まず先ほどキプロスから連絡がありまして、例の一千万円ちゃんと振り込まれたそうです」

「これであなたがたは一カ月間私のために働いていただけるんですね」

「そうですね。もうひとつはお知らせというよりご相談なんですが、さっきキプロス側とあなたの中国進出について話したのですが、非常に興味を持ちましてね」

「ほう」

「ジョイント・ヴェンチャーをやりたいと言うのです。出資者はおります」

「ヨーロッパの方ですか?」

「いえ、中東です。余っているオイル マネーを投資したいと言ってるらしいんです。どうでしょうか? われわれとしてはいい話と思います。リスクが半減しますし、増資も簡単にできますからね」

「オイル マネーなら安心ですね」

「あなたがオーケーなら直接われわれが出資者本人からコミットメントを得ますが」

「ちょっと待ってください、中田さん。このプロジェクトは私の夢なんです。少なくとも第一号店は自分だけでやりたいと思ってるんですが」

「わかります。わかります」

「ですからそのオイル マネーの出資者の方には第二号店を開くときに参加していただくということで……」

「わかりました。この話は一応ホールドということにしておきます」

「すいません」

「ああ、それから北京の銀行はもう決まっているのですか?」

「いや、あっちに行ってから、あなたがたのご意見もうかがって決めようと思ってるんですが」

「これは意見というよりアドヴァイスなんですが、向こうでは銀行口座を開くのが非常に難しいんです。中国の住所とか保証人とか、なにしろお役所仕事ですから。そこでですね、われわれはすでに口座を持っていますから、わざわざ新しく開くよりそれを使っていただいても結構です。あなたの名前をわれわれの口座に加えるだけでいいんですから」

「ジョイント・アカウントというわけですね」

「そうです。時間や手数料も省けますから」

足立は必死に笑いをこらえていた。やっぱりマイナーリーガーだ。欲に目がくらんだあまりに詐欺師としては決して言ってはいけないことを連発している。

「わかりました。お願いすることになると思います」

受話器をもとに戻した。

「まったくあきれた奴だよ。ジョイント・アカウントだとさ」

綾小路が聞いた。

「オイルマネーについても何か言ってたんでしょう」

足立が舌打ちしながら、

「古いシナリオにしかしがみつけない創造性ゼロの連中だよ」

「これで奴らは完全に手の内に入りましたね」

「間違いないだろうな。だけど」

と言って足立が首を振りながら、

「騙されるふりをするのがこれほど難しいとはねぇ」

北京

その朝、趙豊国外交部次官は登庁してすぐに五階にある部長室に行った。外交部部長の呂《ルー》陽忠《ヤンジョン》はパソコンの前にすわっていた。インターネットで世界各国のマスコミが流すニュースを見るのが国内にいるときの彼の日課の始まりである。

「部長、ちょっとよろしいでしょうか」

呂が顔を上げた。

「本日の午後の会議についてなのですが」

「USAの外交顧問が来訪する件だね。あれは君が取り仕切ってくれ。私は会議の終わるころを見計らってちょっとだけ顔を出せばいいだろう。援助に関しては昨日話し合った額でいい」

「しかしあそこは重要な国のひとつです」

「軍にとってはそうだろうが……」

「軍事と外交は切り離せない両輪です」

呂が不快な表情を呈した。

「そんなことはわかっている。ただあんな小国の代表なら、わざわざ部長の私が出なくても君が十分にあしらえると言っているんだ」

「それについてお話ししたいのです。率直に言って私だけでは扱い切れないと思います」

「なぜだ?」

「かの国の大統領ジョージ・ヤマダはあまり頭がシャープとは言えません。彼のレヴェルだったら私ひとりで手なずけることができます。しかし今日ここに来る外交顧問の沖田という男は一筋縄ではいきません」

「と言うと?」

「頭の切れが普通ではないのです。直接話してみてつくづく感じました。あんな男は初めてでした。話しているうちにいつの間にか自分のペースに相手を引きずり込んでしまうんです」

「中国外交部で最優秀と言われる君がそんなことを言うとは情けないな」

「でも本当なんです。国際的なビジネスマンということですが、相当の修羅場《しゅらば》をくぐり抜けてきたとみました」

呂がふんと鼻を鳴らした。

「まるで抜山蓋世《ばつざんがいせい》の雄だな。だが所詮《しょせん》は日本人だろう」

「しかし今までわれわれが接してきた日本人とはまるで違います。沖田にかかったら萩原やほかの日本人政治家も赤子同然でしょう」

呂がちょっと間を置いてから、

「わかった。君がそれほど言うなら一見したいものだ」

「国防部からも誰か出席してもらおうと思っているのですが」

「そんな必要はあるまい。こんなことを外交部で決着できないでどうする」

「おっしゃる通りです。しかし部長、くれぐれも彼のペースにはまらぬように……」

呂が鼻で笑った。

「こっちは外交一筋三十年だ。沖田とやらにその重みをたっぷりと味わわせてやる」


北京首都空港に着いた沖田ら三人は、まずVIPルームでお茶を飲みながら、出迎えた十人ほどの外交部のメンバーたちと名刺を交換して三十分ほど歓談した。出迎えたメンバーのリーダーは楊紅《ヤンホン》という外交部の副次官だった。その後彼らは北京市内に向かった。沖田は楊紅副次官と同乗、井原と綾小路はその後ろの車に乗った。二台ともベンツの600でそれぞれの車には前方左右にUSAの国旗がつけられている。沖田の乗った車の左右には武装警官のオートバイがぴったりとつき、二台の車の前後にパトカーが三台ずつ。先導車がサイレンを高らかに鳴らして高速道路を突っ走る。出迎えの人数といい警備の車の数といい、ちょっと大袈裟《おおげさ》すぎるが、これが中国のやり方であると沖田はよく知っていた。相手の自尊心を最大級に高めるためには、こういう演出が最大の効果をもたらすと彼らは考えている。

空港を出てから約四十分後、沖田たちを乗せた車は朝陽門外にある中国外交部に到着した。三階の大会議室には外交部部長の呂陽忠と次官の趙豊国が待っていた。

趙がまず沖田を部長の呂に紹介した。次に沖田が井原と綾小路を補佐官として紹介した。呂部長がこれまでの対日交渉でかなりの実績を残したやり手であるということを、沖田は以前聞いたことがあった。しかしそれは所詮日本の政治家や官僚が相手だった。だから能力のバロメーターにはならない。

巨大な長方形のテーブルの中央部には、中国とUSAのミニチュア国旗が三本ずつクロス状に置かれている。

両者がテーブルをはさんで向かい合ってすわった。沖田の前には呂外交部部長、井原の前に趙、そして綾小路の前に副次官の楊。中国側にはさらに二人の速記係と呂の後ろに通訳がついた。

どんなに言葉がわかっても政府間の交渉では通訳をつけるというのが慣例である。

「あなたの中国語が完璧ということはわかっておりますが、一応通訳を通してということで」

呂がにこやかな口調で言った。

「かまいませんよ。われわれの側には通訳は必要ありませんから」

「ということは井原さんも綾小路さんも中国語がわかるということですか」

井原が苦笑いしながら、

「很栄幸《ヘンロンシン》见《ジエン》到您《ダオニン》（あなたにお会いできて光栄です）」

「初次《チューツー》见《ジエン》面《ミエン》（はじめまして）」

と綾小路。

呂の顔が赤らんだ。

「中国人よりお上手でいらっしゃる」

呂の後ろについた通訳の女性がシャイな表情で笑いながら、

「私は必要ありませんね」

「中国語を中国語に通訳するのもおかしいですよね」

趙が沖田に言った。

このあとは多分部長の挨拶《あいさつ》があり、中国とUSAの友好親善についてのリップサーヴィスを聞かされるのだろう。ただの時間の無駄だが、そう言ってしまったら身も蓋《ふた》も無い。問題はそのあとのネゴなのだ。ここに来た目的はただひとつ。金である。中国からどれだけの援助を得られるかにかかっているのだ。呂部長が沖田に向かって、

「趙次官からあなたは非常に率直な方だと聞いております。堅苦しいことはお嫌いだとも聞いております。ですから今日の話し合いは駆け引き抜きでざっくばらんにいきましょう」

「真の友人になるにはそれが一番です」

呂部長が改まった口調で、

「まずはよく中国にいらっしゃいました。中華人民共和国の人民と政府を代表して心より歓迎いたします。また先日USAが独立一周年を迎えたことに対して心からお祝いを申し上げます。聞くところによりますとUSAは風光明媚《ふうこうめいび》で人心美しく、今日の世界に残されたごくまれな楽園とのことです……」

部長の話は約五分で終わった。USAについての知識がないのが幸いした。もし彼がUSAについて趙から聞いた以外のことを知っていたなら、話はずっと長くなったろう。

「丁重なる歓迎のお言葉、誠にありがとうございます」

沖田が返す。

「私はUSAの外交顧問として今回訪中しているわけですが、あなたがたにお会いするのが初めてとは思えません。なぜなら昨年わがUSAが独立する際、中国政府および国民の方々は絶大なる支持を表明してくれ、真の友人であるということを具体的な姿勢で見せてくれたからであります。ご存じのことと思いますが、独立の際USAという言葉をめぐってある国と摩擦が生じました。国連の安保理でも問題となり、独立を延期せよなどといった無責任な意見も出されました。しかし中国の強力な後押しのおかげでUSAは独立を勝ち得ました。本当の友人かどうかはどちらかが危機に陥ったときわかると言われますが、われわれと中国の関係はまさにそうです。この事実をUSAの民は決して忘れていません。USAの大統領ジョージ・ヤマダはよく言っております。〝中国は偉大な国だ。哲学と道徳面では孔子、孟子、老子を生み、兵法では孫子や諸葛亮《しょかつりょう》を輩出し、政治では管仲《かんちゅう》や楽毅《がくき》を出した。そして今日、経済分野では世界的力となりつつある。われわれは中国に学ばねばならないことが山ほどある〟と。私も大統領と同じ思いであり、これからもさらなる友好親善の精神にもとづいた両国関係の拡大を願ってやみません」

これでお世辞の交換は終わった。これからが本番だ。

「さて」

趙次官が言った。

「貴国の大統領閣下の中国公式訪問の日程と共同宣言のたたき台を一応出してみたのですが。すべてをこちらにお任せくださると言われましたので、とりあえず作り上げてみました」

副次官の楊が沖田の前に二枚の紙を置いた。一枚目が日程表だった。初日が天安門広場での歓迎式典と国家主席との会談、夜は人民大会堂での国家主席主催の晩餐会。二日目は万里の長城見学、夜は自由行動。三日目の午後帰国。実質的には一日だけだ。

沖田は思わず吹き出しそうになった。国家元首の訪問で自由行動など聞いたことがない。独立一周年のパーティ会場で趙が大統領訪中についての準備について尋ねたときに、自分はあまり大袈裟に考えないようにと言った。目の前の日程表を見る限りはあの言葉を忠実に実践したようだ。

「いかがでしょうか?」

趙が聞いた。

「いいんじゃないですか」

　あっさりと言った。

　横から井原が、

「顧問、これはまずいですよ」

「なぜ？」

「これによると出発日は今から二週間先の五月三十一日です。この日はアメリカから特使が来ることに……」

「黙りなさい！」

　沖田が厳しい口調で言った。

「しかし……」

「黙れと言ってるんだ！」

　呂と趙の目が微妙に光った。

「いや、すいません。なにしろこの二人はこういうミーティングは初めてですので。かく言う私もそうですが。つい関係ないことも口走ってしまうんです。外交に関しては完璧な素人なんです。無視してください」

　だが呂と趙は無視できなかった。

「アメリカからの特使とおっしゃいましたね」

「たいしたことじゃないんです。チャオさんは多分気がつかれたと思いますが、この前の独立一周年パーティの席でアメリカ代表だったチェリー副大統領がわが大統領に暴言を吐いたのです。その場は副大統領が謝罪して収まったのですが、あの一事がわが大統領に与えた精神的ダメージは非常に大きいものがありました。ああ見えても非常にデリケートなところがあるんです」

「ということはアメリカが謝罪のために特使を送ってくると？」

「ええ。でもそれは条件次第で先延ばしはできます」

「条件次第と言いますと？」

趙が聞いた。

「貴国がどれだけUSAを大切に考えてくださっているかです」

と言って二枚目の紙に目をやった。

「この共同宣言ですが、USAへの経済援助についてはまったく書かれていませんね」

「それはあくまでたたき台ですからいかようにも変えられます」

「でも先日のパーティでお話ししたときは、援助については必ず触れてくださいとお願いしましたよね」

「すいません。うっかりしてました。書き加えます」

それまで黙っていた綾小路が何やら沖田に耳打ちした。沖田が数度うなずいた。

「さっきも言いましたようにわれわれは外交に関してはずぶの素人です。ですがビジネスマンとしては一応プロと自任しております。ですからビジネスマンとしてネゴをさせていただきます。よろしいですね」

「なんだか怖いですなぁ」

呂部長が笑った。

「いいでしょう。われわれは外交官として受けて立ちます」

「ずばり言って援助はどのぐらいいただけるのですか?」

呂が趙にうなずいた。

「われわれとしては貴国への援助を五年から十年のスパンで考えております」

趙が言った。

「まず初年度、ということは大統領訪中が何の支障もなくいけば今年となるわけですが、三千万ドルの無償援助、来年は二千万ドル、その後は状況を見て判断したいと考えております」

三千万ドルといえば日本円で三十六億円、たいした金額ではない。あの萩原さえキャッシュ三百億を約束したのだ。甘く見られたものだ。

「それは完全な無償援助ですね。何のひももついていませんね?」

「その通りです」

「それでは独立一周年の御祝儀として頂戴いたしておきます」

趙がほっとした表情で、

「これで相互防衛条約とそれにもとづく基地建設の話は軌道に乗ったというわけですね」

沖田がびっくりしたふりをした。

「何ですか、その防衛条約と基地建設の話というのは?」

呂は相変わらずにこにこと笑っている。

「援助のパッケージに入っているはずでしょう」

沖田がとなりにいる井原に声をかけた。

井原が重々しい口調で言った。

「相互防衛条約や基地の話はなさってはいけません。USAの国家としての信頼度が試されます。そもそも防衛条約などUSAには必要ありません。しかもたかが五千万ドルじゃないですか」

沖田が笑いながら、

「そういうことです。あしからず」

「しかし」

趙が口をとがらせた。

「援助は基地を前提としたものと私は思っていましたが」

「それはあなたの思い違いです」

沖田がはっきりと言った。

「大体五千万ドルで基地の権利を得られるとお思いですか。今の世界のどこにそんなに安く土地を提供する国がありますか?」

「顧問のおっしゃる通りです！」

井原が言った。

「あなたがたは何を考えているのだ！」

「君は黙っていなさい」

「いや、補佐官として言わせてもらいます。こんな条件を持って帰ったら大統領閣下に怒鳴られますよ。あまりにも人をばかにしているじゃないですか」

「わかった、わかった、井原君、もういい」

「いや、よくはありません。顧問、このネゴは一体何なのですか。相互防衛条約とは互いが信頼し合って初めて結実されるものです。その上に立って基地建設の話は進められるべきでしょう。その信頼をたったの五千万ドルで買おうという姿勢には一片の誠意も見られません。誠意がなければ信頼をおくことはできない」

「わかった。もう黙りなさい」

「いや、黙りません。こんな屈辱的な交渉があるでしょうか。五千万ドルなんて日本の援助よりはるかに少ないじゃないですか。しかも日本は基地など問題にしていない。アメリカは今年七億ドルと言ってきているんです。それも単なる手付け金としてです」

中国側の面々がいっせいに井原を見た。

沖田は参ったというように両手を広げて首を振った。

「今、手付けとおっしゃいましたね」

趙次官の声がわずかに上ずっていた。

「何のための手付け金なんです?」

沖田がちょっと考えてから、

「この際、隠してもしょうがありません。おわかりと思いますが、基地建設のためです」

「それじゃすでに貴国はアメリカと話し合いに入ったということですか」

「それについてはノーコメントです。ご想像におまかせします」

「ちょっとおかしいではありませんか」

趙の口調が激しくなった。

「貴国の大統領はわが中国を最初に訪問することになっている。しかし基地の話はアメリカと行っている。一体どうなってるんです?」

沖田の口元に小さな笑いが浮かんだ。

「基地についてアメリカと話し合っているとは言ってませんよ。ノーコメントと言ったはずです。しかしそれはあなたがたには全然関係ないことでしょう。このまま話し合いがうまくいけば、わが国の大統領は貴国を訪問します。しかし基地の話は関係ない。なぜならあなたがたはその話についてまったく触れなかったからです」

「いや、それは違います」

呂が言った。まだ余裕たっぷりの表情だ。

「援助の話はイコール基地獲得を前提としているとわれわれは解釈しています」

「そんな無茶なことは言わないでください。五千万ドルは無償援助とあなたがた自身おっしゃったじゃないですか。それとも基地についてのパッケージがほかにあるのですか?」

「五千万ドルが無償であることに意味があるのです。それをベースに基地についての話し合いを始めるべきとわれわれは考えています」

沖田が首を振った。

「考え方が根本から違いますね。わがUSAの価値はもっと高いと思っているのですが」

「われわれだって貴国の価値を最大に評価しています。ですから二年で五千万ドルという破格な援助を約束しているのです。われわれが提示でき得るぎりぎり最高の額です」

「あなたが援助額をどう評価しようとご自由ですが、私に言わせれば〝国際規格〟に合っていませんね。まったく桁《けた》が違います」

「困りましたね」

呂がすっとぼけた顔付きで言った。

「このままならあなたはアメリカと基地に関する交渉を始める。いや、もう始めてるかもしれない。われわれは貴国との友好親善関係を築いていきたい。どうしたらいいんでしょうかね」

「部長閣下、あなたは先ほどざっくばらんに話そうとおっしゃった。ですからざっくばらんに言わせてもらいます。わがUSAは中国が欲しているものを持っています。問題はそれに対していくらの値段をあなたがたがつけるかです」

「だから今も言ったように、われわれとしては最大の援助額を提示したわけです」

沖田が処置なしといった表情でため息をついた。

「これからも宝の持ち腐れに甘んじるというわけですか」

「宝の持ち腐れ？」

「そうです。貴国は現在航空母艦を二隻持っていますよね。そしてもう一隻ロシアに発注している。しかしそれらの空母は外海に出られない。北は日本の北海道から南はヴェトナムまですべて各国の領海だから、いざというときは封鎖される。だから中国は台湾との統一を成し遂げたい。そして台湾を基点として太平洋に出る。しかし中国が武力で統一する挙に出たら、アメリカは台湾を死守すると言っている。空母三隻体制とは言っても実際に動けなければ何の意味もありませんよね」

呂が初めて不快な表情を見せた。

「わが海軍についての解説、非常に興味深いが、私は外交官であって軍人ではありません」

沖田が腕組みをして天を仰いだ。

綾小路が沖田の耳元に何やらささやいた。次に井原も同じことをした。沖田がうなずいた。

「では確認させていただきますが、今言われた数字が最終的なものなのですね？」

呂が大きくうなずいた。

「最善をつくした数字です。お受けになるか否かはそちらの自由です。よくアメリカ人が言うでしょう。テイク　イット　オアー　リーヴ　イット」

とどめを刺すつもりで発した言葉なのだろうが、沖田たちには見え見えだった。勝負に対する焦りがはっきりと出ているのだ。

沖田が肩をすくめた。駆け引きが聞いてあきれる。しかもその駆け引きも子供騙しのようなマイナー クラス。

怒りというより情けない気持ちだった。少なくとも同じレヴェルでキャッチボールをするつもりで北京くんだりまでやってきたのだ。ところが相手が違った。こっちが親切に軟球のスローボールを投げてやってればいい気になって、どこまでもつけあがっている。ここはひとつ硬球のストレートを見舞ってやろう。沖田が趙に向かって、

「私は当然あなたが国防部と話し合ったものと思ってこの会談に臨んだんですよ」

「もちろん話し合いました」

「それじゃなぜ……？」

呂が片手を上げて沖田を制した。

「国防部とはすでに話がついています。その結果が今出した金額です」

「なるほど」

沖田が呂を見据えた。その目に冷たい笑いが宿っていた。

「あなたは中国が今置かれた状況を理解なさっていないようだ。アメリカ人がよく言う言葉としてあなたは言われた。テイク イット オアー リーヴ イット、と。これは相手よりはるかに有利な立場にある者が発する言葉です。しかしあなたがたは今、全然有利な立場にはな

い。私もアメリカ人がよく言う言葉でお返ししましょう。ザ　ベッガーズ　キャント　ビーチューザーズ。乞食に選択権はないんです」

呂の顔は真っ赤、趙は真っ青、そして副次官の顔は真っ白。まるでフランス国旗だ。

「まあまあお互い冷静になってですね……」

趙は必死だった。

「どうやら大統領の訪中は延期せねばならないようですね」

沖田が立ち上がった。

「お送りいただかなくて結構です。出口はわかっていますから」

言い残してドアーに向かった。井原と綾小路が従《つ》いた。

呂以下中国側はただ呆然として三人の後ろ姿を見つめていた。おそらく外交交渉の場でこのような経験をしたのは初めてなのだろう。沖田たち三人はこれから数秒間が勝負であると知っていた。失敗したら中国からは一銭も入ってこない。だが価値ある勝負だ。

井原がドアーの取っ手に手をかけた。ドアーを開けた。沖田が一歩外に出た。

「待ってください！」

趙の悲壮な叫びが会議室にこだました。

趙と副次官の楊が駆けつけてきた。

「どうか席にお戻りください。話し合えばお互いに理解することができます」

「もう話し合ったし理解もしました」

と井原。

「これ以上話してもお互いの時間を無駄にするだけでしょう」

「いや、初めから話しましょう」

「沖田先生！」

奥から呂部長の声がした。

「どうぞテーブルにお戻りください。あなたの勝ちです」

それから二時間かけて本番のネゴが行われた。沖田の読み通りUSAに基地を獲得することに関しては、すでに外交部は国防部と同意していた。その前提として二国間で相互安全保障条約を結ぶ。金額の交渉については外交部が行うことになっていたが、呂にしてみればできるだけ叩《たた》いて外交部の手柄にしたかったようだ。結局、援助金、すなわち基地獲得のための手付け金は七億ドル。支払いは大統領訪中前と決まった。しかし相互防衛条約や基地に関しては、大統領訪中時の共同宣言やその付帯事項にも一切盛り込まず、両国からの発表は一切なし。ただ別途の同意書に沖田と呂の間でサインすることとなった。

基地の候補地は小ヤマダ島。中国側による島の調査は同意書がサインされてから半年後に始められることとなった。

共同宣言の内容は通り一遍のものだったが、相互内政不干渉の項がちゃんと入っていた。それさえあれば沖田にとってあとはどうでもよかった。

その夜、趙次官主催の晩餐会が王府井にある北京ダック専門店〝全聚徳《チユアンチユーダー》〟の一室で行われた。沖田たち三人と中国側からは趙をはじめとして楊とその部下三人、計八人がテーブルを囲んだ。

数人のウエートレスが入れ替わり立ち替わり入ってきて老酒やビールを注いでいく。シェフが毛をむしられた二羽のアヒルを持ってきて趙に見せた。趙が満足げにうなずいた。趙が沖田たちに説明した。

「この店はアヒルの子が生まれてから五十六日間エサをたっぷり与えて脂肪をつけてからつぶして、桃やナツメの木であぶって焼く独特の料理法で知られているんです。日本と違ってダックの皮だけでなく身もすべて料理して客に出します。味は保証しますよ。外交部御用達の店のひとつなんです」

フルコースの北京料理を前に何度かの乾杯《カンペイ》を繰り返したあと趙が言った。

「沖田先生たちには参りましたよ」

「何をおっしゃいます。私たちのほうがよほど参りましたよ」

「今日、会議のあと部長に叱られましてね」

「……？」

「なぜ沖田先生たちに関してもっと詳細な情報を集めておかなかったんだと言うんです。私は部長に言ったつもりなんですがね」

「いや、呂部長もなかなかのネゴシエーターです」

「だがあなたがたにはかなわない?」

「かなうかなわないの問題ではありません。要はいかに誠意を持って交渉に臨むかです」

趙がよく言うよとでも言いたげにニヤッと笑った。

「こんなことを私が言うのは不謹慎かもしれませんが、今日の会議はわれわれ全員にとってよい教訓となりました。あなたの発した言葉や間のとり方、会話の進め方、相手に切り込むときのタイミングなど今まで経験したこともないことばかりでした」

「会議でも言ったようにわれわれは外交についてはずぶの素人です。もしおっしゃるようにパーフォーマンスがよかったとしたら、それは何も知らない者の強みでしょう。生まればかりの子羊は虎を恐れないと言いますからね」

「顧問、例の件についてですが」

わきから井原が言った。

「趙次官に相談してみてはいかがでしょう」

「いや、そんなことは失礼だよ」

「しかし次官はお顔も広いし、きっと応援してくださると思いますが。ことが片付けば大統領閣下もきっとお喜びになるはずです」

「何のことですか?」

趙が聞いた。

「いや、ちょっとしたごたごたがありましてね。あなたにお聞かせするようなレヴェルの話ではありません」

「しかし井原先生は大統領がお喜びになると……」

「ええ、大統領もちょっと巻き添えをくらったんです」

「よかったら聞かせてください。私にできることがあるなら喜んでやらせていただきますよ」

「それじゃお言葉に甘えてお耳を汚させていただきましょうか」

と言って沖田が井原にうなずいた。

「これは次官の世界とはあまりに違う世界の話なんですが……」

井原が説明を始めた。アンリ・フェルナンデリックと中田豊蔵についてだった。

二人の経歴と日本における犯罪歴から始まって、手口がうますぎて日本の警察では手に負えないこと。五十人以上の被害者の中には自殺した者もおり、このままならさらなる自殺者が出る可能性が高いこと。

それ以上に問題なのは、二人はかつてジョージ・ヤマダがUSAの大統領になる前に島の資源を巡って彼を騙したことがあった。今でも大統領はそれに深く傷ついて人間不信にまで陥っている。これ以上善男善女を苦しめないためには二人を捕まえその悪行にストップをかけるしかないことなど、かいつまんで話した。

「しかしそんな悪人もいるんですねぇ」

趙が感心した口調で言った。

「でも日本の警察にできないことを私にお手伝いしろと言われても……」

「そこなんです」

井原の口調に力がこもった。

「日本を発つ前、警視庁の関係者から聞いたのですが、二人はある日本人の〝クライアント〟を連れて北京に来るんです。何を企んでいるのかはわかりませんが、多分こちらでも詐欺行為を働くつもりでしょう。現にこれまで二人は何度もこちらに来ているんですから。私は明日公安部に行って事の次第を説明し二人を逮捕するよう要請しようと思っているんです。こちらの法律は日本のように甘くはないと信じています。予防措置としての逮捕だってあるでしょう」

趙がうなずいて、

「人民に害を及ぼすなら逮捕の対象となります。特に今あなたがおっしゃったような犯罪の実績があるなら即収監されることは間違いないでしょう。逮捕してから立証するのも、わが国の警察のやり方のひとつですから」

「ひとつ心配なことがあります。外国人の私が行っても公安はあまり熱心には取り上げてくれないだろうという懸念を抱いているんです」

「北京市の公安のトップは大学時代からの私の親友です。いつでもご紹介はできます」

と言ってからちょっと考えて、

「しかしあなたはUSAの外交顧問補佐官です。そのあなたが動くような件ではありません」

「じゃどうしろと?」

「私が直接公安の友人に話します」

「本当ですか!」

「そのほうが手っ取り早いし、極秘で扱えます。その二人はいつごろ北京に来るんですか?」

「明日です」

「じゃ空港でしょっ引けばいいでしょう。二人の名前を書いてください」

井原がそれを書いた紙切れを渡しながら、

「マスコミには知らせないで欲しいのですが」

「でも新華社や中央電視台が扱ったほうが見せしめとなっていいんじゃないですか」

「確かにそうですが、大統領もからんでいる件ですからデリケートに扱ってもらいたいのです。マスコミに発表するにもタイミングを見計らってからでないと……」

「わかりました。大統領閣下には絶対に迷惑をかけてはなりませんからね」

「なんと言ってお礼を申し上げてよいやら……」

沖田が言った。

「大統領訪中時には直接あなたに感謝の言葉を述べると思います。両国関係に最大のメリットのひとつをもたらすことをあなたがしてくださるわけですから」

「いやいや、こんなことでお役に立てるならいつでも言ってください」

「ところで貴国の法律では、詐欺罪はどのくらいの刑罰がくだるんですか」

「騙した金額によります。今言われた二人が得た金額から言えば多分死刑でしょう。背任や横領でも七十七万元、ということは日本円で約一千万円ですが、それ以上の詐取は死刑と決まってるんです」

趙があっさりと言った。

「しかし外国人ですから減刑されて無期懲役ということは十分あり得ます」

「取り調べ中に死ぬなんてことはないでしょうね」

「それはないと思います。特に外国人ですから叩き方には気をつけるでしょう」

沖田が井原に向かって、

「悪い奴らだがちょっと気の毒な気もするな」

趙が笑いながら、

「沖田先生も意外にセンティメンタルなところがあるのですね」

「いや、悪い奴でも一応人間ですから」

「大丈夫ですよ。殺しはしませんから」

第六章

パリ

その日アレクセイ・モロゾフはホテル・クリオンの一室で朝の六時過ぎに目を覚ました。SVRにいるときもそうだったが、いかに工夫しようが、ジェット ラグだけはどうしようもない。十分に時間をとってシャワーを浴びた。

無性に腹がすいていた。

ジャケットを引っ掛けて一階に降りた。

〝アンバサダー・ルーム〟はすでに開いていた。

「ボンジュール、ムッシュー」

マネージャーがうやうやしく会釈をした。客はまだほとんどいなかった。

席に着いてしばらく周囲を見回した。壁から天井まで見事な絵が描かれテーブルや食器も普通のものではないのは素人のモロゾフにもわかった。このレストランが国宝と言われるのがわかる気がした。

それにしても自分の人生は激変しつつあるとモロゾフはしみじみと感じていた。SVRにいたころは飛行機はエコノミーかたまにビジネスクラス、ホテルは二つ星がいいとこだった。それが東京からこのパリまでのフライトはファーストクラス。ホテルは世界最高級のひとつと言われるクリオン・ド・パリ、そして朝飯はアンバサダー・ルーム。

沖田が言った言葉を思い出す。〝華麗に生きなきゃ華麗な仕事はできない。金はどんどん使え。そうすれば金の重要性もその無意味さもわかってくる〟。

一ヵ月前の自分にはとうてい考えられなかった世界だ。自分の選択は正しかったとモロゾフは確信していた。

三十分ほどで朝食を終えて部屋に戻った。

電話が鳴っていた。急いで受話器を取り上げた。沖田からだった。

「アレクセイ、今、公安が二人をぱくったところだ」

「わかりました。これからニコシアに飛びます」

「くれぐれも変な功名心は起こすなよ。皆を危険に陥れるからな」

「承知してます。それでボスたちはいつ東京に?」

「今、首都空港にいる。これから乗るところだ。チャオ」

電話をいったん切った。腕の時計を見て再び受話器を取り上げた。

「アリョー」

「ニコライ・セルゲーヴィッチか。私だ」

「サーシャ、今どこだ?」

「パリにいるが、これからそっちに発つところだ」

「宿舎は?」

「インターコンティネンタル。例の件、大丈夫かい?」

「バッチリだ。大きな貸しになるぜ」

「持つべき者は友達だな。いずれたっぷりお礼はさせてもらうよ」

ニコライ・セルゲーヴィッチ・イヴァノフはモスクワ大学時代からのモロゾフの友人だった。年はモロゾフよりも三歳上。しかしモロゾフが飛び級できたため卒業したのは同じ年。そして一緒にSVRに入った。

モロゾフが中東で活動していたときはベイルートやカイロで何度も会っていた。

今回の作戦でモロゾフの役割はアビラハフェズのプリンス・フェイザルにアプローチすることだが、その突破口はジャン・ダリュウが理想的と考えられていた。しかしダリュウはその仕事の性格上、郵便はPO BOXを使い、取引銀行へ届けている住所もこれまたPO BOX。郵便局が彼の所在を明かすわけがない。時間を使えばなんとかなるだろうが、そんなことに貴重な時間を費やすこともない。

そこでモロゾフが東京から連絡をしたのが、ニコシアのロシア大使館で働くアナスタス・スースラフ、本名ニコライ・セルゲーヴィッチ・イヴァノフだった。各国の情報機関員は赴任地で地元の情報を集めるが、そこに住む外国人についての情報収集も大事な任務のひとつだ。彼らがスパイなのかまたはダブルスパイなのか、はたまたスカウト可能なのかなどを探るためだ。SVRもアメリカや日本など外国で当然それをやっている。だからイヴァノフはキプロスに住む外国人についてはかなりの情報を持っているはずだった。

東京からの電話でモロゾフは真っ先にSVRを辞めたとイヴァノフに伝えた。その上で情報提供を求めた。イヴァノフはちょっと驚いたようだったが力をつくすことを約束してくれた。

そして今の電話で話した限りでは約束通り結果を出してくれた。あとはニコシアに乗り込むだけだ。

無意識のうちに肩が震えた。全身から火花が散るような熱さが感じられた。それはかつてSVRにいたとき命を懸けた使命を前にしても決して感じたことのない高揚感だった。

キプロス島ニコシア

イヴァノフが訪ねてきたのはモロゾフがインターコンティネンタルにチェックインしてから約一時間後だった。

マニラ封筒をモロゾフに渡しながら、

「満足いくと思うよ」

モロゾフが中身を取り出した。

ダリュウのファイルのコピーと顔写真が二枚。

モロゾフがコピーに目を通した。ダリュウの住所、電話番号、生年月日などから趣味や癖まで細かく記されている。

年は六十三歳、独身、ニコシア滞在は二十年、キプロスでの犯罪歴なし、職業は金融関係のビジネスマン、友人関係はあまりなし、趣味はカー レース（過去）、外とのコンタクトは大部分が電話、週に一度必ずアビラハフェズのアビン市に電話を入れる。相手はアル・フェイザル・インヴェストメント社。番号は（997）7331-9111。情報機関員の可能性なし。

「まさに情報の宝だ。よくここまで調べたな」

「何人ものSVRの先輩たちが苦労して集めたんだ」

写真のほうは一枚がダリュウの顔のアップ、もう一枚が全身を撮ったものだった。白髪頭で鼻がでかい以外はこれといった特徴のない顔だ。もう一枚は車椅子に乗った写真だった。

「この体でカー レースなんか無理だろう」

「だから〝過去〟と記してあるんだ。カー レースで事故に遭ったようだ」

写真とファイルを封筒に戻した。

「でかい借りだ。必ず返すからな」

「それよりひとつあんたに聞きたいんだが」

「なんなりと」

「あんたが東京から電話してきてSVRを辞めたと聞いたとき私は信じられなかった。そこでモスクワの本部に聞いたら確かに辞めたと言われた。なぜなんだ?」

「新しい道を歩いてみたくなった。ただそれだけだよ」

「具体的に何をやろうとしてるんだ?」

「国際ビジネスマンとして金融や石油を動かしてみたい。富を作る方法はいろいろあるからね」

「しかしあんたはその道ではまったく経験がないじゃないか」

「確かにそうだ。しかし今は経験より発想と行動の時代だ。それに私ひとりでやるわけじゃない。ちゃんとパートナーがいるんだ」

「ロシア人かい」

「いや、日本人だ」

「日本人? 彼らには気をつけたほうがいいぞ。何を考えているかわからない連中が多いからな」

「だがこのパートナーたちはちょっと違うんだ。日本人であって日本人じゃない。新しいタイプの地球人といったところかな。私自身これまで頭は悪いほうじゃないと思っていた。あんたもそう思うだろう?」

イヴァノフがうなずいた。

「あんたはモスクワ大学始まって以来の秀才だ。IQ170の男を超す人間はそうざらにはいないよ」

「ところがこのひとたちはあっさりと私を超えちまってる。しかしそんなことはまったくひけらかさない。泰然自若としているんだ。本当に頭がいい人間は何も証明することはないんだということがはっきりとわかったよ」

「そういう人間に会ってみたいな」

「いずれ紹介するよ。あんたもSVRに飽きて新たな道を歩みたいと思うときがくるかもしれないしね」

「そのときはよろしく頼むよ」

「だけど時代は変わったなぁ」

モロゾフが感慨深げに言った。

「一昔前のKGBだったら私は絶対に辞めることなどできなかった。しかし今は自由だ。そしてSVRメンバーであるあんたの援助を得ている」

「時代がわれわれを選んだんだよ」

「だけど友情は変わらない」

「必ず成功してくれよ。じゃないと私が行くところがなくなるからね」

それから一時間後、モロゾフはパンテリウス地区の丘の上にあるダリュウの家を訪ねた。

写真にあった通りダリュウは車椅子で玄関口に出てきた。

「ボンジュール、ムッシュー・ジャン・ダリュウ、私の名はアレクセイ・モロゾフといいます。国際金融ブローカーをやっています。ちょっとお話があるのですが」

「ロシア人かね」

ダリュウが猜疑心《さいぎしん》に満ちた目でモロゾフを見つめた。

「非常に重要な話なんです」

ダリュウは何も言わずモロゾフをにらんでいた。

「入ってもいいですか？」

「用件を言いなさい。知らない人間を入れるわけにはいかないのでね」

モロゾフがちょっと考えるふりをして、

「アンリ・フェルナンデリックとナカダに関してです」

ダリュウの表情にかすかな変化が見えた。

「彼らをご存じですよね？」

「それで？」

「お二人は北京で逮捕されました」

ダリュウはあきらかに動揺していた。

「容疑は？」

「詐欺罪です。これまで二人が日本や中国でやってきたことが全部まな板の上にのったのです」

「そんな馬鹿な！　あの二人が詐欺罪に問われるなんて！」

「しかしたとえ起訴されても有罪になるとは限るまい」

中の新聞やテレビがおもしろおかしく報道することは間違いない」

「ムッシュー、よーく聞くんだ。現時点ではあの二人は中国の公安部から起訴されることになっている。フランス人と日本人の詐欺師コンビが中国で裁判にかけられるとなったら世界
「………」

「おもしろい。ぜひ呼んでくれ。ここの警察は退屈している。大喜びするだろうよ」

モロゾフが声を上げて笑った。

「帰ってくれ！　さもないと警察を呼ぶぞ！」

当の大物がいる」

「あんたの天地神明なんて信用できるか。だがあんたは大物じゃない。バックにはもっと本
「私は天地神明に誓って関係ない！」

てるんだ」

「しらばっくれても無駄なんだよ、ムッシュー・ダリュウ。二人はすでに中国公安にげろっ
「馬鹿言うな！」

だからな」

「あいつらが詐欺師であることはあんたが一番よく知っているはずだ。金の受取人だったん
モロゾフの口調が急に変わった。

「よく言うね」

「あんたも意外に無知なんだな。あの国では起訴された時点ですでに有罪なんだ。裁判は単なるセレモニーにすぎない。大金詐取は死刑と決まっている。もし二人が死刑宣告を受けたら、これまた世界中のマスコミが騒ぐ」

「そうなったら仕方あるまい。二人には気の毒だが。今も言ったように私には関係ないことだ」

モロゾフが軽蔑《けいべつ》に満ちた眼差しでダリュウを見下ろした。

「私が言ったことを聞いてないな。あんたの自己保身の問題じゃないんだよ。二人は公安に吐いたと言ったろう。すべてを吐いたという意味なんだよ。バックにいる大物の名も中国側は知っている。そして中国側は怒っている。これから一国を背負って立つかもしれない人物が国際詐欺師たちのリーダーなんだからな。しかしこれが明るみに出たら誰も得はしない。そうだろう？」

ダリュウの額から汗が流れ始めた。

「そこで提案があるんだ。事をこれ以上荒立てないためには二人を中国から日本に連れ出すしかない。日本の警察は中国と違って荒っぽいことはできない。確たる証拠もなしに二人を逮捕や起訴はしない。これはあんたもよく知ってるよな。現にこれまで二人は日本でぱくられたことはなかったんだから。いったん二人が日本に行ければ、あとはあんたがたが彼らをどうしようが勝手だ。多分日本政府はフェルナンデリックをペルソナ・ノン・グラタ——受《う》け入《い》れ不承認《ふしょうにん》——としてキプロスに強制送還するだろう」

「どうやって二人を中国から連れ出すんだ」

「私の親しい友人で中国政府に強力なコネを持っている人物がいる。彼に頼めば何とかなる」

「その人物への見返りは？」

「わからん。もしあんたがたがこの案に賛成ならすぐに彼にアプローチする。条件は彼次第だ。あんたがひとりで決められないことはわかっている。だが時間はない」

と言って腕の時計に目をやった。

「今から三時間後に私のほうから連絡する。それまでにあんたのボスと話し合って返事をくれ。アビアント、ムッシュー・ダリュウ」

言い残してモロゾフが去っていった。

ダリュウはしばらく考えていた。海のものとも山のものともわからないようなモロゾフという男の言ったことを真に受けて動くべきか。もし動いてまったくの作り話だったとなったらとんだ恥をかくことになる。

しかしこんな話をでっちあげてもモロゾフには何のメリットもない。一応チェックはすべきだろう。

ダリュウの手が電話にのびた。

まずは東京の〝上海クラブ〟にかけた。

二人は中国に出張中でいないとの返事だった。二日前に出たが以来何の連絡もないとのことだった。

次にダリュウはフェルナンデリックのグローバル携帯にかけた。だがまったくの音なし。中田の携帯も同じように反応なし。

モロゾフが言ったことが現実味をおびてダリュウの頭の中に広がっていった。

意を決してアビラハフェズのアル・フェイザル・インヴェストメント社を呼び出した。

電話に出たのはアミン・ハッサンというプリンスの腰ぎんちゃくのひとりだった。

「アミー、プリンスはそこにいらっしゃるのか?」

「いいえ、ただ今、宮中で会議中です」

「すぐに連絡をとって私に電話してくれるように伝えてくれ」

「しかし今日の会議は重要なのです。国王やアブドゥラ皇太子もご出席されています。プリンスからは邪魔しないようにきつく言われているんです」

「一大事なんだ。プリンスの将来がかかっていると言ってもいい」

「しかし……」

「いいかね、アミー。もし君がプリンスに連絡しないとする。そしてプリンスが後継者争いでアブドゥラ皇太子に負ける。そして宮殿から永久追放になる。そのときは君が責任をとることになるんだ。それでもいいのか!?」

「わっわっわかりました!」

それから五分後ダリュウのもとにプリンスから電話が入った。

「会議の真っ最中に呼び出すからにはよほどのことなのだろうな」

不快きわまりないといった口調だ。

「ご無礼をお許しください。しかし火急の事態が発生いたしました」

ダリュウが事の次第を説明した。

聞き終わったプリンスはまだ事の重要性を把握していないようだった。

「そんなことで私をわざわざ会議から引っ張り出したのか。第一、二人が中国側に逮捕されたということについては、そのモロゾフとかいうロシア人が言ってることだろう。確証などないではないか」

「先ほど東京に電話をしたら二人は北京に発ったと言われました。二人の携帯に電話してもバッテリーが死んでるのか何の反応もありません。こんなことは今までなかったことです。これらの事実にモロゾフの言ったことを加えるとかなり信憑性《しんぴょうせい》があります」

「二人が捕まったとしても、それは彼ら自身の軽率さがもたらしたものだ」

「しかし中国の公安は二人から自白を得ているのです。殿下と彼らのつながりは明らかになってしまっています。これがヘラルド・トリビューンやBBC、CNNなどに取り上げられたら大変なことになります」

「そんなものは否定すればよいのだ」

「殿下のお立場をお考えになったらそうは言えますすまい」

「…………」

「ただの噂《うわさ》でも今の殿下にとっては決してプラスにはなりません。プリンス・アブドゥラはそういうことを狙《ねら》っているのです。国王だって殿下をかばいきれなくなります。そこのところをよくお考えください」

「ではどうすればよいのだ？」

急に謙虚なトーンになった。

「ここはモロゾフが事実を語っているという前提で事を進めるべきだと考えます」

プリンスがしばし口をつぐんだ。

「わかった。君にまかせよう」

「どうだね、ムッシュー。ボスは何と言ってる？」

モロゾフのちゃかすような声が受話器を通して聞こえてきた。

「君の言った人物は本当に二人を中国の公安から解き放せるんだな」

「こんなことでウソを言って何になる。今その人物に話していたところだ。条件さえ合えばすぐにも中国側にアプローチすると言ってる」

「条件は？」

「あんたがたが受け入れられないような条件じゃない」

「だからその条件を聞いてるんだ」

「そういらつくな。一度しか言わないからよく聞けよ。条件とは原油百万バーレルをロッテルダムの製油所に送ること」

「……!!!」

「それだけだ。レシーヴァーはジュネーヴにある Soft and Hard Brothers Ltd.」

「ちょっと待て！　百万バーレルと言ったらスポット市場価格で三千五百万ドル分だ。そんな量を出せると思っているのか！」

「プリンスに割り当てられたオイルでそのくらいは出せるさ。それとも現金で出すかい。それだけの現金は動かせないだろうが。すぐにアブドゥラたちに嗅《か》ぎつけられちまう。そうなったらおしまいだ。そうだろう」

「で、そのブツは中国に行くのか？」

「ブツがどこへ行こうとあんたがたには関係ない。あんたがたはただこっちの言った通りにすればいいんだ」

「こんな量を私の独断で決めるわけにはいかん。あと三十分くれ」

「そりゃいいけど、こっちもそう待つわけにはいかないからね。北京の公安の動きは早い。久しぶりに国際的脚光を浴びようと張り切ってるらしいからな」

「あんたの居場所を教えてくれ。十分以内に必ずかける」

「インターコンティネンタルだ。だが変なことはするなよ。私に何かがあったら代わりの者は何人もいるからな。十分だけ待つ」

電話を切った。

ダリュウが汗だくになってプリンスと話し合っているシーンが目に浮かんだ。モロゾフの顔に笑みが浮かんだ。もっと焦りまくれと心の中で言っていた。

十分後ダリュウから電話が入った。

「基本的には合意します」

「ちょっと待て。基本的にとはどういう意味だ」

「プリンスがおっしゃるには Soft and Hard Brothers Ltd. はオイル ブローカーとして登録されていないとのことです。ですからオイルを売ることはできません」

「そんなことはわかっている。だが誰でもブツのレシーヴァーになることはできる。売るのは代理業者に任せればいいんだ」

「もうひとつ。プリンスはこの話の仲介者について知りたがっておられます。その人物について教えていただきたいとのことです」

モロゾフが鼻で笑った。

「まったく悠長なことを！　バックチャンネルで調べようとしてるんだな。無駄なことはやめたほうがいい。こうしてる間にも時間はたっているんだ。そしてプリンス・フェイザルの運命は終わりに近付いている」

「だからそちらの条件は飲んだと言ってるじゃありませんか」

「まずロッテルダムに入るカーゴの番号をこっちに知らせることが先だ。それがわかったら中国側と折衝に入る」

「いつごろ二人は日本に帰れますか」

「折衝が始まれば一、二週間で可能だろうね」

「そんなにかかるんですか？」

「だが外部に漏れることはないし、マスコミに出ることもない」

「わかりました」

と言ってから少し間を置いて、

「現在ロッテルダムにはプリンスに割り当てられた五隻のタンカーが入ってます。そのうちの三隻分を回します。カーゴ番号を言います」

モロゾフが素早く書き取った。

「あんたの名前をレファレンス《―身元保証人―》として使わしてもらう。すべてオーケーなら十五分ほどしたらジュネーヴのある会社からあんたのところに電話が入る。そしたらあんたがブツの正当性を保証するんだ。それで取引成立。プリンスの立場は安泰。そして彼を守ったあんたは大手柄というわけだ」

「大丈夫なんでしょうね。もし失敗したら」

心なしかダリュウの声には微妙なヴィブラートが混じっていた。

「プリンスも私も……」

すでに電話は切れていた。

東京

お定は店の事務所で帳簿のチェックをしていた。売上は上がる一方で、すでにこの六カ月で三十人いる従業員の給料を三度上げた。しかしそれでも売上はとどまるところを知らない。ため息が出た。右肩上がりがこのまま続いたら莫大《ばくだい》な税金を払うしかない。その税金が馬鹿な政治家や官僚を養うために使われると思うとしゃくにさわる。ため息が出て当然だった。

ドアーが開いてマネージャーが入ってきた。

「マダム、総理と官房長官がお見えなのですが、個室が欲しいと言ってるんです」

「予約は?」

「今夜も飛び込みです」

「じゃ隅のほうの空いてる席に通しなさい。いつもそうじゃない」

「個室は空いてますけど」

「だめだめ。個室は特別なお客様だけのためにとっておかなきゃ」

「でもこないだは」

「あれは主賓が沖田さんだったからよ。それにうちの亭主もいたし。ひょっとしたら今晩来るかもしれないしね」

「わかりました。三番テーブルが空いてますからそちらにご案内します」

それから十分ほどで帳簿の整理を終えて事務所を出ようとしたとき、ドアーが開いて足立が顔をのぞかせた。

「あらお帰りなさい、梵ちゃん。いつ帰ってきたの？」

「たった今だ」

「ひとりなの？」

「次郎吉さんと井原君がこれから来ることになってる」

「右近さんは？」

「後片付けのために北京に残してきたよ」

「個室は空いてるわ」

「それにしてもちょっとまずいよ、お定」

「何が？」

「今入ってきたとき入り口の外と中に一人ずつSPが立ってた。総理は隅っこで大声で話してる。彼のそばにも二人のSPが立ってる。ほかのお客さんに迷惑だよ」

「そうなのよね。あんな爺さんに危害を加える人もいないのに。来て欲しくはないんだけど来るなと言うわけにもいかないでしょう」

「個室に替えてやれよ」

「あんたたちはどうするのよ？」

「今日はどうせ飯を食うだけだから相席でもかまわん。それに次郎吉さんがもう一度彼に会わねばとも言っていたし」

「あんたがそれでいいんならいいわよ」

足立が事務所を出てマネージャーに何やら耳打ちした。彼はうなずき、ウエーターをともなって個室に向かった。

総理がいち早く足立を見て、

「よう足立さん！」

足立が彼に近付いていった。

「やあ総理、大分ご機嫌のようで」

「ここのスパゲッチーはいつ食ってもうまいのう。ワインも最高じゃ」

テーブルの上のボトルはデカンターもしていない、キアンティの最新物だった。

「どうじゃあんたもすわって一緒にやらんか」

「ありがとうございます。それより個室に移りましょう」

「だが個室は断られたのです」

有働が憮然《ぶぜん》とした口調で言った。

「私が予約してたからですよ。沖田さんたちもこれから来るんです」

そのときマネージャーがやってきて個室の準備が整ったことを足立に知らせた。

「有働さん、ＳＰの人たちを椅子にすわらせるとかなんとかして、もう少し目立たないようにしてください」

「しかし総理の護衛ですから」

「この店にいる限りは大丈夫ですよ。ウエーターは皆武道の心得があるし、マネージャーは元イタリア軍の対テロリスト特殊部隊の出身ですから」

マネージャーは必死に笑いを嚙《か》み殺していた。

「それは心強いですね。わかりました。皆このテーブルにすわらせましょう。よろしいですね、総理?」

「ああワシゃかまわん。いつどこで命を落とそうとも御国のためじゃ。覚悟はできちょる」

総理と官房長官が個室に移ってから間もなく沖田と井原が到着した。

「総理、お久しぶりです」

井原が言った。

総理は二皿目のスパゲッティを頰張《ほおば》っていた。

「井原さんじゃったのう。その節はあんたにも随分とお世話になった。これで殿下がおられたら同窓会ができるんじゃがのう」

未だ綾小路右近を本物の旧公家と思ってるようだ。

「彼は今北京にいます。われわれだけひと足先に帰ってきたんです」

「ということはあなたがたは北京にいらしたと?」

有働が聞いた。

「ええ、殿下も私も、現在沖田顧問の補佐官をやってるんです」

「北京はだいぶ変わったそうじゃのう？」

「すごい変わりようです。二年後のオリンピックの影響絶大ですね」

「不動産でも買いにいっとったんか」

「いえヤマダ大統領の訪中に関しての話を煮詰めてきたんです」

「いつごろになるんじゃ？」

「今月の末です」

「なんじゃと！」

総理の口からスパゲッティのかけらが飛び散った。

「大統領は最初に日本に来ることになっとったんじゃろうが⁉」

「今でもそのつもりです。中国に行く前に立ち寄ります」

「なに！　それをなぜもっとはよう言うてくれんのじゃ！　おい有働、今月末の国賓来日はどうなっちょるんじゃ」

有働が手帳を取り出した。

「二十五日からはぎっしりです。アンゴラ、ギニアビサウ、クロアチア、ブータン、ガンビア、ブルキナファソ。来月の五日まで空きはありません」

「その中のどれかを断るわけにはいかんかのう」

「無理でしょう。国賓として招待しておきながらドタキャンなど前例がありませんから」

「困ったのう」

「何も困ることはありませんよ、総理」

沖田が言った。

「日程を前もって教えなかったのはこちらの落ち度でもあります。大統領は国賓としてではなく非公式な形で来日すればいいんです」

「じゃがそれではあまりにも失礼じゃ。宮中晩餐会で天皇陛下にも会《お》うてもらいたいしのう」

「いや大統領としては今回は総理に会って援助のお礼を言ったりともにカラオケを歌いたいんです。ですから国賓としての訪問はまたということで」

「ほんまそれでいいのかいな」

「仕方ないでしょう。でも大統領が最初に訪問するのは日本に変わりはありませんから」

「あんたがそう言うならしゃあないわな」

「それより総理、例の援助は大丈夫でしょうね。大統領訪日前には向こうに入ってないとおかしいことになりかねませんからね」

「それは心配せんでええ。百億円は明日中にも向こうの銀行に入るはずじゃ。残りは大統領訪日前に必ず入れることになっちょる」

「素晴らしいですね。これで総理はものすごい利権を手に入れたことになります」

総理が不快感を露《あらわ》にした。

「あんた何でもあからさまに言いよるのう。もう少し外交的に言えへんのかいな。利権じゃなく権益。その権益はワシのものじゃない。日本国と国民が手に入れたんじゃ」

「なるほど物は言いようですね」

「ワシャ国家国民の利益のためならいつでも喜んで泥をかぶる覚悟じゃ」

急に元気がなくなった。

「泥をかぶるとはどういうことです?」

「野党ですよ」

有働が言った。

「おとといの定例記者会見で総理はUSAへの援助をぶちあげたのです。あの国を二十一世紀の〝宝島〟と定義づけて総額六百億円をつぎ込むと発表しました。記者団からの反応は今いちだったのですが、企業からは大変な反響がありました」

有働によると旅行社などは〝腰蓑《こしみの》ツアー〟や〝ダイアモンド発掘ツアー〟、〝クロマグロ一本釣りパック旅行〟などについての可能性を内閣府に問い合わせてきているという。また大手ゼネコンは飛行場の拡張工事や道路の建設、航空会社はツキミ空港への直航便の乗り入れ、ホテル業界はホテルの建設、アメリカの航空機メーカーはジャンボ機のセールスなどいろいろな業界が総理の言葉にポジティヴに反応したという。

それはよかったのだが、問題は国会だった。

一昨日の記者会見で記者のひとりがUSAのような小さな国に六百億円もの援助は多すぎ

ないかと質問した。またある記者はアフリカ諸国へのODAを削ってUSAに回すとの情報を得たが、その真偽はと尋ねた。この情報は外務省からリークされたものに間違いなかった。

これに対して総理はUSAは昔から日本の影響圏内にあり弟分のような存在である。今後とも日本はあの地域でのさらなる影響圏確立のためにやるべきことをやらねばならない。それを考えれば日本とはそれほど関係も深くないアフリカ諸国よりUSAに与えるべきであり、その額は決して多額なものではないと言い切った。

野党は待ってましたとばかりに衆議院予算委員会で総理を攻撃。〃他国を弟分呼ばわりするとは何事か!〃、〃影響圏確立は昔の大東亜共栄圏構想につながる〃、〃アフリカ諸国に対する差別〃、〃外務省軽視〃などと声高に質問した。憲法第九条についての総理の見解を質問する議員までいたという。

「明日もまた馬鹿な質問をしてこようのう。ワシゃ疲れたわ」

総理がため息まじりに言った。

「大木には強い風が当たるものですよ、総理。だが伊達や酔狂で〃スッポンのハゲ原〃と呼ばれてるわけじゃない。こういうときこそ本領を発揮しなきゃ」

沖田の言葉に総理がうなずいた。

「あんたの言う通りじゃ。これしきのことで疲れたなんて言ってられんわ」

「そうですよ、総理。総理からぎらついたエネルギーと政治へのあくなき執念を取ったら、ただの人になってしまいます」

「あんた、ほんまにワシをよう知っとるのう。これで気分がようなったわ」

総理が立ち上がった。

「あんたがた、これからカラオケに付き合わんか？」

「いや結構です」

「じゃこれで失礼するわ。ヤマダ大統領とのカラオケ一騎打ちのための練習をせにゃあかんしのう」

言い残して鼻歌を歌いながら出ていった。

「幸せを絵に描いたような男だな」

「知性にまったく縁のない者の強みだよ」

沖田の携帯が鳴った。

アレクセイ・モロゾフからだった。

「ボス、今ジュネーヴの代理業者から連絡が入りました。至急の売りということでバーレル当たり一ドル安くして二十九ドルでダンプしました。プラス、コミッションが五十万ドル。上がりが二千八百五十万ドル。これでよかったでしょうか」

「上等だよ」

「金はクレディ・チューリッヒの足立さんの口座に入れておきました」

「わかった。北京で捕まってる二人については早速手を打っておく」

「私はこれからアビラハフェズに向かいます」

「おれたちは来週行くからそのつもりで策を進めてくれ」

「わかりました。それにしてもボス、こんなにいい気分になったのは初めてです。なにしろ無から二千八百五十万ドルを得たのですからね」

「そんなのは単なるスターターだよ。本番はこれからだ」

「それではアビラハフェズでお待ちしています」

携帯を切った。

「アレクセイからだ」

「いいニュースかい」

と足立。

「初めての仕事にしては悪くない。金は取り返したとのことだ。二千八百五十万ドルをあんた名義のスイスの銀行に入れたとのことだ」

「騙《だま》し取られた金よりはるかに額が多いじゃないか。なかなかやるねぇ」

「まずはできるだけ早く九百万ドルを被害者に返すことだな。できれば少しぐらいの利息を付けてやるといい」

「権田に連絡しよう」

「その前に右近君だ」

沖田が再び携帯を取り出し、番号を押した。

「右近君か。キプロスのほうは話がついた。予定通り動いてくれ」

「明朝早速やります。二人を日本に返しますか。それともキプロスに?」

「中国側としてはキプロスのほうが返しやすいんじゃないかな。どっちにしても君のやりやすいようにしてくれ」

「ここが終わり次第ヨーロッパに向かいます」

「頼む。おれたちも来週の半ばまでにはアビンに行く。そこで落ち合おう」

北京

約束の時間に綾小路は宿泊しているチャイナ・ワールド・ホテルの三階にある日本料理店に行った。畳敷きの個室には二人のゲストが待っていた。中国外交部次官の趙豊国と彼の親友で北京公安部部長の孫錦宅《スンジンジャイ》。

趙が孫を綾小路に紹介した。孫は大柄な体を私服に包んでいるものの、ちょっと慣れた人間にはその動きや目付き、姿勢などが警察官独特のものとわかる。

「どうぞリラックスしてください」

綾小路が言った。

「本日はわざわざお招きいただいて感謝します」

趙が頭を下げた。

「お二人が日本料理を好きかどうかはわからなかったのですが、一応今、北京では日本食が意外に受けているということなので勝手に予約してしまいました」

日本風の着物を着た中国人のウエートレスが熱燗《あつかん》の徳利数本とお通しを運んできた。綾小路が二人の杯に酒を注いだ。

「あなたがた中国の方には日本料理は物足りないでしょう」

「いいえそんなことはありません」

と趙。

「私は一年に五回は日本に行きますが、必ず新橋や向島の料理屋に行きます。日本料理は中国料理ほどこってりとしていませんから、最初はこんな薄味と少ない量で大丈夫かなと思いましたが、それがまったく根拠がないことがわかりました。食事が終わったときは満腹でした。しかし翌日起きたときはやたらとおなかがすいてる。非常に健康的な料理です」

お通しの後に刺身が運ばれてきた。

趙も孫もあっという間に平らげた。

次に汁と焼き物と煮付け。これもあっさりと平らげた。

食べ始めてから三十分ほどしてやっと綾小路が本題に入った。

「実は昨夜、沖田顧問から至急の連絡が入りまして、それについてお二人にご相談したいのです」

「フェルナンデリックと中田のことではないですか」

孫が言った。

「それなんです」

残念そうに綾小路が言った。

「取り調べのペースに問題があるとでも?」

「いえ、そんなことではないんです」

趙と孫が箸《はし》を止めて綾小路を見つめた。

「こんなことは非常に言いにくいんですが」

と言って二人を交互に見据えた。

「沖田顧問はあの二人を解き放してくれと言ってきてるのです」

「……!?」

「あれだけ二人の逮捕をお願いしておきながら、今さらやめてくれなんて言えた義理ではないのですが、ぜひお願いします」

正座して両手をついた。

「この通りです」

趙と孫が面食らったように互いに顔を見合わせた。

「まあお手をお上げください、補佐官殿」

趙が言った。

「少なくとも理由は説明していただけますね」

冷静な口調だった。

綾小路がため息をついた。

「それほど複雑な話ではないのです。一昨日外交部での会談後、沖田顧問がヤマダ大統領に電話を入れて結果について報告をしたところ大統領は大いに満足してました。特にあの二人を公安が逮捕する件についてはことのほか喜んで、中国は大した国だと褒めたたえていました。ところがあるところからちょっかいが入ったのです。昨日沖田顧問が東京に帰ったとき、警視庁から連絡が入ってあの二人について聞かれました。顧問は中国側がちゃんと二人をおさえたとやや皮肉まじりに言ったそうです。ところが事態は思わぬ方向に展開したのです。警視庁は二人を日本に引き渡すよう中国側に働きかけてくれと言うのです。しかもこれまでの調書も欲しいと」

「でも警視庁はなぜ知ったのです?」

「二人が北京に発つということをわれわれが知ったのは日本を発つ前警視庁の関係者の口からなんです。これについては先日の晩餐会の折りに言ったと思いますが」

趙がうなずいた。

「沖田顧問はその警視庁の要請を蹴《け》りました。ところが警視庁はあきらめず日本の政治家に働きかけたのです。その政治家とは萩原愚助、今の総理大臣です。ここだけの話ですが、あの方は非常に情緒不安定な人です。怒ると何を言うかわかりません。案の定、彼はもしUSAがこの問題に関して協力しないなら今までのローンや無償援助をすぐに返せと言ってきました。しかも先の大戦中からの分も含めてです」

「あの萩原総理がそんなことを⁉」

信じられないというような趙の言葉だった。綾小路がうなずいて、

「あの総理ははっきり言って狂犬です。普段は馬鹿を装っていますが、牙をむいたらおさえが利きません。もしUSAが本当に借りを返さなければならなくなったら貴国の援助金は全部吹っ飛びます。さすがの沖田顧問もこれには参りました。そこでやむなく警視庁の意向を受け入れることにして、私にその方向であなたがたと調整するようにとの指示があったのです」

「しかしなぜ日本の警視庁はこちらに直接言ってこないのですか?」

「政治問題にしたくはないからです。与党、野党にかかわらず中国派の政治家が多いですから、犯人引き渡しなど要求したら総理に対する風当たりはすごいものがあります。だがUSAの外交顧問が中に入るなら害はありません。もともとこの話はわれわれサイドから出たものですからね」

「なぜ今になって警視庁は急にやる気になったのです? もともとあの二人には手がくだせなかったわけでしょう」

「単なるライヴァル意識でしょう。中国の公安にできて自分たちができないなんて、みっともないと思ったんじゃないですか」

「メンツですか」

「でしょうね」

「納得できませんな」

それまで黙っていた孫が口を開いた。

「われわれは公安の威信にかけて二人を逮捕し自白も得ています。十分に起訴はできるしそれなりの量刑も得られます。それを警視庁のメンツですべて帳消しにしろとあなたはおっしゃってるわけでしょう。しかも調書まで欲しがるとは。あきれて物が言えないとはこのことです」

「そう言われると言葉もありません」

「趙君、公安としては反対するほかないよ」

孫の口調は断定的だった。

趙が困ったという表情で、

「もしこちらが犯人引き渡しを拒否したらどうなります？　まさかヤマダ大統領の訪中がキャンセルなんてことにはならないでしょうね」

「それはありません。まったく別の問題ですから」

「どうだろうか、孫君。ここはひとつ私の願いを聞いてくれないだろうか」

「…………」

「二人をすぐに裁判にかけてそれから日本側に引き渡すんだ」

「だめだ。そんな形式主義では公安内部で誰も納得しない」

「しかしこれは国家的な……」

「国家的なことだからこそ折れてはいかんのだ」

綾小路は黙って二人のやりとりを聞いていた。ここまでは予想した通りだ。公安があの二人をおいそれと渡すわけはないと思っていた。だが自分が描いたプッシュアンドプル手法のシナリオ通りに事は進んでいる。

まずはプッシュだ。

「私は孫さんの意見に百パーセント同意します」

綾小路が言った。

「せっかく捕まえた二人を今さら日本側に渡すなんて馬鹿げています。私が孫さんの立場にいたら決して二人を日本側に渡しはしません」

趙は理解できないといった表情で綾小路を見た。孫は無表情だった。

綾小路が続けた。

「しかし萩原にたてついてこのままいけばUSAは破産します。これはUSAの国民にとっては誠に不幸なことです。そんなことは貴国も欲していないはずです。そうでしょう?」

趙がうなずいた。

だが孫は言った。

「わが国は法治国家です。法律は厳しく実施されねばなりません。ここで変な妥協をしたらわが国は未だに古い人治国家と言われてしまいます」

綾小路は腹の中であざ笑っていた。何とほざこうが中国がまだ腐敗した人治国家であることに変わりはない。その証拠をこれから見せてやる。

ここでもうひとつのプッシュ。

「孫さんのおっしゃる通りです。でもこのまま話し合っても結論は出ません。そこでいかがでしょう。あの二人を日本には渡さないが中国からは出国させるという方法では？」

「どこに行かせるんです？」

「キプロスです。あそこはフェルナンデリックがパスポートを持ってる国です」

「中田も一緒にですか？」

綾小路が大きくうなずいて、

「萩原とてこれには反対はしないはずです。二人のやっかい者をおっぱらうんですからね。警視庁も残念がるが胸の内ではほっとするんじゃないでしょうか」

「それはいい考えです。どうだろうか、孫君」

孫が少しの間考えた。そしてゆっくりと首を振った。

「受け入れられんな。そんなことをしたらこれまでの公安の努力は水泡に帰す。われわれの威信にかけてもそれはできない」

ここで最後のプッシュ。

綾小路が興奮した口調で、

「孫さん、あなたは本当のプロです。法の守護神と言ってもいい。中国国民はあなたのような方の存在を知ったら感激するでしょう」

と言って背広の内ポケットから二枚の分厚い封筒を取り出してそれぞれを孫と趙の前に置いた。

「孫さん、わがUSAは今日本とトラブルを起こしたら文無しになってしまいます。貴国からのせっかくの援助がパーになってしまう。法を守るというあなたの信念は素晴らしい。その信念を売れとは言いません。ただちょっと貸して欲しいのです。何も言わないでその封筒を受け取ってください。お願いします」

二人が封筒を取り上げて中をのぞいた。新品のドル札で少なくとも一万ドルは入っている。孫がしばらく綾小路を見据えた。

これぞ絶好のプルのチャンス。

綾小路の目が涙で潤んだ。

「すいません。涙など流してしまって……」

孫が小さくうなずいた。

「いやいや名誉ある涙です」

初めて孫の表情が緩んだ。

「わかりました。中国国民のひとりとしてUSAの民が苦しむのを見るのは本意ではありません。信念というものはときには慈悲のために曲げざるを得ないときもあります」

と言って封筒を内ポケットに収めた。

ワシントン

国務省北東アジアおよび太平洋担当局長のピーター・ロビンソンはたった今ラングレーのCIA本部から入った緊急極秘メモに目を通していた。

「USAの外交責任者、沖田が北京を訪問。中国外交部と話し合いを持つ。今月三十一日USAのジョージ・ヤマダ大統領の訪中決定」

ロビンソンの顔色が変わった。まさかあの国がアメリカを飛び越えて……これはすぐに国務長官に持っていかねばならない。

だが一応CIAにチェックはすべきだ。CIAとの直通になっている赤色の電話を取り上げた。

「マーク、送ってもらったメモを読んだが解読に間違いないな？」

「トリプル チェックしたから大丈夫だ。これからあんたがたは沖田と交渉に入るんだろう」

「ああ、そのためうちと国防総省の次官補が二人もう東京に入ってる」

「それじゃそのメモの内容を大至急彼らに伝えたほうがいい」

電話を切って急いで五階へと向かった。

長官室にはジム・クリスタル長官と副長官のデヴィッド・ソンガスがいた。

「長官、今これが入ってきました」

クリスタルが一読して、

「何ということだ！」

吐き捨てるように言ってメモをソンガスに手渡した。

「今月の三十一日とはやけに早いな。それにしてもCIAまでがUSAという言葉を使うことはないじゃないか。大統領は今でもこれについては怒っている」

とソンガス。

「そんなことはどうでもいい。問題はヤマダが今月中に訪中するということだ。そしてひょっとしたら中国への軍事基地提供などという話に発展するかもしれん」

ソンガスが信じられないといった表情で、

「そんな馬鹿な……」

「いやなにごとも可能だ。なぜ中国がこれまで見向きもしなかったヤマダ島の大統領をこんなに早く招請するんだ。あの国がただの友好や親善でそんなことをすると思うか」

と言ってから少し考えて、

「われわれもCIAも状況を読み違えたんだ」

「しかし副大統領がヤマダ島から帰国後に出した報告書では非常に楽観的だった。いつでも基地建設に関しては話し合いを始められると言っていたはずだろう」

クリスタルが首を振り振り、

「デヴィッド、あの副大統領を信じられるかね。あの無能無知な南部野郎を」

「そう言われれば返す言葉もないが……」

「ちょっとよろしいでしょうか」

ロビンソンが割って入った。

「実は先日東京のオークレー一等書記官から沖田という男について連絡があったのです。こちらの担当者たちとの会談をセットアップするための打ち合わせだったのですが、そのとき沖田は基地の話などないものと思っていたと言ったそうです。オークレーが副大統領の報告書ではちゃんと話し合うことになっていると言ったところ、それはないとはっきりと突っぱねたらしい。ただ副大統領と酒を飲みながら話したことは認めました。それがひどい状況だったらしいのです。副大統領がヤマダ大統領を怒鳴りつけ、沖田に対して聞くに耐えない言葉を浴びせたとのことです。ですから沖田はそんないいかげんな人間が言うことは真に受けられない。だから基地の話など初めからなかったと言ったそうです」

「あのレッドネックのアル中ならそのぐらいの恥知らずなことはやるだろうな」

とソンガス。

「あの式典に行かせたのが間違いだったんだ」

「私が行くべきだった。しかしそんなことを言ってももうあとのまつりだ。ダメージはなされてしまったのだ。あの馬鹿がヤマダを中国寄りにしてしまったのかもしれん」

「しかし長官、われわれの集めた情報によるとヤマダは一国の大統領としてはそれほど頭の切れる男ではありません。問題は外交顧問の沖田だと思います。彼があの国の外交の全権を握っているからです」

　クリスタルがうなずきながら、

「彼についてオークレーは何か言ってきてるのかね？」

「われわれは彼を〝サル〟というコードネームで呼んでいたのですが、オークレーが言うにはむしろコブラと呼ぶにふさわしいと」

「どういう意味なんだ？」

「鋭くて交渉力も卓越していると私はとったのですが」

「オキタ？　オキタ？　どこかで聞いたことがあるな。彼のファーストネームは」

「確かジロキチだったと思います」

「ジロキチ・オキタか……」

　ソンガスが考え込んだ。

「いずれにしてもわれわれは中国に後れをとったと思わなければならない」

　とクリスタル。

「あまりにもあの国を当たり前にとっていた。わが国の悪いくせだ。もう少しあの国に注意を払っていたら中国ごときに……」

「お言葉ですが長官、われわれはまだ中国に後れをとったわけではありません」

　長官が鬼のような顔付きでロビンソンをにらみつけた。

「後れをとったわけじゃない？　よくそんなことが言えるな。最初にヤマダを国賓として呼ぶ国はどこなのだ？　言ってみろ！」

「中国です」

「そうだ。それで後れをとってないなどと言えるのか」

「しかしわれわれの最終目標はヤマダ島に基地を作ることです」

「その通りだ。今月の三十一日にそれについてヤマダと中国首脳が話し合うことになったらどうなるんだ。いや、もう話し合っているかもしれん」

「それほど早く事が進むとは思えません」

クリスタルが頭を振った。

「これだから国務省は用無しと言われるんだ。時間が飛ぶ速さをわかっていない。まだ五十年前と同じ感覚で考えている」

「しかし長官、ヤマダ島がわが国に相談なしでそんなことを中国と話し合うなど考えられないことです」

「そうかな。それはわれわれが勝手に考えていることじゃないのかな」

クリスタルの怒りはボイリング　ポイントに達していた。

「世界は変わっているんだ！　もし中国がヤマダ島に基地建設となったら誰が責任をとるんだ!!!」

ふだんは温厚な長官にしてはすさまじいまでの見幕だった。

ロビンソンが首を引っ込めた。しばしの沈黙。

「あいつだ！」

突然ソンガスが言った。

「沖田次郎吉、〝ファントム〟だ！」

長官が怪訝《けげん》な表情でソンガスを見た。

「ジム、あの沖田という男はとんでもない奴だよ」

「……？」

「今から二十年以上も前だ。当時私は東京の大使館にいたんだが、各国の外交官の間で話題になってた人物がいた。〝ファントム〟というニックネームで通っていた」

「一体何の話なんだ」

「わが国も含めて数カ国が奴を引き抜こうとした。へたな情報員よりはるかに質が高かったからだ。だが奴を引き抜けた国はなかった」

「フリーランスのスパイだったのか？」

「いやコン・マンだった」

「コン・マン⁉　それじゃ犯罪者じゃないか」

「いやそうとも言えないんだ。確か七カ国で起訴されたが一度も有罪になったことがなかった。ということは法律的にいえば罪を犯してはいない。そして前科もまったくないから正確には犯罪者とは言えないんじゃないかな」

「その男が今のヤマダ島の外交顧問になってるというわけか？」

ソンガスがうなずいた。

「次郎吉なんて今どきの日本ではそんなに使われてる名前じゃない」

「しかしいくらヤマダという大統領が間抜けでもコン・マンを外交顧問に雇うわけがなかろう」

「副大統領の報告書によるとヤマダと沖田はハーヴァードで一緒だったとのことです」

ロビンソンが言った。

「となると昔からつながりがあったわけです」

「〝ファントム〟と呼ばれた沖田も確かにハーヴァード出身だったよ」

クリスタルはまだ信じられなかった。いかに小国とはいえコン・マンを外交顧問に雇うなど正気の沙汰ではない。

「もしその話が本当だとしたらヤマダという大統領はよほどの馬鹿か、よほどの人材不足かだな」

「多分両方でしょう」

「いやそうでもないんじゃないかな。はっきり言って外交官とコン・マンはそう変わらないからね。もし奴があの沖田だとしたら大変な男を相手にせねばならないと思わねば」

クリスタルが皮肉な笑いを浮かべながら、

「私にはまだ信じがたいが、彼はそんなに頭が切れるのかね」

「ハーヴァードでは心理学と法律のダブル メジャーで博士号をとってる。IQは推定18

0以上。そんな外交官がこの世にいるかね」

「だからと言って外交交渉に長《た》けてるとは限らんだろうが」

「さあそれはどうかな。口先ひとつで富士山をアラブ人に売ったこともあったと聞いているからね」

「富士山を？　本当かね？」

クリスタルの表情が俄然《がぜん》真剣味を帯びてきた。

ソンガスが続けた。

「そのアラブ人は一応訴えたが、証拠らしい証拠は何もなかった。沖田に会ったのは一度だけ。あとは日本人の司法書士やイラン人のビジネスマン、日本政府の法務省事務官などが会ったらしいが、噂ではそれら全部の役を沖田ひとりでこなしたそうだ。

アラブ人が金を振り込んだ先はルクセンブルクの銀行で受取人は《富士山を公害から守る会》という東京にある財団法人だった。その財団の理事たちは政財界を引退したもうろく爺たちだが社会的ウエイトのある連中ばかり。ルクセンブルクの銀行はいったん金を入れたら引き出すのは難しい。複雑なパスワードを知ってなければならない。それを知っていたのは沖田だけだったということだ」

クリスタルが心配げな顔付きでソンガスに、

「今度の交渉役として東京には誰を送ったんだ」

「うちからはカイル・ザミーネ次官補で国防総省からはトロイ・ピーターセン国防次官補。

ザミーネはうちのベストネゴシエーターだ。ピーターセンについてはあまり知らんが、多分ザミーネクラスだろう。最初は別の者を考えていたのだがオークレーのアドヴァイスで急遽《きゅうきょ》代えさせたんだ」

「大丈夫だろうな」

ソンガスの表情はやや暗かった。

「国務、国防のザ・ベスト・アンド・ザ・ブライティストを送っておいて交渉決裂なんてことになったらわが国のメンツは丸つぶれだ。それでなくとも最近のわが国は交渉事であまり高い打率を維持してないからな」

「大丈夫ですよ。ザミーネとピーターセンなら沖田と互角以上に戦えます。沖田がコブラなら彼らはマングースです」

「君は沖田という男を知らんから簡単にそんなことが言えるんだ」

「最悪の場合はラングレーに登場してもらえばいいんです」

クリスタル長官が目をむいた。

「それはどういう意味だ、ピーター!」

ロビンソンは長官の勢いにちょっとためらった。

「現状ではヤマダを支えているのは沖田だけです。彼がいなくなればヤマダはいかようにも手なずけられます。ですから沖田をＣＩＡの極秘工作ターゲットにすればすむことです」

クリスタルが呆れたという顔付きでロビンソンを見た。

「君は一体何を考えているんだ。今は一九六〇年代じゃないんだぞ。外国要人の暗殺はとっくに法律で禁じられているんだ。そんな話をCIAに持っていってみろ。国務省の無能ぶりを笑われるだけだ」

「長官の言われる通りだよ、ピーター。今は頭脳で勝負の時代だ。それができない者はパワーゲームから降りるしかないんだ。二度と今のような暴言は吐くな」

「すいません。思慮が足りませんでした」

クリスタルが改まった口調で、

「いずれにしてもダメージコントロールは東京に行った二人の腕次第だ。ピーター、CIAからのメモについてすぐに彼らに伝えるんだ」

ピーター・ロビンソンがうなずいた。

「沖田がコン・マンだったということも伝えたほうがいいでしょうか?」

クリスタルがソンガスを見た。

ソンガスが首を振った。

「やめておいたほうがいい。どんなに頭がいい人間でも先入観が入ったら微妙に思考が影響されるものだ」

ロビンソンが出ていったあと長官室はしばしの静寂に覆われた。

まず口を開いたのはクリスタルだった。

「やれやれ参ったな。中国がこんなに早く動くとは」

「君の言う通りわれわれの注意不足だったようだ。大木ばかり見ていて森を見失ってしまったんだ。ああいう小国もちゃんと扱わねばならんというレッスンだな」

「外交というものは難しいとつくづく思わされる。相手をぶん殴ってやりたいがそれができない。常に寸止めでやらなきゃならん。軍隊時代がなつかしいよ。あそこでは白か黒しかなかった」

「だが君はもう軍人じゃない。アメリカ外交の指揮官なんだ」

「そこがつらいところだ」

クリスタルとソンガスは年齢こそ同じだが、これまで対照的な道を歩んできた。前者は職業外交官ではなかった。二年前までは海兵隊の総司令官のポストにあった。かつてはグレナダ、パナマ、第一次湾岸戦争などを戦ってきた。大将の地位まで上り詰めてペンタゴンでの最後の肩書きは統合参謀本部のメンバーだった。

一方のソンガスはコロンビア大学を卒業後国務省に入って以来ずっと外交畑を歩んできた生粋《きっすい》の外交官だった。二年前クリスタルが長官として国務省入りしたとき、周囲は副長官のソンガスとぶつかるのではないかと心配した。

だがそれは杞憂《きゆう》に終わった。クリスタルはソンガスを外交のプロと認め彼の意見を尊重、ソンガスはクリスタルの軍人としての華々しい過去を国務省にとっての大きなアドヴァンテージであるとし、上司として敬ったからだ。二人ともプロ意識を持っていたということだ。

「それにしても」

クリスタルが言った。

「交渉がうまくいかない場合にそなえて、いくつかのオプションを考えておかねばならないんじゃないかな」

「ということはほかに基地を求めると？」

「いや地理的条件から言ってヤマダ島以上のところはない。私が言っているのは何とかヤマダ大統領を説き伏せるためのオプションだ」

「脅し、なだめ、すかし、といろいろあるが、周囲の島国に間に入って説得してもらうというのもいい。彼らの大部分はわが国との相互防衛条約を結んでるから案外熱心に説得するかもしれないしね。また場合によっては日本に仲介させるというのもいいんじゃないか。島の名前をチッキン島からヤマダと変えるぐらい、あの国の民は日本びいきらしいからな」

「経済援助でなびけば一番いいんだが、一度出してノーと言ってきたからね」

「だがあれは昨年ヤマダ島が独立したとき、国名のUSAを変えたらという条件での援助だったろう。今回は基地のためだ。金額がまったく違う」

「いずれにしても難しい話になりそうだな」

「まずは東京にいる二人がどんな結果を出すか見たほうがいいだろう。オプション プランについては今から取り掛かるようピーターに言っておこう」

東京

バリー・オークレー一等書記官に連れられてカイル・ザミーネ国務次官補とトロイ・ピーターセン国防次官補は時間通りにホテル・ニューコタニに着いた。

「いいですか」

エレヴェーターの中でオークレーが言った。

「彼は話をそらすのが上手です。こっちがカチンとくるようなことも平気で言います。だが決して動じないことです。もし怒りなど見せたら彼のペースにはまってしまいます」

ザミーネが聞きあきたといった表情を露にした。実際、東京に着いてから何度同じことを聞かされてきたことか。

「わかってるよ、バリー。われわれは子供の使いじゃない。まかせておけ」

「それにしてもなぜ彼が大使館に出向いてこないんだ」

ピーターセンが不満げに言った。

「ここがユナイティッド・ステーツ・オブ・エイジアンズの一時的な大使館なのだそうです」

エレヴェーターが三十七階で止まった。

沖田のスィートはホールウエーの終わりにあった。

「いいですね。しつこいようですけど……」

ザミーネが片手でオークレーを制した。

「本当にしつこいんだよ、あんたは」

オークレーがドアーのチャイムを鳴らした。ドアーが開いた。

「ミスター・オークレーですね。どうぞお入りください」

パーフェクトな英語で井原が言った。

巨大な居間の中央に沖田が立っていた。

オークレーがザミーネとピーターセンを紹介した。

「ヴェリー ハッピー トゥ ミート ユー、ユアー エクセレンシー」

握手をしながらザミーネが言った。

沖田が笑いながら、

「〝閣下〟はやめてください。ミスター・アンバサダーかミスター・アドヴァイザーで結構です」

沖田が井原を補佐官として紹介した。

「どうぞおすわりになってください。会議室もあるんですが、テーブルを囲んだ堅苦しい雰囲気よりもここのほうが話しやすいでしょう」

ザミーネとピーターセンが顔を見合わせた。外交交渉はテーブルに着いて相手と向き合ってやるのが普通だ。居間でやるなど聞いたことがない。しかしここは譲ったほうがいいとばかりにオークレーはすでにすわっていた。

ザミーネが小さく肩をすくめて腰をおろした。

「まずここまでわざわざお越しいただいたザミーネ次官補とピーターセン次官補に心から御

礼を申し上げたい」

沖田が言った。

「本来ならこちらから出向くべきかもしれません。なにしろ基地建設という大プロジェクトについての話し合いですからね。基地が建設されるとなるとＵＳＡの国民生活は大いに潤います」

「……⁇」

ザミーネもピーターセンも完璧《かんぺき》にバランスを崩されていた。基地の話を切り出すことについてさえいろいろと考えてきたのに……。

ピーターセンが小さな笑みをたたえながら言った。

「われわれが考えていたより両国の関係はずっと近かったのですね」

「おたくは大ＵＳＡ、こちらは小ＵＳＡ。兄弟と思っています」

「それでは相互防衛条約には問題はないと?」

「もちろんです。貴国に守っていただければＵＳＡ国民は心から安心できます」

「では念を押しますが」

とザミーネ。

「相互防衛条約を受け入れるというわけですね」

「はい。そのために貴国が軍事基地をわがＵＳＡの土地に作る。大歓迎です」

ピーターセンもザミーネも言葉に詰まった。こんな会話は想像だにしていなかった。

これまでのところ何の問題もないのだ。オークレーから聞いていたこととはあまりにもギャップがある。

「基地を建設するには中ヤマダ島が理想と考えています」

沖田が続けた。

「問題はあの島の価値をあなたがたがいくらぐらいと考えているかです」

「もちろんわれわれは基地の価値は大いに認めます」

ザミーネが言った。

「それなりの金額は考えています」

「おいくらぐらいを?」

ザミーネがピーターセンを見た。ピーターセンが小さく首を振った。両者とも具体的な金額など上司と話し合ってなかった。まず沖田を説得することしか考えてなかったからだ。

「そちら側としてはいくらぐらいを?」

これが精一杯の反応だった。

沖田が井原にうなずいた。

「これはわれわれが作った基地建設同意書です」

文書を一枚ずつ三人の前に置いた。

内容はごく簡単だった。

まず大USAと小USAは相互防衛条約にもとづいて小USAの中ヤマダ島への大USA

の基地建設に同意する。大USAは基地建設のための権利を十五億ドルで買い取る。そのダウン・ペイメント《―手付け金―》として七億ドル。これは同意書がサインされた時点で支払う。地質調査をはじめとするフィージィビリティ・スタディ《―実地調査―》は基地建設同意書がサインされてから六ヵ月後に始める。その時点で残りの八億ドルを支払う。さらに基地ができた時点から毎年二億ドルを使用料として支払う。なお基地建設の発表は調査を始める段階で行う。末尾には基地建設が同意されても相互内政不干渉の原則は尊重されなければならないと書かれていた。そしてUSA外交顧問および全権特命大使として沖田次郎吉の署名がしてあった。

「随分簡単な書面ですね」

ザミーネが言った。

「簡単なことをわざわざ複雑にすることはありません。簡潔明瞭な言葉だけがこの世界を救うことができるのです。カミュの受け売りですけどね」

「同意書がサインされてから調査まで六ヵ月とは随分間があるんじゃないですか」

「中ヤマダ島の住民を説得して大ヤマダ島に移さねばなりません。そのくらいの時間はかかります」

ピーターセンが文書を指しながら、

「基地建設は重要なことです。それをこの書面一枚で片付けるのはいかがなものでしょうか。まったく前例に反しております」

「ミスター・ピーターセン、前例なんかにこだわっている時代ではないんじゃないですか。

われわれとしては国の不動産の一部を貴国に提供する。そして多くの島民が仕事にありつける。まずはその時点が出発点なのです」

「しかし……」

「今ここであなたがたにサインしろとは言いません。そんなことはあなたがたにはできないでしょうからね。その書面を持ち帰って上層部と話し合ってください。カウンターオファー《対案交渉》の余地はないと思っていただきたい。同意書への国務、国防長官のサインのデッドラインは今月の末。それまでになかった場合はいったんこの話は流れたものと考えてください」

ピーターセンの顔は紅潮していた。これではまるで子供の使いと同じだ。

「カウンターオファーができないということは交渉もできないということですか」

「交渉の必要性などないでしょう。こちらは基地建設に賛成している。相互防衛条約にも賛成。十五億ドルは基地の権利金と謳《うた》ってはいるが経済援助も含んでいます。貴国からはこれまでわがUSAに一銭の援助もなされなかった。その金で中ヤマダ島住民への補償金はもとより、ツキミ市の飛行場拡張やジャンボ機の購入、下水、上水、道路などのインフラストラクチャーの完備ができるのです」

ピーターセンがさらに何かを言おうとしたが、ザミーネがおさえた。

「わかりました。われわれとしては問題は金銭面だけだと思います」

と言ってから一呼吸置いて、

「ところで貴国の大統領が今月の末、国賓として訪中されるということらしいのですが?」

「どこから聞きました？　まだ発表されてないはずですが」

　わざとビックリしてみせた。

「では本当なんですね」

「この際否定してもしょうがないでしょう。確かに大統領は訪中します。私は賢明ではないと止めたのです。貴国を差し置いて中国に行くなどもってのほかと思ったからです。しかし不幸にして中国から先に招請状が来てしまった。大統領は歴史が大好きなので紫禁城や万里の長城を見たいと言って、その招待に飛びついたのです。そこで私が北京に行って訪中のセットアップをしてきたという次第です。あの方の頭の中には歴史しかないのです。それが逆にあの方を政治からはるかかけ離れた崇高な人間にしているのです」

　ザミーネがほっとした表情を見せた。

「そういうわけだったんですか。私はまた」

　沖田が笑いながら、

「政治的な意味合いがあるとお考えになったのでしょう。それだけは絶対にありません。今言ったようにあの方は政治を超越しています。その存在はかつてのフランスの大統領ド・ゴールのようなものです。われわれ凡人よりもはるかなる高所にいて大局を見ながら、われわれをチェスの駒のように使うんです。彼はよくわれわれに言います。知識は銀、良識は金、しかし英知はプラチナである、と。知識や良識はあってもウイズダム《―英知―》がなければ人間は神に近付けないというのです」

ザミーネやピーターセンが聞いていたジョージ・ヤマダ像とは大分違う。

「なるほど。意味深い言葉ですね」

「ですから大統領の訪中については何の心配もいりません。最初に訪中するとはいえ、わが小USAにとっては大USAは最も大切な国家です。中国が遠い親戚ならアメリカは身内です」

「その言葉をそのまま上司に伝えましょう」

井原が腕の時計を見てなにやら沖田にささやいた。

沖田がうなずいて立ち上がった。

「私はこれから中東に発たねばなりません。今日はあなたがたにお会いできて本当によかった。これからはともに発展の道を邁進《まいしん》しましょう」

「中東にはどのくらい行ってらっしゃるのですか」

立ち上がりながらザミーネが聞いた。

「正確にはわかりません。でも大統領の訪中には従《つ》いていかねばならないので、二十七日か二十八日には東京に戻ってくると思います」

「その間の連絡はどこにすればいいですか?」

「総理官邸を通してというのはどうでしょう」

「日本の総理官邸ですか?!」

とんでもないといった表情でピーターセンが言った。

「冗談、冗談ですよ。でも連絡といってもイエスかノーの話でしょう」

「こちら側からの質問もあり得ます」

「それじゃこうしましょう。ここのアメリカ大使館の近くに〝アモーレ・デラ・ソーレ〟というイタリアンレストランがあります。オークレーさんはご存じですよね。そこのオーナーのミスター・アダチに連絡してください。彼なら確実に私に連絡できるようになっていますから」

ザミーネとピーターセンの顔が曇った。国務省や国防総省がレストランのオーナーを仲介にして連絡を取るなど聞いたこともないと言いたげな表情だ。

「心配にはおよびません。彼は今の日本で私が唯一信頼する人間です」

沖田がきっぱりと言った。

ザミーネとピーターセンがしぶしぶうなずいた。オークレーだけが外交官の振る舞いを続けていた。

「中東行きはヤマダ大統領の中東訪問の準備のためですか?」

「いやいやわが国への投資家を探すためです。貴国の基地ができるとなったら投資家は安心するでしょう。そのためにも同意書への署名が期日内になされるのをお待ちしてますよ」

三人が帰ったあと沖田はヤマダ島のジョージに電話を入れた。クスダ秘書官が出て大統領はビーチに行っているが、携帯を持っているのでそちらにかけてくれと言う。ジョージがビーチで寝そべっている姿が目に浮かぶ。あの徹底したのんきさがうらやましい。

携帯にはすぐに出た。

「大統領閣下、ビーチで昼寝とは優雅ですねぇ。その余裕を半分でも欲しいものです」

「誰じゃ、おぬしは?」

「おれだよ、ジョージ」

「次郎吉どんではないか! おぬし、今どこにおるんじゃ?」

「東京だ。近況報告をしようと思ってね。すべては計画通りに進んでいる。これから言うことを頭にたたき込んでくれ。いよいよ千両役者の登場だ。まず今月の二十九日あんたは東京を訪問する。今回は国賓としてではなく非公式に近い訪問になる。ただ総理大臣は非常にあんたに会いたがっている。カラオケを一緒に歌いたいそうだ」

「総理がでごわすか。それは楽しいものとなろうのう」

「東京には三十日まで滞在する。ホテルはおさえてある。問題は三十一日だ。この日は午前の便で北京に向かう。これは国賓としてだ。奥さんと親父さんを連れてきてもいい」

「妻はともかく父上は無理じゃろう。体力的にもたないでござるよ」

「それなら奥さんだけでもいい。しかし問題がひとつある」

「何でござるか?」

「USAには政府専用機がないだろう」

「いや、あるでごわすよ。おぬしも乗ったことがあるではないか」

「あのダコタ機か?」

「あれはいつでもおいどんが乗れることになっておる。だから立派な政府専用機じゃ」

これは名案だと沖田は思った。今どきダコタ機を政府専用機にしている国など世界広しといえどもどこにもない。それに乗って東京や北京に行けばいやでも注目されるし、USAがいかに外国からの援助を必要としているかを印象づけることもできる。

問題は航続距離だ。昔読んだ冒険小説にダコタ機の航続距離は三千三百から三千四百キロメートルと書かれていたのを思い出した。USAから東京まで直線では五千キロメートルぐらいだろうからマリアナ辺りに寄って給油すればいい。

しかし機体が果たしてそれだけの飛行に耐えられるか。それについて聞くとジョージらしい答えが返ってきた。

「さあまだそんな距離は飛んだことがないからのう。しかし多分大丈夫じゃろう。問題はパイロットが道を知ってるかどうかでござろう」

パイロットといえばこの間グアムとツキミ空港を往復したときのパイロットが、正パイロットは彼ただひとりだと言っていた。しかも年は六十一歳。ひとりでの長距離飛行は到底無理だ。

「パイロットがあと二人は必要だ。心当たりはないかい」

「そうじゃのう」

ジョージがちょっと考えた。

「ああ、おるおる。フィリピン人の兄弟がおるでごわす。昔DC3でこの地域を飛び回って商売をしておったのじゃ」

「彼らは今どこにいるんだ?」

「ここに住んでおる。USA市民じゃ。おいどんが頼めば引き受けてくれるじゃろう」

しかし彼らの年を聞くのが怖い。今どきのパイロットはジェット機で訓練されているためDC3機のような骨董品を動かせるのはめったにいない。

「年はいくつぐらいなんだ」

沖田が恐る恐る聞いた。

「確か兄のほうはおいどんの父上より七つ下だから七十八歳、弟はずっと若くて七十歳じゃ」

沖田がため息をついた。

「だが次郎吉どん、心配するにはおよばぬ。二人とも実に元気なのじゃ。毎日のように海でウインドサーフィンや夜は若い娘たちとダンスに興じておる。だから体力的には大丈夫じゃ」

国際線のパイロットには確か年齢制限があったはずだが、この際そんなものは無視するしかない。

「とにかく二十九日の午後までに東京に着くようフライト プランをたてるようにとパイロットたちに言っといてくれ」

「衣装はどんなものを着ていけばいいのかのう」

「いつも着ているものでいいんじゃないか。民族衣装が一番だよ。東京も北京も今は気候がいいからな」

「履くものはどうなんじゃ」

「サンダルでいいだろう。そのほうがリアルだ。ああそれからもうひとつ。USAの自然や人々をテレビで紹介したいのだが、そういったヴィデオや写真はないかね」

「そういうものはないでごわす。これまでは観光産業は無いも同然であったからのう」

「そうか。そりゃ残念だな」

「ちょっと待ってくんしゃい！　ヴィデオならオードリーが撮ってあるのがござるよ」

「ちゃんとしたヴィデオカメラで撮ったのか」

「それはわからんが、こないだの式典に来た中国代表からおみやげとしてもらったのじゃ。式典後のパーティから山や海、漁師や子供たちが映っておる。素人にしてはまあまあといったところでごわすよ」

「よし、編集すればどうにか使えるかもしれん。そのヴィデオを至急パイロットにグアムまで持っていかせるんだ。グアムからフェデックスで中東のドゥバイにあるインターコンティネンタル・ホテルに送るよう言ってくれ。受取人はおれだ」

「中東に行くのでごわすか」

「これから発つところだ。だがあんたが日本に来る日までには帰ってくる」

「ところで次郎吉どん、ついさっき日本政府からわがカスミ銀行に百億円が振り込まれてきたのじゃ。中国政府からは七億ドルも入金されておる。カスミ銀行の連中は百万ドルさえ見たことがござらんのでパニックを起こしておった。おいどんもキモを潰《つぶ》したでごわすよ」

「あんなのはまだ序の口だ。詳細は直接会って話す。それからもうひとつ。世界の誰から電話があっても、あんたは何も知らない、何事もこの沖田に任せてあると言うんだ」

「それは事実でござるからそう言うほかなかろう」

「大臣たちにも徹底しておいてくれ。変な引っ掛け質問があるかもしれないからな」

「それは大丈夫じゃ。電話があるのは大統領官邸だけでごわす。オードリーに出てもらえば済むことじゃ」

「それが一番いい。それじゃ東京で会おう」


アメリカ大使館に向かう車の中で三人はしばらく黙ったままだった。ザミーネとピーターセンは憮然とした表情だった。だがなぜそうなのか彼ら自身わからなかった。

ザミーネがカバンの中から先ほどの基地建設同意書を取り出して読み返した。

「二十分足らずの話し合いとこの同意書。こっちの欲しいものは得た」

「だけど何かすっきりしない。そうだろう？」

ピーターセンの言葉にザミーネがうなずきながら、

「超ビッグ　サイズのサブマリーン　サンドウィッチをくわされて腹がいっぱいだが、まだ何か足りないといった感じだ。こんな気分になったのは初めてだよ」

「原因はバリーだよ。いかに沖田がシャープかをいやというほどわれわれに吹き込んだからだ。そのためわれわれは、ある程度緊張し心も頭もエキサイトしていた。いざ突撃というときに、相手は丸腰でしかもにこにこと笑いながら現れた。腰砕けもいいとこだ」

オークレーが助手席から振り返った。

「私だって沖田があんなまろやかな態度に出るとは予想もしなかったですよ。なにしろチェリー副大統領のマナーを強烈に批判したり、基地の話はないものと思ってくれと私に言ったのですから。これほどとっつきにくく話しづらい男はいないと思わされました」

「じゃなぜ百八十度変わったんだ」

「あえて言えばこちらの心理攪乱《かくらん》を狙ったんじゃないですかね。まずは私にきつい姿勢で出た。当然それについて私があなたがたにブリーフィングすると彼は知っていた。あなたがたは心の重装備をして彼との会談に臨んだ。言ってみれば彼に対する強烈な先入観を持っていたわけです。それを彼は逆利用してまったく別の人間のようにわれわれの前に現れた。これでは誰だってバランスを崩されます。出刃包丁でバターを切るようなことをさせられたんですからね。それがあなたがたに戦い不足から生じた消化不良を感じさせているわけです。まあ一種の心理戦にはまったのかもしれませんね」

「はまったわけじゃない。こっちは欲しいものは手に入れたんだ」

「しかし話し合いは初めから終わりまで沖田のペースで進められました。金のことやカウンターオファー、さらにはデッドラインについてなど、彼にとって重要な点にはちゃんと楔《くさび》を打ち込んでました。彼の術中にはまって弄《もてあそ》ばれたとの感じが強いですね」

「まるで評論家だな。弄ばれたんなら、あんたの責任もあるんだぞ」

「何の責任です？　会談が決裂しましたか？」

「…………」

「あなた自身言ってるじゃないですか。目的を達したと。終わりよければすべてよしと考えねば」

　ピーターセンもザミーネもまだ納得いかなかった。

「しかし沖田も得たいものは得た」

　とザミーネ。

「だから何度も言ったでしょう。彼はシャープな男だと」

　大使館に帰ってから早速ザミーネとピーターセンはそれぞれ国務省と国防総省に基地建設同意書の内容を送り付けた。

第七章

アビラハフェズの首都アビン

その夜も街の中心部にある〝カジノ・ド・パリ〟は活気にあふれていた。クラップス、ブラックジャック、ルーレットなどのテーブルは満杯。その熱気はラスヴェガスやモンテカルロと違いはない。ただひとつの違いは客のほとんどがアラブのプリンスや成り金で占められていることだ。イスラム教徒はギャンブルをやらないといわれているが、ここアビラハフェズに限っては通用しない。アラビア半島のソドムと言われる所以《ゆえん》である。

ブラックジャックのテーブルのひとつにひときわ大きな人だかりがあった。最低のベット千ドルのテーブル。客は一人だけ。ディーラーとの差しの勝負。テーブルの上に置かれたチップは赤だけ。ということは一枚一万ドルを意味する。プレイはオープン　カード　ルール。

その客は真っ白なカフィエとガラベーヤを身にまとい、見るからに品格のある顔立ちをしていた。テーブルにはすでに五十枚を優に超える赤のチップが積まれている。客が勝ち続けているのは明らかだった。

一時間のうちにすでにディーラーが三人も交代した。ディーラーは皆アラブ人ではなくヨーロッパ人やアメリカ人ばかり。ここらへんはコーランの教え通りといったところだ。

突然、客が持ち分のチップを全部ベットに差し出した。周囲からざわめきが起きた。心なしかディーラーの顔が青ざめている。

勝負は簡単についた。客には最初ダイアのクイーン、次にハートの7。客はもう一枚ヒットを要求した。4と出た。これで21。ディーラーは最初がダイアのキング、次がハートの8。普通ならこれで止めるところだが、負けているのに止めるわけにはいかない。差しの勝負のつらさだ。ディーラーが三枚目をめくった。ダイアのジャック。自爆である。

この光景を少し離れたところからマネージャーらしき二人の男が見ていた。一人はイヤーピースをつけている。

「あの男は一体何者なんだ」

「エジプトの元貴族らしい」

「プロのギャンブラーじゃないのか。これで三日連続だ」

「初めの晩は百万ドル。昨夜は二百万ドル以上やられた。今夜はそれ以上いくんじゃないか。支配人にまた怒られる。やばいよ」

イヤーピースをつけた男の顔がこわばった。

「はい、わかりました。すぐにやります」

背広の内側につけた小型マイクに小声で言った。

そのマネージャーが付近にいたガードマンを呼び付けて一緒にテーブルに近付いた。ディーラーに向かって、

「このテーブルはクローズだ」

ディーラーがほっとした表情を見せてうなずいた。

客の男がビックリして、

「なぜクローズなんだ！　私はまだプレイしてるんだ！」

「ちょっとオフィスに来ていただけませんか」

「オフィスだと？　理由は？」

「いいから来てください。チップはこちらが責任を持ってキャッシュにします」

ガードマンがチップを集めて袋に入れた。客が肩をすくめて立ち上がった。

アミン・ハッサンはオフィスのモニターで一部始終を見ていた。プリンス・フェイザルからこの〝カジノ・ド・パリ〟の支配人を任されて二年になるが、こんなことは初めてだった。上階にある特別室ではたまに百万ドル勝つ客もいるが、一階の大ホールでは客が勝ってもせいぜい二、三万ドルがいいところだ。三日も続けて百万ドル以上カジノ側が負けるなんて前例がない。

憂鬱《ゆううつ》な気持ちだった。これでまたプリンスに怒鳴られることは確実だ。それでなくとも近ごろのプリンスは機嫌が悪い。フェルナンデリックと中田が中国公安によってぱくられたた

め三千万ドル分以上の油をただで放出せねばならなかったからだ。さらにはファルーク国王の病状が急激に悪化していつ逝ってもおかしくない状態にある。そのためアブドゥラ皇太子との王位継承争いも日増しに激化している。精神的にハイ テンションにあるのは明白だ。そんなプリンスに今夜も百万ドル以上やられたと報告せねばならない。

客がマネージャーに連れられて部屋に入ってきた。

ハッサンが男をにらみつけた。

「このカジノではプロのギャンブラーはオフ リミットになっているんだがね」

男が笑った。

「私がプロのギャンブラーだと言うのか」

「でなければいかさまを働いたとしか思えない」

「ただのラッキーということもある。それともこのカジノは客が勝つことを認めないとでも言うのかね」

「そんなことは言ってない。三日立て続けに大勝ちするなんてことは、われわれの経験から言って非常に不自然と言っているんだ」

男が鼻で笑った。

「ここはプリンス・フェイザルの会社がやってると聞いて来たんだが、勝った客にいちゃもんをつけるなんてことが知れたらプリンス自身の評判が落ちること間違いなしだな」

「身分証明書を見せろ」

「そんなもの持ってないがパスポートならあるよ」

男がガラベーヤのポケットから取り出してハッサンに渡した。パスポートは二通あった。一通がエジプト、もう一通がUSA政府発行のものだった。

名前はアーマッド・ブン・ユセフ・ハッサン・アブド・カリーム・アイユーブ。

「これでもアイユーブ王朝の末裔《まつえい》なんだ」

「こちらはザ・ユナイティッド・ステーツ・オブ・エイジアンズ政府発行とあるが、どこにある国なんだ?」

アイユーブが首を振り振り、

「そんなことも知らないとはあきれたね。USAは南太平洋に浮かぶ国家だ。昨年独立したばかりだが、今世界中の注目を集めている。日本の総理大臣が二十一世紀の宝島と断言している国だ」

「なぜこのパスポートを?」

「私はその国の外務担当補佐官をやってるんだ。言ってみれば外交官。その外交官をあんたはいかさま呼ばわりした。外交問題に発展するのは避けられないだろうね」

ハッサンの目にうろたえが走った。

あわてて二通のパスポートをアイユーブに返しながら、

「これは失礼しました。どうかお許しください」

「そう簡単に許す気はないね。私は大衆の目の前でマネージャーに無礼な振る舞いをされたのだ。そしてここに連れてこられてあんたにも侮辱された。生まれてこのかた、こんな屈辱を覚えたことはない。この国の政府に強硬に抗議せざるを得ないと思っている。ついでにプリンス・フェイザルにもだ」

ハッサンが片膝《かたひざ》をついて両手を祈るように合わせた。マネージャーも従《つづ》いた。

「どうか、どうかお許しを。今プリンスは大変な立場にあります。この件が外交問題に発展したらプリンスは失脚するかもしれません。そこのところをお酌みとりいただき、どうか穏便にお願いします」

「いや、絶対に許さない」

と言ってにやっと笑った。

「と言いたいところだが、条件次第では穏便な解決も考えよう」

「……？」

「その条件とはプリンス・フェイザルとわれわれが会うためのアポをとること」

「われわれとは？」

「実はわがUSAは観光や資源開発の投資先を探している。全権大使は現在ドゥバイにいる。私は露払いとして先にここに入った。王国の外務省に何度もプリンスに会わせてくれと頼んだのだが、いい返事はない。しかしあんたならそれができるだろう」

「それはできますが……」

ハッサンは考えた。忙しいプリンスに投資の話などを持っていったらまた怒鳴られるに決まっている。しかし自分の犯したミスが外交問題に発展するよりは怒鳴られるほうがまだましだ。

「わかりました。アポは取りましょう」

「プリンスにとって決して悪い話じゃない。ローリスクでハイリターン。フェルナンデリックのようなけちな詐欺師を使って危険なロープを渡るよりはるかにいい話だ」

「フェルナンデリックを知ってるんですか！」

「あいつと相棒の中田という日本人は北京で捕まった。だがすでに釈放されてキプロスに送還されてるらしい」

「キプロスに？　日本じゃなかったんですか？」

「最初は確かに日本に返すはずだった。だが中国側が反対した。そこでキプロスになったらしい」

「なんでそこまでご存じなんです⁉」

「二人の釈放に動いた人物の友人と知り合いなんだ」

「ひょっとしたらその人物とはロシア人じゃないですか？」

「そうだ」

「ではプリンス・オイルの件に関してもすべてご存じなんですね」

アイユーブがうなずいた。

「大体のことはね。だがあんたが心配することはないよ。その件についてはプリンスに会っても絶対に触れないから。それよりあの二人は一度げろっちまった。私だったら彼らをもう使わないね」

「彼らについてはプリンスも考えています」

フェルナンデリックたちのことを知ってる人間と言えばプリンスも会わざるを得ないだろうとハッサンは思った。

「プリンスは必ずあなたがたに会うと思います」

ハッサンがごく断定的な口調で言った。


アイユーブがホテルに帰るとニコシアのニコライからヴォイスメッセージが入っていた。

《サーシャ、キプロスの質屋たちはキレニア沖で休暇中だ。スポンサーの特別料理人が自慢の料理を作ってるらしい。オードブルは二皿、メインは一皿》

SVR時代によく使った暗号文だ。これを普通の言葉に直すと〝ダリュウ、フェルナンデリック、中田は消されてキレニア沖で死体で浮いていた。殺《や》ったのは彼らのボスであるフェイザルの殺し屋。それぞれ銃弾二発が頭に、心臓に一発打ち込まれていた〟となる。

彼らについてはプリンスも考えているとハッサンは言っていた。それにしてもやることが早い。早速沖田には知らせておいたほうがいい。

アイユーブの手が電話にのびた。

東京

その日の午前、足立は総理官邸に電話を入れて官房長官の有働を呼び出した。

「有働さん？　足立です」

「おはようございます。今あなたのところへ電話をしようと思っていたのです」

「以心伝心ですな」

「お知らせしたいことが二つあるんです。まずひとつはＵＳＡへの無償援助の三百億円の三分の一、百億円はすでにヤマダ島のカスミ銀行に振り込みました」

「それはどうも」

「もうひとつは先日の総理の記者会見についてなのですが、日本国内での反応以上に海外からの反応はすごいものがありました。投資したいという連中からのｅメールが官邸に殺到しておりまして大変な騒ぎなんです。そこでですね。総理は日本が持つ開発権をサブディヴィジョン、すなわち分割してそれらの外国投資家にも売りたいという考えなのです」

「いいんじゃないですか」

「そうは言ってもＵＳＡの許可を得ねばならないでしょう」

「私が沖田顧問に伝えておきます」

「ちょっと待ってください。今、総理がお話ししたいと申しておりますので」

「勘弁してよ、おれはあんたに……」

「よお足立さん！」

総理のダミ声が聞こえてきた。足立は思わず受話器を耳から離した。

「ワシの記者会見は海外ですごい反響を呼んどるぞよ！」

「今、有働さんから聞きましたよ。やはり総理のヴィジョンが勝利しましたね」

「そうなんじゃよ。三百億など安いもんじゃった。あんたと沖田さんには心から感謝しとる」

「いやいや。確固としたヴィジョンの上に立った総理の信念が勝ったのですよ」

「ところでヤマダ大統領はいつ日本に来るんじゃ？」

「今月の二十九日だと思います。だが大袈裟《おおげさ》なことは決してしないでください」

「それはわかっちょる。じゃがひとつ聞きたいことがあるんじゃ」

「なんなりと」

「ヤマダ大統領の持ち歌は何なんじゃ？」

「さあそこまでは……」

「多分軍歌か演歌じゃろうのう」

「両方でしょう」

「よっしゃ。二十九日の夜は官邸で食事のあと六本木でカラオケじゃ。それをヤマダ大統領に伝えておいてくだされ」

「わかりました。ところで総理、これは有働さんに言うべきことなんですが、実は今、沖田顧問が全権大使として中東を訪問中なんです。しかし中東諸国はUSAについてあまり知らない。そこで日本国の総理であるあなたから彼らにメッセージを送って欲しいのです」

「おー、そんなことなら簡単じゃ。どんなメッセージにすればええんじゃ」

「総理が記者会見でUSAについて言ったことをそのまま伝えてくれればいいんです。USAは二十一世紀の宝島だと。中東からのオイルマネーの投資はどうしても欲しいのです。そしてついでに沖田顧問についての保証もお願いします」

「ちょっと待ちいな。USAの開発権は日本が握っとるんじゃ。中東が入る余地はないぞな」

「ですから日本が開発権の分譲をすればいいんです。それを総理が考えていると今、官房長官から聞いたのですが。沖田さんは反対しませんから存分にやってください」

「そりゃありがたい」

「そのほうがはるかに儲《もう》かりますよ。ですから総理がUSAを宣伝すればするほど高い値段で分譲できるわけです」

「よっしゃ。わかった。現地の日本大使館を総動員してやったる」

ワシントン

長官室ではジム・クリスタル国務長官とデヴィッド・ソンガス副長官が待っていた。ザミーネは少々緊張していた。東京での仕事に関して、少なくともソンガスから雷が落ちるのではないかと予想していたからだ。

「やあカイル、ジョブ ウェルダン」

クリスタルが満面に笑みを浮かべて言った。

ソンガスが基地建設同意書を手にして、

「これだけのコミットメントを沖田から引き出したということは勲章に値するかもしれんぞ。書き方はちょっとアンオーソドックスだがね。たった一回の交渉でこれだけ得たとはさすがだ。しかも沖田はサインもしている」

ザミーネは胸の内でほっとしていた。同時にこれだけ喜んでいる二人に、会談はたったの二十分足らずで最初から沖田が同意書を作ってきたなどとは言えない。

「問題は金銭面だと思いますが、それについてはなかなか折れないという印象を受けました」

「それは問題じゃない」

とソンガス。

「こんなに安上がりでいいのかと今も長官と話し合っていたところなんだ」

「安すぎるんじゃないかとさえ思う」

とクリスタル。

「ペンタゴンにいた当時、私はいくつかの基地交渉に臨んだことがあったが、ヤマダ島クラスの基地は地理的に言って超理想的だ。それを十五億で得られるとなったら納税者の金が随分とセイヴできる。信じられん思いだよ。沖田という男、いくら頭が切れてもこういうことに関してはやっぱりアマチュアなんだな」

「さあそれはどうかかな。彼なりに計算してはじきだした数字じゃないかな。カイル、沖田という男をどう見た?」

「まずつかみどころがないと思いました。東京のオークレー一等書記官から聞いていた話では、カミソリのように頭が切れるスーパータフなネゴシエーターという印象を受けていたのです。ところが実際に会ってみると理性的で論理的な人間だという感触を受けました」

「ということは君もピーターセンもある種の先入観を持って沖田に会ったわけだな」

「そう言われればそうだったと思います」

ソンガスがくすくすと笑った。

クリスタルとザミーネが怪訝《けげん》な表情でソンガスを見た。

「覚えてるかい、ジム。ピーターが沖田の前歴についてカイルたちに知らせるべきか聞いたときの私の答えを?」

「確かあのとき君はやめたほうがいいと言ったな。いかに頭がいい者でも先入観が入ると思考に影響すると」

「あれは余計な言葉だった。すでにあのときカイルやピーターセンはオークレーのおかげで先入観のかたまりになっていたんだよ」

クリスタルが小さな笑いを浮かべた。

「しかし素晴らしい結果を得て帰ってきた。それが重要なことだ。ところでカイル、沖田はヤマダ大統領の訪中について何か言ってたかね?」

「それについては聞いてみました。しかし彼は大統領の訪中に政治的思惑など一切ないと断言しました。中国に行くのは紫禁城と万里の長城を見たいからだ、と。ヤマダ大統領は歴史が大好きらしいですよ。また沖田はこうも言ってました。中国が最初の訪問国だがアメリカは最も大切な国。中国が遠い親戚ならわが国は身内だ、と」

「力強い言葉だな。ほかにどんなことを言っていた?」

「大統領については私もトロイもそれこそ先入観を持っていました。愚鈍でおよそ一国のリーダーに値しない、と。副大統領のレポートを読んだためでしょう。しかし沖田から得た大統領像は違うのです」

「ほう、どう違うんだ?」

「まるで思慮深い哲学者です。大統領は政治を超越して大所高所からすべてを見ている。そして沖田たちをチェスの駒のように動かす。フランスのド・ゴールのような存在だと言ってました」

「ド・ゴールとは大きく出たな。半分ブラッフにしても大したものだ」

とソンガス。

「しかしチェリー副大統領のヤマダ評とはあまりに違いすぎるな。わが国の副大統領と沖田、デヴィッド、君ならどっちを信じる」

　ソンガスが皮肉な笑いを込めて、

「副大統領は頭を使うことができない。沖田は言葉を武器として生きてる。どっちも信用できんな」

　机の上の電話のひとつが鳴った。クリスタルがグリーンの受話器を取り上げた。ペンタゴンとの直結ラインだ。

「やあジム、調子はどうかね?」

　国防長官のロナルド・ファーンスワースだった。

「まあまあといったところだ」

「例の基地建設同意書だがなかなかポイントをついてると思わないか。たったの一ページというのは前例がないが」

「内容はばっちりだと思う。こっちの欲しがってるものはすべて入っているからね」

「ただ大USAと小USAは書き直したほうがいい。国名問題で大統領は今でも怒っているからね」

「沖田がわれわれをちゃかすためにわざとやったんだろう。正式にザ・ユナイティッド・ステーツ・オブ・アメリカとザ・ユナイティッド・ステーツ・オブ・エイジアンズと表記しても、沖田は文句は言わないよ」

「じゃこれで進めていいんだな」

「国務省としてはオッケーだ」

「早速法務部に検討させよう」

「ちょっと待てよ、ロニー。法務部に持っていくのは考えたほうがいい」

「なぜだ？　それが通常のやり方じゃないか」

「それはわかってる。しかし今回に限ってはそんな手続きをパスすべきだ」

「時間がない……か？」

「そう、沖田は両国が同意書にサインするデッドラインを今月末と言っている。もし遅れたらこの話は流すとザミーネ君たちに言ったらしい。一度流れたら二度と同じ条件での話は無理と思ったほうがいい。もし同意書がそちらの法務部に回ったら、弁護士どもがよってたかってまず内容をばらばらにする。そして膨大な時間をかけて役にも立たない多くの条項を加える。わずか一ページの同意書が最終的には五十ページにも膨らんでしまう。そんな無駄なことにどれだけの時間がかかると思う？」

「それじゃこのままで？」

「国名の部分を直して君が必要と思うことがあったらそれを加えて、大統領のところに持っていけばいいだろう。それで大統領がオッケーしたら君と私がサインをする。それをザミーネ君とピーターセン君が再び東京に持っていく。そして沖田に改めてサインさせる。それでどうだろうか」

「君にかかると何でも簡単だな」

「沖田が言ったそうだよ。簡単にできることをわざわざ複雑化することはない、と」

「官僚たちに聞かせたいね。それにしても今回の同意書は史上最も短い文書になりそうだな」

「たぶん公表されたら間違いなくギネスブックに載るだろうよ」

アラブ首長国連邦ドゥバイ

井原はホテル一階のレストランでコーヒーを前にメディトレニアン・タイムズのフランス語版を読みながら沖田が降りてくるのを待っていた。

「お待たせしたな」

沖田が声をかけた。

どっかと椅子に腰をおろした。

「よっちゃん、連中やっぱり殺《や》られたよ」

「フェルナンデリックと中田がですか？」

「ダリュウもだ。今アレクセイから連絡があったんだ。彼のSVRの友人が知らせてくれたらしい。三人とも頭に二発、心臓に一発食らってたとのことだ。きれいな殺しにこだわる奴だな」

「長年仕えたダリュウまで殺るとはかなり頭にきてるんですね」

「これで証人や証拠を湮滅《いんめつ》したと思ってるんだろう」

「単純な野郎ですね。だけど参考にはなります」

「おもしろい相手だな」

「こういう奴が相手だと、こっちはエンジンをフル回転してもブレーキをかける必要がないから楽ですね」

「そう。ガン ホー オール ザ ウエーでいける。梵ちゃんにも知らせておこう。奴らがどうなったか知りたがっているだろうからね」

「コンサルタントを亡くして悲しむかもしれませんね」

井原の冗談に沖田は笑わなかった。

「悲しみはしないだろうが、意外とは思うだろう。まさかフェルナンデリックたちが殺られるとは思わなかっただろうからね」

「仕事をする相手は選ばなきゃならないという教訓ですね」

「そういうことだ。それよりよっちゃん、今朝着いたヴィデオだが使えるかね」

「大丈夫です。DVですから簡単にパソコンに記憶させられます。あとはノンリニア方式の編集機さえあればバッチリです」

「アルクワールにはあるだろうな、その編集機が」

「当然あると思いますよ。今どきアナログ用編集機を使ってるところなんかないでしょうからね」

「それを聞いて安心したよ」

沖田と井原がドゥバイに着いて二日たった。その間二人はＵＡＥ《アラブ首長国連邦》をかわきりにカタール、バーレーン、クウェートなどの外務省を回った。前もって地元の日本大使館から紹介されていたため一応は丁重な歓迎を受けた。面倒なことではあったがこれも作戦成功のための重要なプロセスの一部である。

ターゲットはあくまでアビラハフェズのプリンス・フェイザルであるが、その間まともな外交官として外見を繕わねばならない。それがクレディビリティを増すからだ。

湾岸諸国は丁重に迎えてはくれたが、明らかにＵＳＡについての知識はほとんど持っていなかった。日本大使館も総理の指令一下、ＰＲを積極的にやっているようだが成果は今いち。

しかしこんなことは沖田たちは到着する前から知っていた。

そのためにこれからドゥバイのテレビ局アルクワールに行くのだ。

アルクワールは三年前に発足したテレビ局だが、全中東をカヴァーするケーブル ネットワークである。何年か前にカタールがニュース専門のアルジャジーラというテレビ局を作って成功したが、アルクワールはニュースだけでなく、ドラマやドキュメンタリーなどをプログラムに加えて、市場シェアーを伸ばしてきた。アルジャジーラが中東のＣＮＮならアルクワールは中東のＢＢＣといったところだ。今ではアルジャジーラを抜いてケーブル テレビのナンバー ワンにのしあがった。

「われわれとしてはあなたがたのような新しいクライアントを持つのは喜ばしく思っております」

アルクワールの営業担当副社長アンウォー・ハチマエルが言った。

「しかしわが社は今クライアントが多すぎるのです。これはうれしい悲鳴なのですが、コマーシャル時間が飽和状態です。飛び込みは原則としてお受けできないのです」

「待つとしたらどのくらいでしょうか?」

「最低一ヵ月はお待ちになってもらわねば。それでもよろしければ……」

「でもわれわれはそんなに長く待てません。国家的に重要な問題なのです」

副社長が苦笑いを見せながら、

「ビジネスに国家は関係ありません。唯一共通な言葉はマネーです」

沖田が手を叩いた。

「やっと本音を言ってくれましたね。よろしい。夜の八時から十一時までのプライムタイムを十日間買い切ったらいくらぐらいになります?」

「買い切りですか!」

ハチマエルが目を丸くした。

「そちらのプライスを言ってください」

「いつからの放映をお考えですか」

彼のトーンが急に真剣味を帯びてきた。

「今夜からと言っても無理でしょうから、明日からではどうでしょう」

「残念ですが無理ですね。スポンサーはもうついています。彼らはこのネットワークが発足したときからの顧客です。おざなりにはできません」

「それはよくわかりますが、どうにかなりませんか。金額は問いませんから」

ハチマエルは考えた。プライムタイムを三時間も買い取りたいというスポンサーはそういない。金があるのは確かだ。しかし物理的に無理な話だ。だが同時に目の前にぶら下がっているビジネスチャンスをみすみす逃すわけにもいかない。

ハチマエルが電話に手をのばした。アラビア語で何やら話した。

数分後受話器を戻した。

「冠ではなくスポットでなら可能だそうです」

「三時間で何本ぐらい流せますか？」

「十五秒コマーシャルを一時間に三本。全部で九本になります」

「それを二十日間続けたらいくらになります？」

「原則的には三カ月の契約になりますが、二十日間だと割高になりますよ」

「かまいません」

「一日で五万ドルとして百万ドルはくだらないでしょう」

沖田がうなずいた。大分吹っかけていると思うがこの際仕方がない。時間がないのだ。

「わかりました。百万ドルでお願いします」

副社長がビックリして、

「本当にいいんですか？　百万ドルですよ」

沖田がチェックブックを取り出して金額を書き込んだ。それを切り取って副社長の前においた。

「これでいいでしょうか」

副社長がそのチェックを見た。

「あなたのようなクライアントはいつでもウェルカムです」

「明日からできますね？」

「そちらの用意ができていればオーケーです」

井原がポケットから今朝方フェデックスで着いたヴィデオテープを取り出した。

「これをちょっと編集したいのですが、おたくの編集局にノンリニア方式の編集機がありますか」

「もちろんあります」

「じゃそれをちょっと使わせていただきたいのですが」

それから三十分間で井原がDVをパソコンにインプットし、ノンリニア編集機を使って十五秒のコマーシャルを作り上げた。ナレーションは井原が原稿を書いたが、アラビア語で語らねばならないため局の女性アナウンサーに頼んだ。

試写室で見ると、考えていた以上の出来栄えだった。山や海の色が鮮明に出ている。ナレーションの声は女性らしくソフトで語りかける調子だ。〝緑の山々、紺碧の海、青く抜けるような空、そして素朴な人々。二十一世紀の宝島、ザ・ユナイティッド・ステーツ・オブ・エイジアンズにようこそ〟。

翌日からプライムタイムにそのコマーシャルが流されるという約束を得て、二人はホテルに戻った。

その日の午後、沖田と井原はアビラハフェズの首都アビンに発った。

アビン

アレクセイ・モロゾフはイライラしながらフロントで総支配人が出てくるのを待っていた。昼食を食べ終わって部屋に帰ったとき、デスクの引き出しの中に置いてあった財布がなくなっていたのだ。

マネージャーたちと話しても埒《らち》があかなかったので総支配人を呼び出したのだが、五分待ってもまだ出てこない。

「お待たせ致しました」

やっと総支配人が出てきた。

「事情はマネージャーから聞きました。お部屋のデスクの引き出しに置いておかれたということですが、それは確かなのですね」

慇懃《いんぎん》無礼を地で行くような感じだ。

「もちろん確かだ。昼飯を食って部屋に帰ったらなくなっていたんだ。その間ハウスキーパーが部屋を掃除した」

「ということはハウスキーパーが盗んだとおっしゃるわけですか」

「ハウスキーパーに限らず誰かが盗んだのは確かだ」

「しかしこのホテルは超一流を自任しております。そういう不届き者はおりません」

「じゃこの私がうそをついていると言うのか!?」

「いいえ、ただこういうことにはお客様の勘違いということもままありますので」

「何というひどいホテルだ！　お客より従業員を信用するのか！　警察に行くぞ！　いや大使館だ！」

「お待ちください。そう事を荒立てられたら困ります」

　いつの間にか二人のガードマンがモロゾフのそばに立っていた。

　この光景をロビーの隅から見ているひとりの日本人がいた。坊主頭で端整な顔、羽織袴姿で手に数珠を持っている。

　彼が立ち上がってフロントに近付いた。

「失礼。ちょっといいですか」

　彼が総支配人に声をかけた。

「今は私が話してるんだ！」

モロゾフがその日本人を怒鳴りつけた。

日本人がにっこりと笑って、

「あなたはまったくネガティヴなエネルギーを発散している。総支配人、あなたもです」

「お前、一体何を言ってるんだ！」

「あなたがたお二人の間から感じられるエネルギーは非常にマイナスかつ人工的なものです」

「……？」

「それがお互いのコミュニケーションを成立させていないのです。いわば互いのエネルギーが噛《か》み合っておらず空回りしているのです」

「お前、何が言いたいんだ？」

「総支配人、ご安心ください。この人の財布は誰も盗んではいませんから」

「この野郎、言わせておけばいい気になって！」

モロゾフがものすごい形相でその日本人に飛びかかろうとした。その瞬間、日本人が一歩さがり片手を突き出して、その手のひらをモロゾフの顔の前で開いた。

モロゾフの動きが止まった。両手を前に上げ目を開いたままの姿でその場に凍りついたように動かなかった。

びっくりしたのは総支配人とガードマンたちだった。

「救急車をよびなさい！」

総支配人がガードマンに言った。

「その必要はありません！　この人は一時的にエネルギーを吸い取られただけですから」

「でも私には死んで見えますが」

「凡人にはそう見えるでしょうね」

その日本人が再び片手を上げて、その手のひらをモロゾフの顔の前に持っていった。〝ターッ〟という小さな気合とともに手のひらを開いた。

モロゾフの体がぐらついた。目をしろくろさせながら周囲を見まわした。

「どうしたんだ？　何が起こったんだ？」

先ほどまでの慇懃無礼さはどこへやら総支配人はおろおろして言った。

「落ち着いてください。あなたが間違っている可能性もあるんです」

「何の話だ？」

「あなたの財布の話です」

「財布？」

「総支配人、この人はまだエネルギーを半分抜かれた状態にありますので、あなたが何を言っているのかわかりません」

その日本人がモロゾフの肩に手を置いた。

モロゾフが電気に撃たれたように体を大きく震わせた。

「気がつきましたね」

「お前には関係のない話だ。私は総支配人と話してるんだ」

「だが、あなたは間違っている。ホテル側には何の責任もありません」

「私が騙《かた》りをしているというのか」

「そんなことは言ってません。あなたの財布はあなたの部屋にあります」

「ばかな！　何度も見たんだ！」

「見るところが違っていたのです」

「どういうことだ⁉」

「財布を引き出しに入れたのは今朝ではなかったでしょう」

「昨夜だったと思う」

「そのときあなたは意識がはっきりしていなかった。たぶんアルコールで体が侵されていた。だから錯覚を起こしたのです」

「じゃ財布はどこにあるんだ？」

「引き出しの中です。だがその引き出しは居間のデスクではなく、バスルームの物入れの引き出しです」

「まさか！」

「行ってみなさい。もしなかったら私を殴っても結構。だがあったら総支配人に謝ること。かなり行儀が悪かったですからね」

モロゾフがエレヴェーターに走った。

「いったいどういうことなんです?」

総支配人が聞いた。

「心配ご無用。彼はあなたに謝りますよ」

「そうですかね……でもさっきは驚きましたよ。彼が死んだかと思いました」

「私の体には普通の人間の百倍のエネルギーがあるのです。ですから気合ひとつで誰でも倒せるのです」

「しかし本当に財布は見つかるのでしょうか」

「私のエネルギーは見ている。ちょうどあなたの私生活が見えるようにね」

「ご冗談を」

「あなたは今実に幸せだ。四番目の奥さんに最初の子が生まれたばかりだからだ。しかも双子の男の子」

総支配人は驚きを隠せなかった。

「どうしてそれを?」

「しかし気をつけなさい。奥さんが妊娠中あなたが付き合ってた相手が、いつあなたをストーキングし始めないとも限りませんからね」

総支配人がほっとした表情で笑った。

「女房の妊娠中に付き合った女なんていませんから」

日本人がうなずいた。

「確かに女性はいなかった。だが私は男性のことを言っているのだ。しかもその男は若くてこのホテルで働いている」

その日本人が目を閉じた。

「見える。東から来た若者だ。そう、スリランカ人だ」

総支配人が目と口を大きく開いた。今にも卒倒しそうな表情だ。

「あなたはたちの悪い両刀使いだ。即座にその趣味は捨てなさい。エイズがいつ襲うかもわからないですから」

「やめてください！」

ほとんどヒステリー状態になっていた。

そのときモロゾフが戻ってきた。

「総支配人、誠に申し訳ない。私の勘違いでした。無礼を許していただきたい」

「すると財布はあったのですか」

「ええ、バスルームの引き出しの中に。これこの通り」

と言って鰐革《わにがわ》の財布を見せた。

そして日本人に向かって、

「感謝します。しかしどうしてわかったのです」

「私のエネルギーが伝えたままに言ったまでです」

「するとあなたは超能力者ですか⁉」

「それですよ！」

と総支配人。

「私のことについても今どんぴしゃりに当てたのです。あまり大きな声で言って欲しくはないことですが」

「しかし総支配人、今私が言ったことを守ればあなたは長生きします」

「どのくらい生きられます？」

「十八人目の孫が生まれる九十五歳まで。それでは失礼します」

その日本人がエレヴェーターに向かおうとした。

モロゾフがあわてて、

「ちょっと待ってください！　お礼に一杯おごらせてください」

「私はアルコールはやりません」

「それじゃコーヒーでも。このままでは私の気持ちが済みません」

「その通りです」

と総支配人。

「私の気持ちも済みませんから。さあどうぞ」

総支配人がその日本人とモロゾフを五階にあるサロンに案内した。

モロゾフが改まった口調で、

「私はアレクセイ・モロゾフと申します」

「山本無上《やまもとむじょう》と言います」

「アブド・ビン・ハレイダです」

総支配人が名刺を差し出した。

「ミスター・ハレイダ、あなたの体には高貴な血が流れていますね」

「アビラ王家の遠い親戚です」

「しかしマスター・ヤマモト」

モロゾフが言った。いつの間にかミスターがマスターに変わっていた。

「私はかつての仕事の関係で超能力研究の現場を何度も見ましたが、あなたのような強烈な能力をお持ちのケースは初めてです」

山本が目をつぶった。

「あなたはついこのあいだまでロシア情報機関におられた。そこの研究室で超能力開発研究を見た。そうではありませんか」

「そこまでお見通しとは……！　すごいの一語につきます！」

山本が悲しそうな顔付きで、

「でもそんなに自慢できることじゃないんです。この能力のために私の人生は最初から狂ってしまったのです。五歳のとき家族みんなで夕食を食べているときでした。私は突然目の前にすわっていた父に〝父さん、死なないで！〟と叫びました。父が死ぬ場面が脳裏に映ったからです。その三日後、父は職場で倒れて帰らぬ人となりました。以来そういうことがたびたびありました。母は気味悪がって、私が中学を出たとき近所のお寺に私をあずけました。大学を出て仏門に入ったのですが、私の予知能力はますます強くなった。電車に乗っていてもとなりにすわっている人がいつ死ぬかわかってしまう。このつらさはあなたがたにはわかりますまい。結局この能力のおかげで私は全日本仏教人協会から破門されてしまいました」

「破門？　そんな無茶な。仏教界の大才能として重宝がられるべきなのに」

「その逆です。ある仏教大会の宴会でそばにすわった大僧正の運命について言ってしまったのです。彼が死ぬ場面を私のエネルギーが見通してしまったのです。愚かにも私はそれを彼に伝えた。あなたは明日の朝七時二十四分に死ぬと。私としては彼を救いたかったから言ったのですが、周りにいた者は私を異常者と罵倒《ばとう》しました。運命は変えられないのに余計なことを言ってしまったものです」

総支配人もモロゾフも完全に山本の話に吸い込まれていた。

「それでどうなったんです？」

　とモロゾフ。

「私の言った通りになりました。翌日、その僧侶は朝食を食べてる最中、脳卒中で亡くなりました。時間も七時二十四分ぴったり。そのとき以来破門です」

「いやいや。ファンタスティックとしか言いようがない！」

「しかしいいことも予知できるわけでしょう。こんな能力を持たねばよかったとときどき思います」

「ええ、それはできます。そういうときは心から幸せに感じます。例えば」

と言ってモロゾフをじっと見据えた。

「あなたは近い将来、大金を手に入れることができる」

「まさか！　今の私は文無しに近いのですが」

「しかし私にはちゃんと見えます。事実です。一カ月後すごい金が入ってきます」

「一カ月後ですって！　百万ドルぐらいですか？」

「私は大金と言いましたよ。少なくとも一億ドルはくだりません」

「一億ドル!!?　本当ですか！」

「間違いありません。使い方を今から考えておいたほうがいいでしょう」

「どんな仕事をなさってるんです？」

総支配人がモロゾフに聞いた。

「金融です」

「私もあやかりたいものです」

「あなたには必要ありませんよ、ハレイダさん」

「なぜです？」

「あなたには莫大《ばくだい》な遺産が入ることになっているからです」

「確かに父が逝ったら遺産が入ります。でもそれがいつかは……」

「それをあなたは知りたい。そうですね？」

ハレイダがうなずいた。

「あなたの父上に会えば、彼がいつ亡くなるかはすぐにわかる。だがそういうことはしたくありません」

ハレイダの顔が赤らんだ。

「遺産については考えないことです。必ずあなたに入りますから。親孝行をすることです。運命に逆らってはいけません」

「わかりました。おっしゃる通りに致します。ところでマスター、ここアビンへは観光でいらっしゃったんですか」

「いえ仕事です。USAの外交団の代表とここで落ち合うことになっているのです。今日USAの全権大使がこのホテルに到着することになってるはずですが?」

「全権大使の沖田さんと補佐官のかたですね。確かに予約は入ってます。私がホテルを代表して正面玄関でお迎えすることになっています」

「特殊な能力ゆえに敬遠される私ですが、そんな私の能力をポジティヴに評価してくれているのが全権大使の沖田氏なのです。二年前、彼がまだメキシコにいるときに会ったのですが、以来彼は重要な決断などをするときは必ず私のエネルギーに問います。今回の訪問はUSAにとって非常に大切なので、ぜひ同行してくれと言われまして」

「あなたのような方がそばにいれば沖田氏も千人力ですね。なにしろ相手が何を考えているかお見通しなんですから」

「それも善《よ》し悪《あ》しです。私が見えることをはっきり沖田氏に言ってしまったら、外交交渉が決裂することもあり得ますからね。外交は人間の業と業《ごう》がもろにぶつかるものです。それに対していちいち私が口を出したら外交は成り立ちません。ですから沖田氏が決定的な決断をするときしか、私は何も言わないことにしています」

「なるほど。難しいものですね」

とモロゾフ。

「それにしてもこの私が一カ月以内に一億ドルもの大金を手にするなんて。これが夢でも醒《さ》めて欲しくありません」

「今も言ったように使い方を考えておくことです。ユダヤの格言にもあります。金はあなたの最高の召し使いになるが最悪の主人にもなるんですから」

それから十分ほど話したあと、ハレイダは間もなく到着するUSA代表を迎える準備にとりかかると言ってサロンから出ていった。

周囲に誰もいないのを確かめてから、モロゾフが前かがみになって声を落とした。

「どうでしたかね、右近さん」

「うまくいったと思う。総支配人は完璧にはまったよ」

「もう少し彼についての情報を集めたかったのですが、なにしろ時間がなくて」

「あれで十分だったよ。さすが君は元SVRだ。質の高い情報を集めてくれた。これでアビンの上層階級は山本無上の話で持ちきりになること間違いないだろう」

東京

「先生、このたびは本当にありがとうございました」

電話の向こうから権田昭三の弾んだ声が響いてきた。

「〝国際詐欺師たちから被害を受けた家族の会〟の連中は大喜びでした。蓑田や山根は先生の銅像を建てると言ってるんです」

「まさかおれのことをばらしたんじゃないだろうな」

「いいえ、しつこく聞かれたんですが、言ってはならないと先生にきつく言われてましたから。先生はあくまで正義の味方ミスターXで通っています。そのミスターXの銅像を建てると彼らは言ってるんです」

「でも顔はどうするんだ」

「顔は彫らずにただXと刻むと言ってます。像の台には〝正義の執行人、ミスターXよ永遠なれ〟と刻むそうです。暗いこの時世にいい話ではありませんか。ロマンがあります。テレビがミスターXの正体探しなんて番組を作るかもしれませんよ」

「それでいいんだ」

「でもちょっと残念な気がしますね。私としては先生のその迫力ある顔と体をそのまま銅像で見たいと思っているんです。なにしろ今回の件は先生がヒーローだったんですから」

「あんたの熱意におれが負けた。そういうことにしておこうや」

〃被害を受けた家族の会〃のメンバーたちにスイス銀行発行の小切手が権田を通して配られたのは五日前だった。被害金額に利息としてそれぞれ百万円が加えられていた。これには家族の会の皆が感激した。善良かつ単純な蓑田や山根がミスターXの銅像を建てると言うのもごく当然な話だった。

「ところで先生、今晩上司を連れて〃アモーレ・デラ・ソーレ〃に行きたいのですが、お会いできるでしょうか。今夜はこちらがご馳走させていただきますから」

足立が笑った。

「店に来るのは歓迎だ。だがおれは別にあんたの上司には会いたくはないよ」

「そんなことおっしゃらずにお願いします。上司の世渡がぜひお会いして一言お礼が言いたいと言っているのです。私の顔をたてると思ってお願いします」

ここまできて権田に気まずい思いをさせたくはない。どうせ今夜は店で食事をすることになっている。

「いいだろう。そんなに長くは付き合えないけどね。じゃ八時ごろこのあいだの個室で待ってるよ」

世渡が名刺を差し出して、その大きな体をほとんど九十度に曲げた。

「警視庁刑事部国際捜査課の世渡上太朗でございます。このたびはいろいろとお世話になり誠にありがとうございました」

足立が名刺を見ながら、

「世渡上太朗とは頼もしいお名前ですなぁ」

「ありがとうございます」

皮肉が通じない。あまり頭のほうはよくないようだ。すでに顔中汗だらけになっている。

足立に勧められて二人が腰をおろした。

「お忙しいところ貴重なお時間をいただき感謝します」

権田が言った。

「課長が先生に会ってぜひお礼を申したいとのことでしたので」

「そんなに改まることじゃないよ。あんたの熱意に負けて請け負っちまったんだ」

「しかしこの件は警視庁内では課長と私しか知らないことなのです。先生に相談しようと思い立ったとき私は躊躇《ちゅうちょ》しました。しかし課長にその話を持っていったら、何のためらいもなく責任は自分が負うからと言ってゴーサインを出してくれたのです。あのとき課長はその地位も未来もこの一件に懸けたのです。その意気があったからこそ私は先生に食らいついていけたのです」

権田の目がかすかに笑っていた。足立の目も笑っていた。なるほど、こういうことだったのか。権田は世渡のエゴを少しくすぐってくれと頼んでいるのだ。もちろんそれが権田自身のプラスになるからだ。

「世渡さんにとってはすごい英断だったですね。この上司あってこの部下ありです。今どきの官僚にはめずらしく勇気と決断力をお持ちだ。あなたのような方が警視庁、いや警察庁のトップになればこの国の法と秩序はずっとまともになるんでしょうがね」

「過分なお言葉恐れ入ります。今回の件では自分は先生に会いに行けという命令をくだしただけでありまして、実際に行動したのは権田君です。権田君のような行動派の部下を持った自分は幸せだと思っております」

鈍感さもここまでくると超一級だ。これだけポジティヴに肯定されてしまうと言うべき言葉に詰まってしまう。

「警視庁といたしましては本来なら今回の件を広報紙に載せたり、先生に警視総監賞かなんらかの表彰状を授与すべきなのですが、事の性格上それもできません」

「そんなものは初めから期待してませんよ」

「しかしこのままでは私と権田君の気持ちが済みません。そこでどうでしょう。先生に刑事部国際捜査課の特別名誉相談役の肩書きをお贈りしたいのですが。これなら自分の権限内でできます」

こいつは本物の馬鹿だと確信した。

「世渡さん、あんた何か勘違いしてるんじゃないですか。私はそんな肩書きなんて欲しくはないし必要ともしていない。はっきり言えばこれきりであなたがたと手を切りたいんです」

世渡が何度もうなずきながら、

「わかります。わかります。特別名誉相談役なんて聞こえはいいけど何のおもしろみもありませんものね。それではこういうのはどうでしょう。このレストランを刑事部国際捜査課の推薦店とする。お客さんは安心して来るんじゃないでしょうか」

「逆に迷惑です」

「生涯、駐車違反やスピード違反のチケットは一切なしというのはどうです。これなら交通課に話ができます」

「車は運転しません」

「困りましたね。なんとか先生の功労に対してですね……」

「はっきり言いましょう。私にはあなたがたから欲しいものは何もないんです。わかりますか」

「しかしそれではわれわれの気持ちがおさまりません」

「あなたがたの気持ちうんぬんは忘れてください。あなたたちとはもう付き合うつもりはないのだから」

「そんなこと言わないでくださいよ。先生とはこれからも情報交換の面でも付き合っていきたいと思っているのですから」

「情報交換？　悪いけどあんたがたの情報は交換したいようなグレードのものじゃないと思うよ」

　さすがの鈍感な世渡もこれにはカチンときたようだった。

「われわれの情報だって捨てたものではありません。公安部だって質の高い情報を持ってますし」

「それは結構なことです。せいぜい頑張ってください」

場がシラケた。

それを繕うように権田が身を乗り出した。

「先生、ひとつだけ聞いていいですか」

「……？」

「正直言ってあんなに早く金が戻ってくるなんて思ってもいませんでした。参考のため作戦のポイントの一部だけでも聞かせてもらえませんか」

「ぜひお願いします」

と世渡。

あきれた表情で足立が首を振った。

「これだからあんたがたとは付き合いたくないんだよ。仕事を受けたとき言ったろう。質問はなし、と」

そのとき足立の携帯が鳴った。

沖田だった。

「梵ちゃん、今アビンの空港に着いたところだ。アメリカ側から何か言ってきてるか」

足立がそばにいる二人を見てちょっとためらった。日本語では話せないし、かと言って英語も危険だ。あまり利口ではないとは言え一応国際捜査課の要員だ。

　ここはフランス語で話したほうがいいかもしれない。

「ボンジュール、モナミ」

「誰かいるんだな」

「アメリカ大使館のオークレーから電話があったよ。今月の二十八日にザミーネとピーターセンが来日するそうだ。国務長官と国防長官が同意書にサインしたそうだ。ただ言葉をちょっと変えたと言っていた。オリジナルでは大USAと小USAとなっているが、その部分は正式にザ・ユナイティッド・ステーツ・オブ・アメリカとザ・ユナイティッド・ステーツ・オブ・エイジアンズとするそうだ。かまわないと言っておいたよ」

「どうせあれは冗談だったんだ」

「それからもうひとつ。おたがいのプロテクションのためにフォース・マジョアー《―不可抗力―》の項目も入れたと言ってたよ」

「望むところだな」

「じゃオッケーしていいんだな」

「そうしてくれ。調印はおたくのレストランでやろう。二十八日までには必ず帰る。二十九日にはジョージ・ヤマダも来ることだし」

「そっちの進行状況はどうだい？」

「今のところは作戦通りにいってる。ああそうそう。ダリュウとフェルナンデリック、中田が消されたよ。地中海に三人の死体が浮かんでたとのことだ」

「やっぱりな」

「考えてみれば奴らはもともと殺《や》られる運命にあったんだ。ちんけな詐欺師の哀れな末路といったところだな」

「プリンスは自己保身のためなら何でもやりそうな相手だな」

「それだけやり甲斐があると言うもんだ。じゃまた」

「ボン　クラージュ」

電話を切って足立が立ち上がった。

「まあ、ゆっくりとディナーを楽しんでください」

世渡と権田があわてて立ち上がろうとした。

「そのまま、そのまま。今マネージャーをよこしますから」

ドアーに向かったが、急に二人をからかってみたくなった。

「世渡さん、あなたがたが得た最新情報では今フェルナンデリックと中田はどこにいます?」

「日本にいないのは確かです。最後に確認されたのは彼らが中国に行ったということです」

「でも現在はどこに?」

「多分中国での仕事を終えてキプロスに帰っているのかも」

「すごい!　さすがですね」

世渡が胸を張った。

「今ごろはダリュウと一緒でしょう。しばらくは日本に来て欲しくはありませんね」

足立がにやっと笑った。

「来たくてももう二度と来れないでしょう」

「キプロスで拘束でもされたのですか?」

「そういう言い方もできますね。ただし永久に拘束されたと言ったほうがいい」

「どういうことです?」

「三人の死体は地中海に浮かんでいました。きれいな殺し方だったらしいですよ。これが彼らに関する最新情報です」

アビン

総支配人に案内されて沖田たちは部屋に入った。そのプレジデンシャル スィートは優に二百五十平方メートルはある馬鹿でかいものだった。ベッドルームが三つに五十畳はある居間、キッチンとダイニングルーム、会議室と三つのバスルーム。居間の隅に螺旋《らせん》状の階段があり、ひとつ上のフロアーにつながっていて、そこがマスター ベッドルームになっている。

「閣下、どうぞごゆっくりご滞在ください」

総支配人のハレイダがうやうやしく言った。

「ありがとう。ここなら快適に過ごせそうです」

ハレイダが会釈をして部屋から出ていった。沖田が周囲を見回して、

「盗聴器はつけられてないだろうな」

「大丈夫です」

アイユーブが言った。

「今朝徹底的に調べましたから。ホットマイクも含めてバッギング・ディヴァイスはひとつもありませんでした。隠しカメラもなしです」

沖田が満足そうに、

「元SVRの君が言うのだから間違いないな。それにしてもそのアラブの民族衣装よく似合ってるよ。どこから見てもアラブ人だ」

ドアーが開いて羽織袴姿の綾小路右近が扇子を手に入ってきた。

「やあ山本先生、明日の天気はどうなるでしょうか」

井原がちゃかした。

アイユーブが笑いながら、

「私には一カ月以内に一億ドルが手に入るんですよね」

「この山本無上をからかうと二人とも罰が当たるぜ」

「一億ドルの話は本当だよ」

と沖田。

「もっと大きな額になるかもしれん。だが一億ドルあれば当分の間は十分だろう」

「本当なんですか⁉」

アイユーブにはにわかに信じがたかった。百万ドルでも大変な金なのに、沖田は簡単に億を口にしている。しかもルーブルや円ではなくドルだ。自分がこれまで住んでいた世界とは根底から違う。

井原が真顔で、

「アレクセイ、いやアーマッドと言ったほうがいいな。このチームにとっては金は二の次なんだ。べらぼうにおもしろい仕事をやればべらぼうな金も入る。金目当てだけの仕事は決してやらない。やったらろくなことにならないからだ」

「それこそ私が求めていた世界です。でも今一億ドルが本当に入ってくると聞いて足ががくがくしてきましたよ」

「問題は使い道だよ」

「できればアラル海復興のために役立たせたいですね」

皆が怪訝な表情でモロゾフを見つめた。

モロゾフが苦笑しながら、

「やめてくださいよ。そんな目で見るのは。私にだって少しは社会に奉仕したい気持ちはあるんですから」

「でもなぜアラル海なんだ?」

「私は旧ソ連邦のカザフスタン生まれなのです。十歳までアラル海沿岸にあるアラリスクという町の郊外で育ちました。当時のソ連軍はアラル海に浮かぶ島で細菌と化学兵器の研究と実験をやっていたのです。父から聞いた話なんですが、私が生まれる二年前アラリスクに天然痘が大発生して多くの市民が死んだらしい。島の研究所からなんらかの手違いで天然痘の菌が外部に出てしまった。それが風に乗ってアラリスクに運ばれてきたのです。それについては今でもロシア政府は隠し通しています」

その後、島での細菌・化学兵器研究はソ連邦崩壊とともにストップされ、それらの兵器は島の地中に埋められたとされていた。しかし実際は半分以上は埋められずにアラル海にダンプされた。結果としてアラル海は死の海と化した。ロシアもカザフスタンも海をきれいにするための金はおろか何の努力もしていないという。

「地元の小さな環境団体が懸命に活動してるのですが、資金はごく限られています。その団体の中に私の幼なじみが何人かいるのです。彼らは必死ですが絶望に陥ってもいます。悲しいのは付近の住民はその死の海で奇形となった魚を未だに釣って食べてるという事実です。無性に腹がたちます」

一瞬部屋の中がしーんとなった。

井原がモロゾフの肩をぽんと叩《たた》いた。

「アレクセイ、君はいい奴だ。おれも少しは寄付させてもらうよ」

人なんてわからないものだと沖田はつくづく思った。いいかげんさを絵に描いたような男が、実は心の中では幼いころ育った地に思いをはせている。これだから人間は愛すべき対象なのだ。

沖田が綾小路に向かって、

「右近君、プリンスについての情報はどのくらい得たんだ」

「完璧《かんぺき》とは言えませんが、十分な芝居はできると思います」

北京でフェルナンデリックと中田が強制退去されイスタンブール行きのフライトに乗せられたことを確認して、綾小路はまずロンドンへ飛んだ。そしてプリンス・フェイザルがかつて学んだサンドハーストを訪れて彼についての情報を入手した。次に彼はパリに飛んでプリンスの従兄弟《いとこ》に会った。その従兄弟は十年前、個人的感情のもつれからプリンスの不興を買い国外追放になった。彼はプリンスについての情報の宝庫だった。

そのほかベルリン、ローマ、マドリッドなどでプリンスによってアビラハフェズを追われたアブドゥラ皇太子派の面々にも会って情報を得た。

「しかしサンドハーストがよく情報を出したな」

「非常に友好的な事務員がいたんです」

沖田の目が笑っていた。

「もちろん友好的だったのは私がオファーした金に対してだったんですが」

「そういうことならサンドハーストからプリンスに連絡が行くなんてことはないな」

「ほかの情報源も心配はいりません。プリンスを恐れ、憎んでいる者ばかりですから」

「あとは君の演技次第だ」

「ご安心ください。アカデミー賞ものの演技をしてみせますから」

「アーマッド、棺桶のほうはどうなってる」

「いつでも裏口から運び込むことができるようになっています。一番粗末なものにしました。ただの木の箱ですから、終わったらばらばらにしてゴミとして処理できます」

「それでいい」

それから一時間余り四人は作戦のディテールを確認し合った。歴史上かつてなかった一大コン・ジョブが刻一刻とクライマックスに向かっていた。

第八章

アビン

沖田と井原がアビンに到着してから二日後、アミン・ハッサンからアーマッド・アイユーブに連絡があった。プリンス・フェイザルがその日の午後、沖田たちに会うという。場所はアル・フェイザル・インヴェストメント社内。時間は十五時。

四人はロビーを抜けてリモに乗るため玄関へと向かっていた。総支配人のハレイダが玄関の外で待っていた。

「閣下、ちょっとお話があるのですがよろしいでしょうか」

「……?」

「実はですね。山本先生にぜひお会いしたいという人々からの電話が殺到しているのです」

「理由は?」

「先生の超能力が知れ渡ってしまったらしいのです」

沖田が皮肉っぽい笑いを浮かべた。

「あんたも口が軽いねぇ」

「いいえ、私が言い触らしたのではありません。多分ガードマンたちがしゃべったのでしょう」

「それでどんな人々なんだ」

「宮殿関係者ばかりです。重要な地位にある方もいらっしゃいます」

ガードマンたちが宮殿関係者を知ってるわけがない。

「断ってください」

と言って振り返り山本に、

「いいですね、先生?」

山本がうなずいて、

「今はUSA政府のミッションに全エネルギーを傾注しております。煩悩《ぼんのう》が入る余地はありません」

「聞いての通りだ」

しかしハレイダは簡単には引き下がらなかった。

「アブドゥラ皇太子もお会いしたいと申されておるのです。私に直々《じきじき》に頼んでいらっしゃいました」

「誰であろうと今の私は会うわけにはいきません」

「今すぐとは申しません。明日でもあさってでもよろしいのです」

そのときリモが四人の前に滑り込んできた。ハレイダがドアーを開けた。

「お願いします、山本先生。ああそれから閣下、USAのコマーシャル見ましたよ。素晴らしいと思いました。御国のホテルと提携したいと思っております」

ドアーが閉まった。

「やれやれ参りましたね」

「誰にも会わぬことだ。アリの一穴ということもある。だがアブドゥラが君に会いたいと言ってきたのは予想外だったな」

「ネタに使えますね」

車は灼熱《しゃくねつ》に焼かれた街並みに沿って南に向かった。あちこちのビルに国王ファルークと第一皇太子フェイザル、第二皇太子アブドゥラが笑いかけている巨大な絵や写真が飾られている。こういうところはドゥバイやクウェートと変わりはない。

十分ほどで車は白いモダンな建物の前で止まった。周囲がうらぶれたアラブ的な建物ばかりなので一際目立つ。

オークのドアーの上に〝アル・フェイザル・インヴェストメント・コーポレーション〟と刻まれたゴールドのプレートが掲げられている。

入り口でアミン・ハッサンが一同を迎えた。

「ようこそいらっしゃいました」

右手を胸に当て腰を折った大袈裟《おおげさ》なジェスチャーを見せた。

アイユーブが何か話しかけたが、ハッサンは相手にしない。

外観は瀟洒《しょうしゃ》だが中は超派手な作りだった。

床一面に敷かれた真っ赤な絨毯《じゅうたん》、壁に沿って並べられた真っ赤なソファ、隅々に置かれたライオンや虎の置物。それらの置物はライトに照らされまるで生きているように見える。これで半裸の女たちがいたらアラビアンナイトの世界だ。

その部屋の奥にあるドアーの前でハッサンが止まった。ドアーの取っ手に手をかけて彼がドラマティックな口調で言った。

「皆さん、アビラハフェズ王国の第一プリンスであられるサバ・アル・ビン・フェイザル殿下でございます」

ドアーが開いた。四人はハッサンに従《つづ》いて部屋に入った。

部屋の正面、約十メートルぐらい隔てたところにある机の向こうにアラブの正装束をまとった男がすわっていた。顎《あご》から揉み上げにつながるもじゃもじゃの髭《ひげ》、ダークサングラスをかけているので目は見えない。骨格はかなりごっつい。机の前には四つの椅子が並べられている。壁に何枚かの女のヌード画が飾られている。色といいタッチといい、かなりの悪趣味だ。

最初の部屋といいこの部屋といい、一国の大使とその随行員を迎えるにはちょっと場違いすぎる感がする。

「殿下、USAの全権大使ジロキチ・オキタ閣下と補佐官および特別相談役の方々、ただ今ここにご到着いたしました」

緊張した面持ちでハッサンが言った。

「アッサーラム　アインコム。ようこそアビラハフェズ王国にいらっしゃいました」

顔に似合わず意外と丁寧な言葉遣いだ。

「お会いできて光栄です、殿下。USAの全権大使であるジロキチ・オキタにございます」

沖田が小さく会釈《えしゃく》した。

プリンスが立ち上がった。すわっているときよりずっと大きく見える。

「アビン家のフェイザルです」

と言って机越しに手をのばした。沖田がそれを握った。

「殿下、紹介させていただきます。これにいますのは私の補佐官でありますヨノスケ・イハラ。同じくアーマッド・イブン・ユセフ・ハッサン・アブド・カリーム・アイユーブにございます」

プリンスは彼らに手をのばさなかった。

「アイユーブさん、〝カジノ・ド・パリ〟ではあなたに随分とやられたらしいですね」

一目で作り笑いとわかる笑顔でプリンスが言った。

アイユーブがかすかな笑いを見せて会釈をした。

「それからこちらにおるのが、私の個人的相談役であるムジョウ・ヤマモトでございます」

「あなたのことは聞いてますよ。大使お抱えのフォーチュン　テラーとのことですね」

「お言葉ですが、殿下、彼はフォーチュン テラーではありません。超能力者でございます」

「同じようなものと私は心得ているが……」

「それは違います」

山本がやや厳しい口調で言った。

「占いには科学的根拠などありません」

「超能力にはそれがあると?」

「その通りです。人間は物体です。あらゆる物体にはエネルギーというものがあります。それはかのアインシュタインも言っております。問題はそのエネルギーが多いか少ないか。極端に多い者はほかの人間のエネルギーを吸い取ったり、一方的なコミュニケーションによって他人の考えていることや未来を感じ取ることができるのです」

「それでは私のエネルギーはどのくらいあるか計れますか?」

「殿下は普通の人間よりはるかに多い量のエネルギーをお持ちです。ただ……」

「ただ?」

「体の一部からエネルギーが漏れております。お気をつけにならぬと大事に至るかもしれません」

「殿下に向かって何ということを!」

沖田が山本を叱《しか》り付けた。

「いや、かまいません」

余裕しゃくしゃくといった調子でプリンスが言った。

「私がエネルギーを失っているということだが、もう少し具体的に説明してくれませんか」

「内臓であります。殿下は以前胆嚢《たんのう》を患った経験がおありでしょう。十代のとき何度か胆石を取り出す手術を行われた。違いますか」

プリンスがにやにや笑いながら、

「病院で私のカルテでも見てきたのかね」

「殿下のカルテを病院が見せてくれますか。やめましょう、こういう話は。失礼をば致しました」

プリンスが一同にすわるよう勧めた。

「USAの外交代表団であるあなたがたをこんなところでお迎えする無礼をお許し願いたい。本来なら宮殿でお迎えしたいのだが、あそこにはあまりに多くの〝耳〟と〝目〟があるので率直な話ができないのです。おわかりでしょう?」

沖田が黙ってうなずいた。

「USAの観光コマーシャル見ましたよ。よく作られたフィルムですね」

「ご覧いただけて光栄です」

「アルクワールに連日あの時間帯で何本も出すのは金銭的に大変でしょう」

「しかしその価値はあります」

「〝二十一世紀の宝島〟と謳《うた》っていますね。なかなかロマンがある言葉です」

「宝島という言葉は日本のハギワラ総理がつけたのです。豊富な資源に恵まれているからです」

「ということは当然日本が興味を示しているのでしょうね」

「日本には資源がありませんから。しかしわれわれとしては投資元を拡散したいのです。日本は多額の金を出して開発権を独占するつもりですが、それだけに頼っては危険だと思うのです。そこで中東の裕福な国々に開発のパートナーになっていただきたい。特に海外への投資に最も積極的で実績もあるこの王国にお願いしたいという趣旨でお伺いさせていただいたわけです」

「でもなぜ私に？」

「ここにいるアイューブ補佐官が何度か貴国の外務省に連絡したのですが、通り一遍の返事しかもらえなかったのです。そこでただいたずらに時間を無駄にするよりもいちかばちかで、この国のナンバーワンの実力者であられる殿下に直接お会いしてお話を聞いていただきたいと判断した次第です。それにこの王国の海外投資の六十パーセントは直接殿下によってマネージされています」

「よく調べていますね」

「投資先を見ると、殿下は実に聡明で慧眼《けいがん》であられることがわかります。殿下なら、わがUSAに興味を抱いていただけると確信しております」

「しかし観光に投資はしないことにしているのです。一度インド洋のある島に投資したのだが失敗したのでね」

「私は観光とは言ってません。観光はこれからです。ホテル、道路、観光地の整備などやらねばならぬことは山とあります。インフラも大至急整備せねばなりません。しかしこれらは日本がやってくれます。日本はUSAに六百億円つぎこむ約束をしてくれました」

「ドルにするといくらぐらいになります」

「約五億ドルです。私が殿下に提案しているのは資源の開発です。ゴールド、ダイアモンド、マンガン、パラディウム、プラチナなどの発掘、さらにはオフショアーに眠る海底油田、漁業権など実に豊富です。だから日本の総理大臣から宝島と呼ばれるのは当然と私たちは自負しています」

「パラディウムがあるんですか。あれは確かシベリアが最大の生産地と聞いていますが」

「一応ラフな調査はしましたが、パラディウムに関してはその量がシベリアに匹敵すると言われています」

「天然資源の発掘には膨大な量の電力が必要になりますね」

「そこのところは大丈夫です。電力は豊富ですから。戦前日本軍が作ったダムが最近の日本からのODAによって作り直され、それらに加えて新しいダムもいくつか作られました。首府のツキミ市などは夜はヨルダンのアンマンよりはるかに明るいのです。一人当たりの電力量がオーストラリアより多いのが自慢です」

プリンスがしばし考えた。

「もっと詳しい資料が欲しいですね」

「国に帰ったらお送りしましょう。なにしろ私は今月大使に任ぜられたばかりなのです。これまでUSAは外の世界とまるっきりコンタクトがなかったもので私自身とまどうことばかりで」

「資料を見て納得したら前向きに考えましょう」

「ありがとうございます。いずれにしてもこの投資はローリスク、ハイリターンのモデルとわれわれは考えております。もし殿下が投資なさるなら、ほかの湾岸諸国も競って参加することと間違いありません」

「熟考しましょう」

「貴重なお時間をさいていただき心より御礼を申し上げます」

沖田が立ち上がりかけた。

「ちょっと待ってください。まだ話は終わっていない」

プリンスの口調がそれまでとはがらりと変わった。

「アイユーブ補佐官にお聞きしたい。あなたは〝カジノ・ド・パリ〟でうちのハッサンにフェルナンデリックたちについて何か言ったそうだが」

「ハッサン氏がそれを殿下に?」

「彼は私には何も隠さぬ」

「私はただ友人から聞いた話を……」

「その友人の名は？」

「ウラジミール・ボーレン、ロシア人です」

「……？　アレクセイ・モロゾフという名ではなかったのか？」

アイユーブが首を振った。

「アレクセイはわれわれの同僚ですからよく知っています」

「同僚とはどういうことだ？」

「殿下」

沖田が言った。

「アレクセイ・モロゾフは現在私の下で働いている者です。ロシア情報機関で働いていたのですが、外交官としての素質があるので引き抜いたのです」

プリンスは明らかに困惑していた。

「だが私が得た情報では……」

「殿下はそのモロゾフにお会いになったのですか？」

「いや、しかし私の部下が会っている」

「それではその部下の方にモロゾフの顔や体型をお聞きになるのがよろしいでしょう」

それが不可能なことを沖田たちはよく知っていた。唯一モロゾフに会ったのはジャン・ダリュウだったからだ。そのダリュウはプリンスが送り込んだ刺客によって消されてしまったのだ。

沖田がたたみかけた。

「モロゾフは今リアドにいますが、間もなくこちらに向かうことになってますから、夕方までには着くでしょう。殿下が直接お会いになって確かめるべきと思います」

プリンスがうーんと唸《うな》って腕を組んだ。憤懣《ふんまん》やるかたないが、誰に怒りをぶつけてよいのかわからないといった表情だ。

ここぞとばかりに井原が割って入った。

「無礼を重々承知で言わせていただきますが、殿下はアレクセイ・モロゾフに感謝する理由こそあれ疑うべき点は何もありません」

「どういうことだ？」

「生臭い話で恐縮なのですが、ざっくばらんにお話ししてよろしいでしょうか」

プリンスが不安げにうなずいた。

「実はフェルナンデリックと中田を中国公安部から解放させることを思い立ったのは沖田大使なのです。あのとき大使は東京にいましたので、直接北京政府と接触できませんでした。事が事だけに東京の中国大使館にアプローチするわけにもいきません。しかし幸いアレクセイ・モロゾフが中国に滞在中だったので、彼に中国側と交渉するよう指示したのです。そして彼は見事に中国側を説得したというわけです」

「それは確かなのか⁉」

「嘘いつわりはございません」

「理由は？」

「と申しますと？」

「大使、なぜあの二人を中国側から解放させようと考えたのだ」

「それは殿下が一番ご存じのはずでしょう」

「あなたの口から聞きたい」

「理由は簡単です。もしあの二人が北京で裁判にかけられたらすべてがオープンになります。そうなると最も打撃を被るのは殿下です。私はあのころ中東、特にこのアビラハフェズを訪問する計画を立てておりました。殿下にお会いして先ほど話した投資をお願いするためです。しかしもしあの二人がもとで殿下が危急の立場に立たされたとしたら、私の訪問は無駄に終わります。ですからあの二人を中国側から解放するのはUSAの利益にもつながったのです」

プリンスの口元が歪《ゆが》んだ。

「なるほど。そして私から三千五百万ドル分の油をせしめたというわけか」

「何ですって!?」

沖田たちが互いに顔を見合わせた。

「今さらしらばっくれることはない。あなたがたはこのフェイザルから大金を盗んだのだ」

井原が重々しい口調で、

「殿下、今のお言葉はジョークとして聞いておきます」

「否定も肯定もありません。一体、何の話をなさっているのですか」

「あくまで否定するなら警察に突き出してやる！」

これには井原が切れた。

「警察だと？　おもしろい。やってもらおう。恥をかくのはあんたのほうだ。一国の外交団を盗っ人呼ばわりするあんたはどうなんだ。国際詐欺師を使ってこれまでに何億ドル儲《もう》けたんだ、ええ？」

「その言葉だけでこの国では死刑に値するんだぞ！」

「他国の外交団を死刑にしたらあんたはどうなると思う」

「まあまあ落ち着きなさい」

沖田がなだめた。

「殿下、井原の失礼な言葉ご容赦願います。すぐカーッとなるたちなので。しかし私も含めて殿下のおっしゃることはまったく理解しかねます。私はただ殿下との健全なコンタクトを打ち立てたいために北京での件を消したのです。それだけです。お考えになってもみてください。殿下から三千五百万ドルも盗んでいたら、こうして面会に来るとお思いですか。正常な神経の持ち主ならそんなことをできるわけがありません。どうかそこのところをよーくお酌みになってください」

「では私から油をふんだくったのは誰なのだ？」

「否定するのか！」

「私や私の取り巻きでないのは確かです。なにしろその件については今初めて聞いたことなのですから」

「大使、ひょっとしたら」

アイユーブが言った。

「あのウラジミール・ボーレンの一人芝居だったのではないでしょうか」

沖田が首を振りながら、

「私にはわからん。そのボーレンという男に会ったこともないんだから」

「しかしもしボーレンがモロゾフから北京の件について聞いていたとしたら、この推理が成り立つ可能性はなきにしもあらずです」

「それはないよ」

沖田がきっぱりと言った。

「アレクセイ・モロゾフは元ＳＶＲだ。口は貝よりも堅い」

「もちろんわざとしゃべったとは思えません。ただボーレンがうまく聞き出したということも考えられます。いずれにしても……」

「ちょっと待った！」

井原が片手を上げてアイユーブを制した。

「アーマッド、君は何を言っているかわかっているのか！　いやしくもアレクセイはわれわれの同僚だぞ。その同僚の背中を君は後ろから刺してるのだ。見下げ果てたとはこのことだ。

初めて会った赤の他人のジョークとしかとれない言葉を真に受けて、同僚の名誉を傷つけるようなことを言ってる。恥ずかしいとは思わないのか！」

「赤の他人とは何だ！」

プリンスが吼《ほ》えた。

「身内とでも言うのか！」

「それでも外交官か！　それでもプリンスか！」

「やめとけ！」

沖田が井原を一喝した。

そしてプリンスを見据えた。

「こんな不愉快な思いをするためにわれわれは殿下に会いに来たのではありません。北京の件は絶対に私から話すつもりはなかった。しかし殿下が持ち出されました。そこのところをお間違いなく。失礼します」

立ち上がって一礼をして部屋から出ていった。井原とアイユーブは沖田に従《つづ》いたが、山本は机の前に立ったままプリンスを見下ろしていた。

「何を見てる？」

「先ほど私は殿下からエネルギーが漏れていると見ましたが、今はそれが止まっています。逆にすごいネガティヴなエネルギーがあふれ出している。非常に興味深い現象です」

「何が言いたいのだ?」

「殿下の脇腹には三日月形の黒いあざがありますよね」

プリンスがギョッとした様子で顔をちょっと引いた。

「確か右の脇腹ですね」

ほとんど反射的にプリンスが右の脇腹に手を当てた。

「それはバースマークですね。その意味は殿下がこの王国の王となる運命を示しています。しかしながら今殿下のお体から放出されているのはネガティヴなエネルギーです。実に特異なことです」

「どういう意味なのだ?」

「それは申し上げられません」

「言えないのか、それとも言わないのか?」

「運命は逆転されることが往々にしてあります。私が言えるのはそこまでです」

「王位継承権が競争相手に奪われると言うのか?」

「それは言えません。ひとつだけ言えることは、これから起こることのすべては殿下の心構えひとつにかかっております」

「競争相手が今何を考えているのか言ってみろ。そうすれば君を信用しよう」

「恐れながら私は殿下に信用される必要性は感じておりません。私の能力を信じている方々はこの世界に多い。現にこの国の宮中からも沢山の人々が私に会いたいと言ってきております」

「ほう、例えば誰だ?」

「プリンス・アブドゥラもその中のおひとりです」

「……!　アブドゥラが!?」

「われわれが泊まっているホテルの総支配人に電話をしてきて、ぜひ私との面会をセットアップするよう指示されたとのことです」

「会うのか?」

山本が首を振った。

「わかりません。私は沖田大使のもとで働いております。大使の許しがなければ誰とも会うことはできません。こうして殿下と話してることさえ本来は許されないことなのです。それではこれで失礼します」

会釈をしてドアーに向かった。

「待て!　まだ話が……」

すでにドアーが閉じられていた。

「アミン!」

プリンスが大声で怒鳴った。

アミン・ハッサンがすっ飛んできた。

「何でございましょうか、殿下」

「すぐにUSAの大統領に電話をしろ。アメリカ合衆国じゃないぞ」

「わかりました」

山本無上がやっと建物から出てきて、待っているリモに乗り込んだ。

「当たりは?」

沖田が聞いた。

山本が右手の親指を立てた。

「今ごろ私が言ったことを消化してるでしょう。そのあとは恐ろしくなって連絡をしてきますよ」

「しかし残忍そうな奴ですね」

と井原。

「と同時に貪欲さもなかなかなものだ。三千五百万ドル分の油の話をしているときの奴は殺気があったよ。金のためなら誰でも殺すだろうな」

「でも小心なところもありますよ。アブドゥラが私に会いたがっていると言ったら顔色が変わりましたからね」

沖田が笑いながら、

「次に君に会うときは〝マスター〟付きで呼ぶんじゃないかな」

プリンスはいらいらしながら電話がつながるのを待っていた。しかし五分たってもアミンからの電話がない。立ち上がってアミンの部屋に行った。

「まだつながらないのか！　いったいどうなっているんだ！」

「それがおかしいのです、殿下。何度かけても変な女が出てきまして、ただ笑うばかりでこっちの言うことにまともな反応をしないのです」

「笑うばかりとはどういうことだ？」

「へっへっへっとかハッハッハッとかゲーラゲラゲラとか、ちょっと気が触れているのではないかと感じます」

「ちゃんと番号は確認してるのか！」

「はい、ATTは確かにUSAの大統領官邸と言っております」

「かけ続けろ！　大統領を呼び出すんだ！」

プリンスは自分の部屋に戻った。先ほど山本が言ったことが脳裏に焼き付いていた。胆嚢を患ったことといい、脇腹の三日月形のあざといい驚くことばかりだった。しかも彼は運命の逆転などと言っていた。そしてアブドゥラとの面会も匂わせていた。考えれば考えるほど奇妙なことばかりを言っていた。

机上の電話が鳴った。

「殿下、やっと大統領が出ました」

アミンの緊張した声が受話器を通して聞こえてきた。

カチャッと切り替えの音が聞こえた。

「ヘロー、ヤマダ大統領閣下でしょうか」

「ヤマダだが」

バリトンというよりバスの音だった。

「私はアビラハフェズ王国の第一プリンスであるフェイザルだが、ちょっと聞きたいことがありますので」

「そのような国の名は聞いたことがないな」

「私もUSAがもうひとつあるなんて知りませんでしたよ」

「用件は何なのだ」

「沖田という人物に先ほど会ったのだが、彼は確かに貴国の外交官なのですか?」

「当たり前だ。沖田氏にはわが国の外交をすべて任せてあるのだ」

「貴国には本当にダイアモンドやパラディウムなどの天然資源があるのですか」

「なぜそんなことを聞く?」

「貴国に投資しようとしているからだ。どうなのだ?」

「そんなつまらぬ質問に大統領の私がいちいち答えられるか！　沖田大使がすべて答えてくれるであろうから彼に聞きなさい」

「彼に聞いたからあなたに確認しているのだ」

「沖田大使の言葉を確認する必要などない！」

電話が切れた。

プリンスはしばし呆然として受話器を見つめていた。

一行はロビーを横切ってエレヴェーターに向かっていた。

「閣下！」

フロントのほうから声がした。総支配人のハレイダが急ぎ足で近付いてきた。

「大変です！」

「どうした？」

「たった今、第一皇太子であられるプリンス・フェイザルから閣下宛てに電話があったのです」

「用件は？」

「大至急お話がしたいのでオフィスに戻って欲しいとのことです」

沖田が井原と顔を見合わせた。

「ビンゴ！」

と井原。

「どうします？」

アイユーブが沖田に聞いた。

「すぐ行くことはない。もう少し頭を冷やさせたほうがいいだろう。それにその間にアレクセイ・モロゾフがリアドから戻ってくる。そうだろう、アーマッド？」

と言って意味ありげな笑いを見せた。

部屋に戻ってから五分としないうちに電話が鳴った。プリンスからだった。

「私のメッセージを受け取らなかったようですね」

「いや、もらいました」

「じゃなぜこちらに戻ってこないのです」

「殿下、私はあなたの配下ではありません。小国とは言え一国の外交を担っておる者です。そちらの都合で動くことはできないのです」

「外交官としては失格だな。おたくの大統領といいあなたといい、無礼きわまりないところがある」

「ヤマダ大統領がどうかしましたか」

「さっき話したのだが、私の問いには答えず電話を切った。一体あなたがたはどういう人種なのだ」

「ごく普通です。相手が丁重な姿勢を見せればこっちもそれ相応に応じる。だがこっちに対して猜疑心《さいぎしん》と非礼で対応する者には、それなりにこっちも反応するということです。日本には一寸の虫にも五分の魂という言葉があります。殿下から見ればわれわれは一寸の虫かもしれません。しかし魂は殿下同様、いやそれ以上のものを持っているつもりです」

「シャットザ　ファックアップ！」

電話が叩きつけられたような強烈な音が沖田の耳を襲った。

ちょっと顔をしかめて皆を見た。

井原が首を振りながら、

「あれでよく第一プリンスのポストが務まりますね」

「教育はあるが教養はないな。品性も今いちだ。でもすぐまたかけてくるよ。奴さんは今混乱している。山本先生からのアドヴァイスが欲しいんだ。しかしそのために頭を下げるようなことはしたくはない。おそらく彼は今までの人生で人に頭を下げたことなど一度もないだろう。しかしわれわれに対しては必ず下げてくる。なにしろこっちには彼の運命を変えられるかもしれない山本大先生がいるんだからな」

沖田の読みはどんぴしゃりだった。一回目の電話から十分もしないうちに再び電話が鳴った。

「ほーら来なさった」

受話器を取り上げた。

「殿下ですね？」

「そうです。さっきは失礼しました」

同じ人間が話しているとは思えないほどトーン　ダウンしている。

「鼓膜が破れるかと思いましたよ」

「すまない。私としたことがフーリガンのようなみっともないまねをしてしまった。心から謝ります。許してくれますか」

心なしか無理やりしぼり出しているような言葉に聞こえた。顔は多分苦しさで歪《ゆが》んでいるだろう。

「いえいえ殿下、私も言いすぎたと反省していたところです。畏《おそ》れ多くも殿下に対してあのような口をきくなど失礼この上ないことでした」

「ではさっきの会話は水に流せますね」

「もちろんです、殿下」

「ところで改めてお願いしたいのですが、再度お会いできますか」

「投資の件と理解してよろしいでしょうか」

「そうです」

「私も殿下にもう一度お会いして投資の話を進めると同時に、三千五百万ドル分の油の件についてクリアーにしたいと思っておりました」

「今すぐに来ていただけますか」

「あと一時間半後ではいかがでしょうか。というのはアレクセイ・モロゾフがその前にリアドからこちらに着きますので一緒に連れていきたいのです」

「よろしい。それでは六時ということで」

「お電話ありがとうございました」

事は作戦通りに進んでいる。だんだんと獲物が射程距離内に入ってきたと沖田は実感していた。この分でいくとパーフェクト ゲーム達成が可能かもしれない。

「アーマッド」

沖田がアイユーブに言った。

「君はこれからしばらく消える。次に会うときは死体になってる。わかってるな」

「ほっとしますよ。これで背広姿に戻れるわけですね」

と言ってアレクセイ・モロゾフが白い歯を見せた。


沖田たちの前にすわったプリンスは明らかに三時間前に会ったときとは違っていた。サングラスをはずしているせいもあるだろうが、それ以上に態度そのものが変わっていた。彼なりの謙虚さがうかがえた。しかしそれは単に表面的なものにすぎないと沖田は感じた。大きな鷲鼻《わしばな》の奥に刻まれた目にはユーモアのかけらもない。

机の前には椅子が五つ置いてあった。

「モロゾフ氏が一緒のはずではなかったのですか？」

「ちょっと飛行機が遅れて着いたのです。ここへ直接来ることになっています」

「アイユーブさんは？」

「彼は先ほどカイロに発ちました。明日帰ってきます」

「やはり投資家探しですか」

「いえ、プライヴェートです。エジプトは彼の故国ですから。投資のほうは殿下がオーケーしてくだされば、あとはサウジやほかの湾岸諸国が従《つづ》くと楽観視しております」

「そのことですが、さっき貴国の大統領と話したときダイアモンドやパラディウムなどの天然資源があるか確認したかったのですが、すべてはあなたに聞けと一蹴《いっしゅう》されました。そこでお聞きしたいのだが、天然資源の存在は確かなのですね？」

「日本の著名な地質学者が調べた結果では間違いありません」

「量的にはどうなのです？」

「それはここにいる井原氏のほうが詳しいですから彼に説明してもらいましょう」

と言って井原にうなずいた。井原がカバンの中からノートを取り出して開いた。

「例えばダイアモンドですが、その地質学者は南アフリカ共和国とまではいかないがその半分はくだるまいと断言しています」

「それはかなりの量じゃないですか。でも質のほうはどうなのです？」

「質も南アフリカ並みと言ってましたから国際市場で十分に通用します」

「では例えばダイアモンドの権益に私が投資するとします。どれくらいの資金が必要ですか？」

「そうですね。十億ドルぐらいでいかがでしょうか？　専門家から見たら随分と安いはずです。その地質学の先生はダイアモンドの権益だけで日本政府は五十億ドルは出すのではないかと言ってましたから」

「日本政府とそれに関して話し合いをしているのですか?」

「いえ、まだです。日本からはインフラ設備のための援助を受けることが決まってますが、資源開発の話はしておりません。と言うのはあの国は何をするにも超スローなのです。しかしわがUSAは早急にキャッシュを必要としています。ですから殿下に話を持ってきたのです」

「十億ドルですか……」

プリンスがしばらく考えた。

「殿下、ひとつ提言をさせていただいてよろしいでしょうか?」

と沖田。

「……?」

「ダイアモンドだけにしぼらずに全天然資源の権益を持たれたらいかがでしょう」

「全部を?」

「漁業権、オフショアーの油田開発、大、中、小ヤマダ島の天然資源開発権すべて引っくるめて五十億ドルでオファー致します」

「非常に魅力的なオファーですね。しかし……」

「このオファーはまだ誰にも出しておりません。もしこのディール《取引》が現実のものとなったらアビラハフェズ王国はオイルの収入だけに頼って生きる国ではなくなります。われわれとしても権益をばら売りするより殿下のような方にまとめて取得していただければ安心できるというものです」

「わかりました。非常に興味あるプロポーザルです。二、三日考えさせてもらえますか」

その言葉とは裏腹に投資については今ひとつ関心がないと沖田は見た。

しかしそれでいいのだ。プリンスが真剣に投資の話に乗るなどと沖田たちは端《はな》から思ってはいなかった。彼の関心事は自分の運命について山本無上と話すことだけだ。

「結構です。殿下がお決めになるまでわれわれはこのアビンに留まります」

そのときドアーが開いてアミン・ハッサンが現れた。彼の肩越しにモロゾフの顔が見えた。ホテルを出るとき沖田の一行と一緒のところを総支配人やガードマンに見られるとまずいので、五分遅れてタクシーで出たのだった。

「殿下、アレクセイ・モロゾフ氏がお見えです」

沖田が立ち上がってモロゾフをプリンスに紹介した。

プリンスがその鷹《たか》のような目でじーっとモロゾフを見据えた。

「アレクセイ」

沖田が言った。

「電話でも話したが殿下はウラジミール・ボーレンについて知りたがっておられる。ついでに君のことについてもだ」

モロゾフがうなずいて、

「三千五百万ドル分の油について聞いたとき、私は驚くと同時に無性に腹がたちました。よりによって私の名前が使われたのですから。殿下、私はキリストの血、いやモハメッドの血に誓ってここで申します。あの詐欺行為には私は何の関係もありません。

ボーレンはSVRのメンバーでしたが、五年前に辞めたのです。評判は決してよくはありませんでした。機密費を私的目的で使ったり、SVRの情報をネタにして他国の政治家やビジネスマンを恐喝して金をとったりと、模範的SVR要員とは掛け離れた存在でして。辞めなくても遅かれ早かれ首になっていたでしょう」

プリンスはまだモロゾフを見据えていた。

「そのボーレンに最後に会ったのは、いつどこでだ?」

「ついこのあいだパリのシャンゼリゼでばったり会いました。スポーツカーを乗り回してかなり景気がよさそうでした。ディナーに誘われましたが断りました。あまり付き合いたくはない人物ですから」

「彼は北京に行ったことはあるのか?」

「SVRにいたとき三年ほど北京支局で活動していました」

「現在いるところはわからんか?」

「多分パリじゃないでしょうか。車も持っているんですから」

「年はいくつなんだ?」

「私より十歳年上ですから今四十歳でしょう」

「姿かたちは?」

「ごく普通のロシア人です。身長は百八十センチぐらいで目はブルー、髪は薄茶色。このあいだ会ったときはちょっと腹が出ていました」

モロゾフの口元にかすかな笑いが浮かんでいた。彼の答えをプリンスがいちいちメモッていたからだ。

「ジャン・ダリュウという男に会ったことはないか？」

「その人はパリに住んでいるのですか？」

「聞かれたことに答えればいいのだ」

「会ったことはありません」

「ボーレンに家族はいるのか？」

「わかりません。第一線で活動する情報機関員の身元や家族に関しては絶対秘密になってましたから」

プリンスが二、三度うなずいた。これ以上聞きようがないといった表情だ。

「でも殿下、私にはどうしても解せないことがあるのです」

「……？」

「ボーレンという男はあのような芸当ができる能力を持ち合わせていません。少なくとも単独では。誰かが後ろで彼を操っていたとしか私には思えないのです」

「心当たりはあるのか？」

「あったら私自身で制裁をくだしてます」

「彼の写真は持っていないのか?」

「モスクワのSVR本部にはあると思います。しかし手に入れるのは不可能でしょう」

プリンスがため息をついて椅子に身を沈めた。

「殿下」

沖田が言った。

「これでアレクセイ・モロゾフへの疑いは晴れましたでしょうか」

プリンスが軽くうなずいたが、まだ完全に納得はしていないといった表情だった。

そのとき突然、山本無上がウッと唸った。顔が痙攣《けいれん》し体が激しく引きつっている。井原がハンカチを取り出して素早くそれを山本の口に突っ込み、その体をおさえた。

「どうしました、先生!」

プリンスの顔色が変わった。

「救急車を呼びましょうか!」

「その必要はありません、殿下。舌さえ噛《か》まなければ大丈夫です」

「しかし万一ということもあります。私の病院がすぐそばにありますよ」

「ご心配なく。こういうことにはわれわれは慣れていますから。先生は特別なものとか常軌を逸した状況などのヴィジョンを見ると、こういうひきつけをよく起こすのです」

山本のひきつけと痙攣は十秒ほどで止まった。

目が半分開いた。だが霞《かすみ》がかかったように焦点が定まらない。

「大丈夫ですか、先生」

まだ井原は山本の体をおさえていた。

「見てしまった」

荒々しい息づかいで山本が言った。

その目に涙があふれ出した。

「天啓を見たのですね？」

「とんでもないものを見てしまった……私は悲しくつらい思いだ。パリよ消えろ！」

プリンスが身を乗り出した。

「何を見たのです？　今パリと言いましたね！」

山本が声を上げて泣き出した。

沖田が山本の肩に手を置いた。

「先生、一体何を見たのです？」

山本が激しく首を振った。

「言えません。あまりに醜いことです」

沖田がうなずきながら、

「わかります。これ以上は聞きません。落ち着いてください」

と言ってプリンスに向かって、

「殿下、ご覧の通りです。先生はだいぶ疲れております。今日はこのくらいで」

「待ってください。今は先生を動かさないほうがいいんじゃないですか」

「いえ、ご迷惑になりますので」

「そんなことはない。上の寝室でしばらく休んでもらったほうがいいと思うが」

「そんな大袈裟なことではありません。どうかおかまいなく」

「とは言ってもほっとくわけにはいかんでしょう」

プリンスが電話に手をかけた。

「やめてください、プリンス！ もし救急車を呼んだらマスター・ヤマモトは入院させられることになります。そしてミステリアスなエネルギーを持つ奇人として実験や研究の対象となってしまいます。そんなことは殿下もお望みではないでしょう！」

プリンスがあわてて受話器をもとに戻した。

「何ということだ！」

山本がしぼりだすように言った。

「こんなことがあっていいのか！」

「先生、しっかりしてください」

沖田が山本の体をゆさぶった。

山本が大きく目を開けた。

「ああ、やっと皆さんのもとに戻ってこれました。お世話をかけました。トランス状態にいたとき、何か言いましたでしょうか？」

「別に特別なことは言いませんでしたよ」

沖田が言った。

「いや、確かにあなたは言った」

プリンスが声を上げた。

「パリよ消えろとは一体どういう意味なのだ。あなたは何を見たのだ⁉　ひょっとしてあなたは……」

山本が疲れた眼差しでプリンスを見つめた。

「殿下？　殿下ですね？　プリンス・フェイザル……？」

「さっきトランス状態で見たことを言ってください。パリよ消えろとはどういう意味なのです？」

「パリの街であるものを見たのです。二人の人間が会っているところです」

「その二人とはボーレンと彼の操り人ですね」

それには答えず山本はただ首を振るだけだった。

「悲しい人間の性《さが》、汚い人間の煩悩……」

「その男の顔は見えたんですね」

山本の体が再び痙攣を起こし始めた。

沖田と井原が彼の体をおさえた。

「殿下、もうやめてください」

沖田が真剣な表情で言った。

「このままでは先生の体がもちません」

井原が怒りに満ちた表情で、

「あんた一体自分を何様だと思っているんだ⁉ この人はUSAにとってなくてはならない人なんだぞ！ もし死んだらどうしてくれるんだ！」

プリンスが思わず首を引っ込めた。

そのとき山本が大きく手を広げた。皆が息を飲んだ。

「皆さん、この世は所詮《しょせん》は夢。些細《ささい》なことでじたばたするのはやめましょう。プリンス・フェイザル、あなたにひとつ忠告を与えましょう。よーく聞くのです。今あなたのもとに出されたUSAの資源に関する提案は蹴《け》りなさい。もし受け入れたら、あなたは大いに後悔することになります」

驚いたのは沖田たちだった。あまりにびっくりして声も出なかった。

プリンスがにやりと笑った。

「マスター・ヤマモト、そこのところは私も考えていました。忠告を大いに感謝します」

沖田は怒りをおさえていた。

「先生、このくらいでいいでしょう。ホテルに帰りましょう。殿下、これでお別れと思いますが、どうかお達者で」

井原とモロゾフが山本を両脇から抱えた。

プリンスは残忍な笑いを浮かべながら、彼らの動作を見ていた。

出口のところで山本が振り返った。

「殿下、あなたの運命はこの者たちとともにあります。もし彼らとこれきりで別れたらあなたの未来はない。あとはストレートに地獄に突き進むだけです」

「……!?」

プリンス・フェイザルはアミンが運んできたウイスキーをなめながら考えこんでいた。完全に頭の中が混乱していた。

彼には解せなかった。なぜ山本は沖田たちとの取引はするなと言いながら、彼らと別れたら自分の未来はないと言ったのだろうか。

そう言えば山本は第二皇太子アブドゥラが彼に面会を申し込んできていると言っていた。そこに何か意味合いがあるのかもしれない。

無意識のうちにプリンスは受話器を取り上げていた。

沖田が出た。

「先ほどは失礼した。マスター・ヤマモトの状態はいかがですか?」

「今は眠ってます。今日は随分とエネルギーを使いましたので疲労困憊《こんぱい》のようです」

「明日、あなたにお会いできるでしょうか」

「もう会う必要はないでしょう。マスターはあなたにUSAへの投資はするなと言ったわけですから。あなたも最初から投資などする気はなかった。ハッピーエンディングじゃないですか」

「いや、それは違います。USAへの興味はまだあります。マスターが言った言葉の裏には何かあると思うのです」

「彼はいろいろ言いましたよ」

「USAには投資をするなと言いながら、あなたがたとは縁を切るなというようなことも言った。そこのところがどうもわからないのです」

「私もそれは考えてみました。そして私なりにたどり着いた結論は、マスター・ヤマモトはあまりに多くのことが見えてしまうので頭が混乱してしまっているということです。特にさっき見た天啓にショックを受けている。よほど驚愕《きょうがく》すべき人間か状況だったのではないでしょうか」

「いずれにしても私は明日あなたのホテルに出向きます。いいですね」

ノーは受け入れないという口調でプリンスが言った。

翌朝一階のレストランで一行は朝食をとっていた。店側が四人のために一番大きなテーブルを用意してくれた。山本以外は皆ビュッフェですませた。山本はジュース、ミルク、トーストとポーチドエッグ。それらをテーブルに運んだのは総支配人自身だった。

彼が腰をかがめて、

「先生、きのうのお願いを聞いていただけないでしょうか。皆さん本当に楽しみに待っているのです。特にアブドゥラ皇太子はすぐでもお会いしたいと申していらっしゃるのですが」

「お前はアブドゥラの味方か!?」

後ろから声がした。

振り返った総支配人の顔が真っ青に変わった。プリンスが二人のボディガードとともに立っていた。

「これは殿下！　ようこそいらっしゃいました」

「自分のホテルに来ている私にようこそはないだろう。このホテルでアブドゥラの名を口にすることは金輪際許さんぞ！」

総支配人が逃げるように奥に向かった。

プリンスが山本に近付いた。

「マスター・ヤマモト、お体の調子はいかがでしょうか」

「まあまあです。昨夜は殿下に迷惑をかけてしまったようですね」

「いやいやそんなことはありません」

プリンスは山本からちょっと離れたところにいた沖田のとなりにすわった。

「何か新しいことでも聞き出せましたか」

小声で言った。

「いいや、いくら聞いても言わないのです。ただ皆を傷つけるから言えないの一点張りなのです。そこが気になるところなんですが」

「強制的に言わせることはできないのですか。一応あなたの部下なのでしょう」

「それはできません。そんなことをしたら彼の心は永遠に私から離れてしまいます。ここは十分すぎるほどのデリケートさを持って対応せねばなりません」

「しかし昨晩はパリの街について言ってましたよね。二人の人間が会ってるとも言った。当然ボーレンたちについてだと思うんですが、それなら私にも関係あることですよね」

「でしょうね。でも今の状態でこれ以上聞いたら彼の精神がおかしくなります。なにしろ現在彼は〝イン〟のレヴェルにいますから。ですからあの件についてはそっとしておきたいのです」

「しかしそうなると三千五百万ドル分の油の話は迷宮入りする可能性がある」

「そうとは限りません。前にもこういうことはあったのですが、〝イン〟のレヴェルから〝ヤン〟に変わったとき自分から話し始めることがままありましたから」

「早くその〝ヤン〟レヴェルとやらに変わって欲しいですな。ところで話は変わるが、マスターはあなたのオファーを受けるなと私に言いましたよね。だが同時にあなたがたとは手を切るなと言った。どういう意味なんでしょうか」

「さあどうなんでしょうかね。私が覚えているのはマスターがわれわれの提案を切れと言ったときのあなたの顔は嬉々《きき》としていた。あれは私にとっても大いに参考になりましたよ」

「そんなつもりではなかったのです。信じてください」

「あれを言ったときマスター・ヤマモトはもっと大きな意味のことを言っていたと私は思ってます」

「……？」

「それはUSAに関わることだが、ただの投資だけに目を奪われるなとあなたをいましめたのではないかということです」

「どういうことですか？」

「マスター・ヤマモトが最も殿下に印象づけられ、興味深く感じたのは殿下の運命です。昨日最初に殿下にお会いしたあと彼は私に言ってましたよ。殿下は十億人にひとりしかいない運命を背負っていると。ネガティヴなエネルギーを断てば殿下は決河《けっか》の勢いで天下を制する。しかし今以上にネガティヴなエネルギーを溜め込んだら尾羽打ち枯らす身に陥る。一言で言えば殿下次第ということでしょうね」

「ネガティヴなエネルギーについては私にも言っていた。何だかは説明してくれなかったが。それはともかくとしてマスターは私の運命はあなたがたとともにあると言った。あなたがたと別れたら私の未来はないとも言った。これからずっと一緒にいろということなのだろうか」

「それは違うでしょう。マスターは〝これきりで〟別れたらという条件をつけましたよ」

「でもそれは矛盾している。あなたの投資オファーを拒否するということは、これでわれわれの関係はおしまいということです。その一方でこれきりで別れたら私の未来は危ないと言う。どう解釈すればいいのですかね」

　沖田が両手を広げて肩をすくめた。

「凡人の私には解釈の仕様がありません。いずれにしてもわがほうとしては殿下との話し合いを打ち切らせていただきます」

　プリンスがびっくりして、

「それは困ります。今別れたら私の未来はないとマスターも言ってるじゃないですか」

「冷たく聞こえるかもしれませんが、それは私には関係ありません。今の私にはたとえ殿下の運命でも気にしてる余裕はないのです」

「だがまだ話は終わってないではないですか」

「いや私から見れば終わりました。殿下には投資のお気持ちはなさそうですからね。それにマスターも投資はするなと殿下にはっきりと言ったでしょう」

「しかしその言葉の裏には絶対に何かの含みがあると私は確信しているのです。あなたがたと別れるなと言ったのがその証拠じゃないですか」

　テーブルの向かい側にすわったモロゾフと井原がわずかに顔をこわばらせていた。笑いを必死に嚙み殺しているためだ。沖田も同じ思いだった。プリンスは自分で話のイニシアティヴを握っていると思っているのだろうが、話せば話すほどこっちの欲しい方向に進んでくる。オーヴァートーキングによって自分自身を失ってしまっているのだ。完璧《かんぺき》にこちらのペースにはまり込んだ。

「殿下の言われることにも一理あります。しかしわれわれとしてもこれ以上いたずらに無駄な時間をここで過ごすわけにはいきません。そこでどうでしょう。今日の午後いっぱいかけて最後の話し合いを行う。殿下の言われた通りマスター・ヤマモトの言葉の裏にあるものを私も知りたいですからね」

「マスターとちょっと話してよろしいでしょうか？　できれば二人だけで」

願ってもないことだ。

沖田が山本に声をかけた。

「先生、殿下がお二人だけで話がしたいとおっしゃっているのですが、どうでしょうか？」

「大使が許されるなら私はかまいません」

井原がポケットからハンカチを取り出してプリンスに渡した。

「昨日のようなことがあったらすぐにこれを口の中に突っ込んでください。これには気付け薬が塗ってあるんです」

二人が総支配人室に行ったあと、沖田たちは朝食をすませてレストランをあとにした。沖田と井原はそれぞれの部屋に向かったが、モロゾフは外に出てホテルのすぐそばにある公衆電話ボックスに行った。逆探知を避けるためにはこれが最も手っ取り早い。

ここまでは作戦は見事なほどスムースに進んでいる。プリンスをほとんど崖っぷちに追い込んだ。もちろん彼はそれを知る由もない。あとは最後の一押しだけ。その最後の一押しの成否はこの電話にかかっている。

モロゾフが番号ボタンを押した。

アミン・ハッサンは椅子にすわったままうつらうつらしていた。ここのところ睡眠不足の日が続いていた。昼間はプリンスのアテンドで夜は〝カジノ・ド・パリ〟を仕切らねばならない。この二日間は自宅にも帰らず会社で寝泊まりしていた。

机上の電話が鳴った。眠気を払うように首を何度か振った。

「プリンスを頼む」

重いアクセントの英語だった。

「プリンスは今いない。君は誰だ?」

「ボーレン、ウラジミール・ボーレンだ」

ハッサンの眠気はいっぺんに吹っ飛んだ。プリンスからあらゆる手段を使ってボーレンを捜し出すよう至上命令を受けていたからだ。ここはひとつ相手を警戒させないように話を進めたほうがいい。

「ミスター・ボーレン、何かプリンスにメッセージでも?」

ごくビジネスライクな調子で言った。

「二つある。よくメモっておけよ。まずひとつ。あの三千五百万ドル分のオイルをせしめたのはおれひとりでやったことじゃない。仲間がいたんだ。あんたもよく知ってる奴だ」

「……! 誰だ、そいつは!?」

「あんたのカジノで三百万ドル以上稼いだ奴さ」

「アイユーブ!!?」

「そうだ。二つ目はUSAの外交団はプリンスを差し置いて他国と大取引をするつもりだ。と言っても外交団の中にいるひとりだけだがね」

「アイユーブか?」

「ご名答。奴はきのうカイロに行ったことになってるが実はテヘランに行った。何をしていたと思う?」

「……?」

「ファイナル・オプションについてイラン政府と話し合っているんだ」

「何だ、そのファイナル・オプションとは?」

「それは沖田たちに聞けばわかる」

「君は今どこにいるんだ?」

ボーレンが嘲《あざけ》った。

「それを知ってどうする?」

「今君が言ったことをプリンスに報告したら君に報奨金が出るのは確実だ。こっちに来ないか?」

「冗談じゃない。ダリュウやフェルナンデリックのように頭に二発、心臓に一発かまされるのはわかってるんだ」

「それにしてもなぜ今アイユーブを密告《さ》す気になったんだ」

「奴が裏切ったからだ。三千五百万ドルも稼いでおきながら、おれにはたったの五百万ドルしかよこさなかった。その上ファイナル・オプションに関してもパートナーシップを組むはずだったのに、もうおれは必要ないとぬかしやがったんだ」

「君の連絡先を教えてくれないか」

「ばーか！　あんたは今言ったことをプリンスに伝えればいいんだ」


「マスター・ヤマモト、二人だけの時間を作っていただいて心から感謝します」

プリンスが緊張した表情で言った。これまで世界のVIPに会ってきたが、これほど緊張したことはなかった。それだけ彼の心に山本が食い込んでしまっていた。

「まずお聞きしたいのは私の運命についてです。マスターは昨日運命は逆転すると言われた。また私の体からネガティヴ　エネルギーがあふれ出しているとも言われた。もしネガティヴ　エネルギーが止まったら運命の定め通り私の王位継承は成ると受け取ったのですが？」

「さすが殿下は賢明です」

「ではどうしたらネガティヴ　エネルギーを振り払うことができるのでしょうか？」

「それは殿下の心掛け次第と言ったはずです。運命に無理やりさからってはいけません」

「しかしそれだけではまったく……」

「ではこういう言い方はどうでしょうか。今までの殿下はご自分のことを考えるばかりにもっと重要なことをおざなりにしていたのではないか。本当にアビラハフェズという国家の存在とその未来を考えておられるのか」

プリンスがちょっと考えてから、

「アブドゥラとの王位継承権争いばかりが頭にあってほかのことを考える余裕がなかったことは認めます」

「それに気づかれたらそれなりにご自分を改めればよろしいのです。そうすれば最初に定められた運命通りに王位は殿下のものです」

「政治にもっと本腰を入れます」

「それがいいでしょう。ファルーク国王はきっと喜ばれます」

「もうひとつお聞きしたいのですが、昨日マスターはUSAへの投資はやめるよう私におっしゃった。しかし沖田大使たちとは別れるなとおっしゃいました。そこのところがどうもわからないのですが」

「私が言ったのはあのスケールの投資ならやらないほうがいいと言ったのです。もっと大きな、そして未来永劫アビラハフェズのためになるプロジェクトは必ずあります。そのために沖田大使たちと話し合うよう勧めたのです」

「その大きなプロジェクトとはどのようなものでしょうか？　マスターにはおわかりになっているのでしょう」

「確かに。オプションはいくつかあるが最良のオプション、すなわちファイナル・オプションはひとつだけです」

「ぜひそれをお教えください」

「それを私が言うわけにはいきません。私の一言でこの国の未来は決まってしまうかもしれないのですから。しかし賢明な殿下のことです。必ずファイナル・オプションに到達なさいます」

プリンスが納得したという表情でうなずいた。

「そのためには沖田大使ともっと話し合う必要があるということですね」

「そういうことです」

山本がプリンスをまじまじと見つめた。

「失礼します」

と言って片手をのばしてプリンスの肩に触った。

「何という素晴らしいことだ。殿下のお心は水のごとく澄んでおられる。ネガティヴ エネルギーは完全に消え失せました」

「本当ですか！」

「その状態を保つことが大切ですよ」

と言った山本の頬《ほお》がぴくっぴくっと動いた。体が小さく震え始めた。

プリンスがあわてて立ち上がった。

「マスター、大丈夫ですか！」

井原から預かったハンカチを山本の口に入れようとした。

「それは要りません。大丈夫です」

小さく肩で呼吸をしている。

「何か見えたのですね!?」

「いいえ、見えたのではなく感じたのです。突然ネガティヴな風が南の方角から吹いてきたのです」

「ここから南と言えば私の会社がある方向ですが」

「そこのところははっきりしません。ひょっとしたら……」

「ひょっとしたら何なのです?」

「いや、やめておきましょう」

「ひょっとしたら昨日マスターが受けた天啓に関することでは?」

「それについては私の口からは言えません。あまりにつらいことですから。だが殿下にはもうすぐおわかりになります。しかし何があってもファイナル・オプションのことはお忘れにならないように」

プリンスのそばにはアミン・ハッサンがすわっていた。ピーンと張り詰めたような不思議な雰囲気だった。

「沖田大使、ボーレンから電話があったそうですよ。ここにいるアミンが受けたのです」

開口一番プリンスが言った。

「大胆な奴ですね。何と言ってきたんです」

「彼のパートナーの名前です」

「どんな奴なんです？」

それには答えずプリンスが山本無上に目をやった。

「マスター・ヤマモト、天啓であなたが見たのはアイューブだった。そうですね」

山本がうなずいた。

「だから悲しくつらいことだと言ったのです」

「午前中二人だけで話し合っていたとき、あなたはネガティヴな風を感じた。あのころですよ。アミンがボーレンからの電話を受けたのは。惜しむらくはマスターご自身の口から聞きたかった」

「殿下、わかってください。不幸なことや醜いことは人に伝えたくないこの私の気持ちを」

沖田は驚愕していた。

「まさかあのアーマッドが!! アレクセイ、君は北京で彼と一緒だったな。気がつかなかったのか？」

モロゾフがかぶりを振った。

「なにしろ同僚ですから。端から疑ってかかったら別でしょうが」

「しかし何かおかしいところがあったろう」

「そういえば北京では随分とフリータイムがありましたが、彼はいくら食事に誘っても断って部屋にこもりきりでした。今考えればボーレンとの連絡をしていたとも考えられますね」

「馬鹿な男だ。ちゃんと務めていればUSAの外務大臣に推薦したのに」

「しかし大使、あなたの責任は免れませんよ。部下の行動に対して上司は責任があるのですからね」

　プリンスが冷たく言い放った。

　沖田が困惑した顔で、

「それはわかってますが……」

「大使にモラル的責任は多少はあります」

　井原が言った。

「だが法律的責任はない。例えば殿下はこの国の支配者のひとりです。国民はいわば殿下の部下です。その国民の何人かが悪事を働いたとしても殿下に法的責任はない。それと同じです」

「屁理屈だ！」

　プリンスが吐き捨てるように言った。

「アミン、ボーレンが言ったもうひとつの件を説明してやれ」

　ハッサンがうなずいて身を乗り出した。

「沖田大使、アイユーブがきのうからどこに行ってたかご存じですか？」

「エジプトのカイロです」

「確かですか？」

「私が知る限りは」

　モロゾフが携帯を取り出して番号を押した。二言、三言話して切った。沖田を見てかぶりを振った。

「いつも泊まるカイロのホテルにはこの半年行ってないそうです。昨日の予約も入っていません」

　ハッサンが勝ち誇ったように、

「カイロになどいるわけはないのです」

「じゃどこに？」

「テヘランです」

「テヘラン!?」

「そう、イランのテヘランです。あそこで彼が何をしていたと思いますか？」

「……？」

「イラン政府の関係者と話していたそうです。ペルシャ人と話していたのですよ」

「多分、観光の売り込みでもやってたのでしょう」

「実に甘い認識と言わざるを得ませんね。アイユーブはテヘランで……」

　プリンスが片手を上げてハッサンを止めた。とどめは自分で刺すといった顔付きで沖田を見据えた。そのごっつい顔に残忍な笑いを浮かべた。

「ファイナル・オプションについてイラン政府と話し合っていたということです」

「何ですって！」

「そう、ファイナル・オプション。それについて説明願いたい」

「………」

「大使！」

井原の声がひときわ大きく響いた。

「そんなことを説明する必要も義務もありませんよ。言ったってわかりませんから」

「何を言うか！」

プリンスの声は井原よりさらにヴォリュームが大きかった。

「アイユーブは私を騙《だま》したのだ！　その彼がやろうとしていることについて、こっちには聞く権利がある！」

「大使、これは内政に関することです。言ってはなりません」

沖田がうなずきながら、

「井原君、殿下には聞く権利があると私は思う」

「しかし事はUSAの国家そのものに関することです。どうかそこのところをお考えになってください」

「君の言うことはわかった。だがここは私の判断に任せて欲しい」

「でも大使……」

「殿下、これまでの話し合いの中で私どもは可能な限りオープンな姿勢で話してきたつもりです。当然、交渉事では国家利益のため最後まで言ってはならないことがあります。しかし同時に最後の最後には言わねばならぬときもある。それも国家利益のためです。今私はその立場にあります。ですからいさぎよく言いましょう」

と言って一息ついて山本を見た。山本は何も言わない。

沖田が続けた。

「殿下、ファイナル・オプションという言葉をお聞きになって何をご想像なさいますか?」

「わからないから聞いているのだ」

「ごもっともです。普通に恵まれた国のリーダーにとっては想像もつかないでしょう。ファイナル・オプション、すなわちぎりぎりの選択。国家と国民のアイデンティティが失われるオプションです。このオプションを選ぶのは治政者にとっては最も悲劇的と言えます。しかし今のUSAにとっては逆によいオプションと言えるかもしれないのです」

「前置きはそれぐらいでいい。ゲット トゥ ザ ポイント」

いらだった口調でプリンスが言った。

「私が求めているのはファイナル・オプションについての具体的な説明なのだ。ファイナル・オプションとは一体何なのだ!?」

沖田がプリンスを見つめた。その目には思わずプリンスがまばたきしてしまうほどの形容しがたい迫力があった。あえて言えば手負いの虎の目付きだ。

「それでは申し上げましょう。ファイナル・オプションとはUSA政府が国家を投げ出すということです」

「……?」

　プリンスがわからないといった表情で首を振った。

　不気味なほどの静寂が部屋にみなぎった。

　プリンスが山本に目をやった。だが山本は目を返さない。

「ご聡明な殿下のことですから、すでにおわかりのことと思います」

　沖田が続けた。

「国家を投げ出すということは国家の主権を売る。すなわち国家の売却ということです」

「まさか……!?」

　沖田が大きくうなずいた。

「そのまさかです。今のUSAは国家の体を成していません。それは殿下が大統領とお話しになったときおわかりになったと思います。やる気のない大統領と進歩などには無関心な国民。このままでは私どもがいかに努力しようともUSAは国際社会で通用しません。この状態はあと何年しても変わりはないものと思います。ですからこの際国家を明け渡す。これがファイナル・オプションです」

　プリンスはしばし絶句していた。自ら進んで国家を売るなどということは聞いたこともない。

「アイユーブはストップします。裏切り者にはそれなりの責任はとらせます」

井原が腕の時計を見た。

「もうすぐこっちに帰ってきます」

「部屋で迎えてやりなさい」

井原とモロゾフが立ち上がって部屋を出た。

「あの二人はどこへ?」

「アイユーブがもうすぐ戻ってくるはずですので」

「どうするのだ?」

「殿下ならどうなさいます? 裏切り者にはそれなりの罰しかないでしょう?」

「本当にやるのか?」

「けじめは大切ですから」

プリンスが納得したようにうなずいた。

「ファイナル・オプションについてだが、それを持っていながらあなたは私に投資を勧めた。ビジネス モラルに大きく反しているのではないか」

「それは違います。殿下が投資をなさったらそれはちゃんと保護されます。どの国、またはどの個人がUSAを買ったとしても殿下の投資は尊重されます」

うーんと唸って宙を見つめた。

「前代未聞の話だ」

ここぞとばかりに沖田がピッチを上げた。

「殿下、今は二十一世紀です。前例のないことはいくらでも起きます。前世紀の終わりには世界的な大企業合弁が行われました。今世紀は企業ばかりでなく国家の合弁だって起きてもおかしくはないほど不確実性に富んだ世紀です。生存していくためにはそうせざるを得ないのです。もう一歩進めて考えれば国家売却も始まります。二、三十年したら私が今言ったファイナル・オプションはごくノーマルなものとなるでしょう。

例えばオイル リッチなアラブの国々は現在はうまくやっている。だがそれが何年続くかは大きなクエッション マークです。埋蔵量は減ることはあるが増えることはない。その上、先進国は化石燃料の代わりに水素や太陽、風などを使った新しいエネルギーを猛烈なペースで研究開発しております。石油がだぶつく時代は必ず来ます。当然、産油国の収入は激減する。そういうときを考えて確固としたヴィジョンを持ったリーダーが何人いるでしょうか」

沖田が一息ついた。どれだけプリンスの頭に染み込んだかはその無表情な顔付きからはうかがい知れない。

「しかし危険だ」

「何がです?」

「ファイナル・オプションがリークされた場合、欧米の列強はUSAに大挙して上陸するだろう。かつてのアラブがやられたように」

「その心配はまったくありません。USAにはアメリカ合衆国の基地ができるのです」

「アメリカの基地が⁉」

「これから帰って東京で同意書にサインすることになっています。それからもうひとつ中国とも基地建設の合意ができています」

「中国とも⁉」

プリンスが素っ頓狂《とんきょう》な声を上げた。

井原がカバンの中から中国外交部の呂陽忠との間で交わした書面を取り出してプリンスの前に置いた。

「これが中国との仮契約書のコピーです。この十一月にはアメリカと中国両方から八億ドルずつ入ってきます。さらに基地使用料が毎年二億ドルずつ。もちろんこれは今のところ極秘ですが」

「ちょっと待ってくださいよ、大使。これはまずいのじゃないですか」

「大丈夫です。大ヤマダ島は基地には使いません。資源のほとんどはその大ヤマダ島にあります」

「そうじゃない。私が言っているのは中国とアメリカは潜在敵国同士だ。その彼らが同じ国に基地を持つことは考えられないと言っているのだ」

「いいですか、殿下。アメリカは太平洋をこれまで通り自国の庭としてキープしたい。一方の中国は何が何でも空母を太平洋に出したい。その両方の野望をわがUSAは満たしてやるのです。それがいやなら契約破棄をすればいいのです。いずれにしてもどの国に基地を与えるかはUSAの内政問題です。もしどっちかが文句を言ってきたら内政干渉ではねつければいいんです」

「しかしあまりに常識を逸脱している」

「これまでなら確かにそうだったでしょう。しかし今も言ったように前例などにこだわっている時代ではありません。小ヤマダ島には中国の基地、そして中ヤマダ島にはアメリカの基地。双方は近すぎて戦争などできません。これぞ平和共存の新しいコンセプトです。世界の人々は大歓迎すること間違いありません。これからは世界世論をバックにつけた国家や人間が勝利する時代です」

プリンスが次第にペースにはまってきたという確実な感触を得ていた。

「USAを買った者は国名を変えることはできますか?」

「当然それは自由です。それをしたらアメリカがまず喜びますよ」

「現在いる住民はどうなるんです?」

「それは買収側の考え次第です。これまで通り住まわせてもいいし、強制退去させてもいいでしょう。どうせ若い連中は外国に出たがっていますから。それに漁業以外は労働力にはなりませんからね」

プリンスが何かを求める目付きで再び山本を見た。山本が小さく笑いながらかすかにうなずいた。

プリンスの顔が輝いた。

「マスター・ヤマモト、これが今朝おっしゃった……?」

「いえいえ、私はただヒントを投げたにすぎません。答えに到達されたのは殿下の賢明さ故であります。これからの最終的判断は殿下ご自身に委ねられております」

プリンスは興奮していた。

「沖田大使、あなたが言ったように、これからはアビラハフェズも油だけでは生きてはいけない。ファイナル・オプションを私にオファーしていただけますか?」

「もちろんです。まだ誰にもオファーしてませんから」

「プライスを言ってください」

「そうですね。五百億ドルではいかがでしょう」

プリンスは眉《まゆ》ひとつ動かさなかった。

「その額は何を基準にしたものなのですか?」

「北方領土です。第二次大戦後ソ連は日本固有の領土である歯舞《はぼまい》、色丹《しこたん》、国後《くなしり》、択捉《えとろふ》を占領して今日に至っています。一九七〇年代に日本の総理大臣であった田中角栄という人物がそれらの島々を金で買い戻そうとしました。そのとき彼がソ連政府にオファーしたのが五兆円と言われています。今のドル相場で言えば四百億ドル強です。しかし北方領土とUSAでは価値が違います。北方領土は日本にとってはセンティメンタルな意味しかありません。それに比べるとUSAは気候的にも資源的にもはるかに価値があります。ですから五百億ドルは決して高い値段ではないと思います」

プリンスは長くは考えなかった。

「わかりました。五百億ドルでUSAを買いましょう」

山本がおごそかな口調で、

「殿下の革命的なヴィジョンは国王および国民を大いに喜ばせることになりましょう。殿下の王位継承の運命はこれで盤石なものとなりました」

それからプリンスの要望で十五分ほど詰めの話が行われた。プリンスはその場で仮契約書を作りそれに両者がサインすることに固執した。

「それは私どもが再度この地を訪問するか、殿下がUSAを訪れるときにしたらいかがでしょうか」

「いや、今度会うときは本契約にしたいのだ。その間に何かあると、この話は消えうせてしまう。あなたがたの気が変わらないとも限らないしね」

「それはありません」

「とにかくここで仮契約書を作ってください」

プリンスがアビラハフェズ王国のレターヘッドを差し出した。

ごく簡単に基本的なポイントと趣旨だけを書いた。

この仮契約書はアビラハフェズ王国を代表する第一皇太子であるプリンス・サバ・アル・ビン・フェイザルとUSAを代表する全権大使沖田次郎吉の間で交わされる。

沖田はUSAの大、中、小ヤマダ島のアビラハフェズ王国への売却に同意する。プリンスはその買収に同意する。

売却価格はUS五百億ドル。買収側はそのうちの百五十億ドルを仮契約後すみやかに売却側に支払う。残りは本契約終了後とする。本契約は仮契約発効から三週間後、東京で行うものとする。

これまでUSAがアメリカなど外国政府との間で交わした同意やコミットメントはそのまま尊重される。

本契約締結から五カ月後USAの主権及び領土はすべてアビラハフェズ王国に帰属するものとする。

両者は署名をもって当仮契約の内容を確認する。

「こんなものでいかがでしょうか?」

プリンスがさっと目を通した。

「三週間後と言えば六月。これはいいとして、その五カ月後に主権と領土がこちらのものとなる、ということは十一月になりますね」

「そのぐらいの準備期間をいただいてすべてをきちんとしたかたちでお渡ししたいのです」

「わかりました」

さらさらとサインをして書面を沖田のほうに押し戻した。沖田もサインをした。

「いつごろ発表したらいいですかね」

「本契約がなされてから六ヵ月後にしていただきたい。それまでは絶対に秘密にしておいてください。いかに信頼する者にも明かさないほうがよろしいでしょう。既成事実として発表すれば誰もカウンターを打てませんからね」

プリンスが部屋の隅にあるコピー　マシーンで仮契約書のコピーをとった。

それを沖田に渡しながら、

「宮殿の連中の反応が見たいものだ」

「それより世界がびっくりしますよ。殿下は一躍二十一世紀のヴィジョンを持ったリーダーとして世界中の人々から崇《あが》められます」

そのとき山本が激しく咳《せ》き込んで両手で首を押さえた。

「また何か見えているんですか⁉」

プリンスが朝方、井原からあずかったハンカチを取り出して沖田に渡した。沖田がそれを山本の口に突っ込もうとしたが、彼はそれを片手で振り払った。

咳が止まった。しかし口を大きく開けて唸りながら苦しそうに両手で首をかきむしるような仕草をしている。

突然がくっと首が垂れた。

沖田がハンカチを山本の鼻の前で振った。すぐに意識が戻った。

悲しそうな眼差しで沖田を見つめた。

「今ひとつの命が消えました」

「彼自らが引き起こした事態ですよ、先生。嘆くことはありません」

山本が携帯を取り出して井原を呼び出した。

「終わりましたね。遺体はちゃんと扱ってやってください」

沖田が首を振り振り、

「先生は優しすぎますよ。あんな悪人野郎に気遣いは無用です」

「悪人でも死んだら仏。ひとつのエネルギーがこの地上から消えたのです。今度生まれてくるときは天より与えられる貴重なエネルギーをもっと建設的に使うよう祈るのみです。今の殿下のように」


沖田と山本がホテルに戻ったとき、アイユーブは会議室に置かれた棺桶の中に横たわっていた。黒のガラベーヤを着ているが、頭はカフィエではなくターバンのようなもので覆われていた。死に化粧をしているせいか頬がピンク色で眠っているように見える。だが首には紐の跡がくっきりとあった。

「来ますかね？」

アイユーブが沖田に聞いた。

「必ず来る。自分から三千五百万ドルをせしめた男の死に顔を絶対に見たいはずだ」

「できるだけ早く追い出してくださいよ。ＳＶＲで息を止める訓練を受けたと言っても止められるのはせいぜい二分がいいところですから」

「二分で十分だよ。奴だって死体をそんなに長くは見たくないだろうし」

「わかりませんよ。サディスティックなところがありそうだし、死体が女だったら屍姦《しかん》さえしかねないようだし」

沖田の読み通りその日の夕方プリンス・フェイザルがアミン・ハッサンとボディガード二人を従えて沖田の部屋を訪れた。一行にお土産を渡したいと言う。

沖田には石油のリグの模型で、優に一キロはあろう純金で作られていた。ほかの者にはこれまた純金でできたカフスとタイピン。趣味はともかく原価は高い。

「こんなすごいものを殿下から直々にいただくなんて感激です。なのに私たちは殿下に何のお土産も持ってきていません。お許しください」

「そこのところはどうかお気遣いなく。私はUSAという最高のお土産をいただいたではないですか」

「そう言っていただけると少しは肩の荷が降りた思いです」

「ああそれから例の百五十億ドルは先ほどあなたが指定したUSAのカスミ銀行に振り込みましたから、確認してください」

「確認なんて必要ありません。殿下を信用できなかったら誰を信用できるんです」

「その気持ちはお互いさまです。ところで大使、例の遺体はどこに?」

「あちらにあります」

言いながら沖田が先に立って歩き始めた。会議室に入った。真ん中に柩《ひつぎ》が置かれている。

プリンスが近づいて柩をのぞき込んだ。

「絞殺だったのですね」

「それにしては意外に安らかな顔をしてるでしょう」

沖田の言葉にプリンスがうなずいた。

「アラー アクバル……」

第九章

東京

相互防衛条約の調印式にしては不思議な光景だった。出席者は五人だけ。丸い大きなテーブルの上に富士山をかたどったUSAの国旗とアメリカ合衆国の国旗が二本ずつ並べられている。その左側にはアメリカ国務省のカイル・ザミーネ次官補と国防総省のトロイ・ピーターセン次官補、そしてアメリカ大使館一等書記官バリー・オークレー、右側には沖田次郎吉と足立梵天丸がすわった。

沖田の前には同じ書面が二枚置かれていた。沖田がさっと目を通した。

「ご覧の通りオリジナルから変わった点は二カ所だけです。ひとつは国名。もうひとつはフォース・マジョアーを入れました。これでかまわないというそちらの意思をミスター・アダチから聞きましたもので変えさせていただきました」

ザミーネが言った。

「国務長官も国防長官も大いに喜んでおりました。短い文面ながらこれほど両国の心と心が通い合うものはないと言ってました」

「貴国は好むと好まざるとにかかわらず世界のポリスマンです。その貴国とこのような関係を持てることをわれわれは非常にうれしく思います。これを機によりいっそうの友好関係が打ち立てられることを願います。これはわがUSAの大統領の言葉です」

沖田が目の前に置かれた書面に署名した。一枚をザミーネの前に返した。

普通ならここで両者が握手を交わして周囲にいる関係者から盛大な拍手が起きるのだが、それはない。何しろ出席者は五人、しかもアメリカ側の三人は全権代表ではないのだ。

「何だかおかしな感じですね」

ピーターセンが言った。

「こういうことは何度も経験しましたが、皆お祭り気分に浸ったものです。しかし今はアンティクライマックスに感じられる」

「それでいいんじゃないですか。相互防衛条約とか基地を作るなんてことは、この世界がテンションと不信感に満ちているということの表れでしょう。そんなことにお祭り気分になるのはおかしいんです」

「しかしこの条約によってザ・ユナイティッド・ステーツ・オブ・エイジアンズの民は夜ゆっくり眠ることができるのです」

「以前からゆっくり眠ってました。何も考えないでただ日々幸せに暮らしている人々ですから」

「その幸せを保証するのが今回の条約でしょう。あなたがたはアメリカ合衆国という大鷹の羽の下に入ったのです。これ以上安全な状態はありません」

「さあそれはどうですかね。わがUSAを攻撃する国なんてありませんからね」

「いやそれはわかりません。人類の歴史は紛争の歴史です。いつどこから誰がどういう意図を持って攻めてくるかを常に考えておかねば。歴史は繰り返されるのです」

「歴史が繰り返すのではなく、人間がその愚かさを繰り返すのではないかと私は思いますがね。極論すれば、歴史は人間の愚かさの集積にすぎないのかもしれませんね。勝手に神というものを作っておいて、その名において最も多くの人が殺された。これなんか究極の愚かさです」

「そうとばかりは言えません。科学を発達させたのは人間です。その科学のおかげで人間はいかに幸せになったことか」

「超管理社会、ロンリークラウド、凶悪犯罪、テロ、自己喪失……確かに幸せになりましたね」

ちょっとしらけた雰囲気が漂った。

「なんだかお話を聞いていると」

ザミーネが言った。

「今回の条約締結を後悔なさっているようですね」

「とんでもない。現実として必要なことです。ただ……」

「やめとけよ、次郎吉さん」

足立が言った。

「この人たちはアメリカのザ・ベスト・アンド・ザ・ブライティストだぜ。頭も口もおれたちがかなうはずはないんだ」

「それはそうだ。失礼しました。ときどき柄にもなくメランコリックな理屈家になってしまうのです」

ザミーネとピーターセンの表情が緩んだ。

沖田が思い出したように、

「七億ドルはすぐに振り込んでいただけますね」

「間違いなく」

「あなたがたと仕事ができてよかった」

沖田が二人と握手を交わした。

かくして史上最も短い文言《もんごん》の相互防衛条約と基地建設の同意書が麻布台のレストランの一室で交わされたのだった。

足立がテーブルの下についているベルを押した。マネージャーが現れた。

「ワインと料理を頼む」

「ワインはどれにいたしましょうか？」

「決まってるだろう。オンリー・ザ・ベスト・フォー・ザ・ベスト・アンド・ザ・ブライティスト」

総理は官房長官と一緒に久しぶりに官邸の食堂で昼食をとっていた。

USAの大統領が訪日するのが今日の午後。専用機は一応羽田に着くことになっているが、今のところUSA側からは何の連絡もない。

有働が沖田に電話で聞いたのだが、彼自身大統領との連絡はとれていないという。沖田が彼と最後に話したのは二日前、大統領がツキミ空港を飛び立つ直前だった。羽田到着の時間を確認するためだったのだが、途中どこかの島で給油して半日ほど休んでから東京に向かうと言っていたという。

「今晩の準備は大丈夫なんじゃろうのう」

幕の内弁当を突っ突きながら総理が聞いた。

「万全であります。フランス料理の名門〝シラク〟のシェフが腕によりをかけて作ると意気込んでいます」

「あの店はこないだ食中毒を起こしたんとちゃうか」

「ええ一週間の営業停止をくらいましたが、昨日解かれました」

「大丈夫なのかのう」

「ああいうことのあとですから店主は注意に注意を重ねております。それよりも総理、私が心配しているのはヤマダ大統領の正確な到着時刻がまだわからないことなんです」

「向こうの外務省に聞けばいいがな」

「あちらの外務省は沖田さん個人です。彼は今東京にいます。羽田到着時刻は大体二十九日の午後三時と大統領は言っていたそうです。以来、沖田さんが何度かけても大統領の携帯は不通になっていたとのことです」

「じゃ問題はない。あちらが三時と言っちょるならそれでええじゃろうが」

「問題は〝大体三時〟と言ってる点です。英語で言えばアバウトです。ああいう人たちがアバウトと言えばそれは究極のアバウトです。ですから三時が六時になることも考えられます」

「グアム経由で来ることになっとるんじゃろう?」

「それはすでにチェックさせました。ところがUSAのヤマダ大統領一行はどの機にも乗っていないとのことなのです」

「沖田さんに連絡してみろ。どうせあちらも迎えに出るんじゃろうから」

有働が三杯目のもりそばに箸《はし》をつけたとき、秘書が受話器を持ってすっ飛んできた。

「官房長官、防衛庁長官からの電話です!」

有働が受話器をとった。

「やあ久世《くぜ》さん、どうかしましたか?」

「官房長官、緊急事態が発生しました。未確認飛行物体が小笠原諸島の西北十キロのところから東京方面に向かっているという報告が今入ったのです」

「ミサイルですか！」

「それがはっきりしないんですよ。レーダーで捕らえる限りスピードが遅すぎると言うんです。時速三百キロのミサイルなんてあり得ないと空自の幕僚は言ってるんですが」

「スクランブルは？」

「数分前に二機が飛び立ったそうだが、その物体がそのまま東京方面に向かったら撃ち落としてもいいでしょうか。もう日本領空に入ってるんですから。総理の判断を仰ぎたいと思いまして」

「ちょっと待ってください」

有働が受話器を手で覆った。

「総理、未確認飛行物体が南から東京方面に向かってるということです。空自の戦闘機がスクランブル態勢に入りましたが、撃ち落としてもよいかということなのですが」

総理が受話器を有働からもぎとった。

「久世君、まず確認じゃ。こっちの機に対して撃ってきたら撃ち返してもええが、何もせんなら撃つわけにはいかんじゃろう」

「わかりました。そのように指令します」

再び防衛庁長官から連絡が入ったのは、総理と有働が昼食を終えてそれぞれの執務室に戻ったときだった。

「官房長官、困りましたよ。スクランブルした機から連絡が入ったんですが、あの物体は今から七十一年前に作られたDC3というプロペラ機らしいんです。骨董飛行機ショーに出してもおかしくないような代物ですよ。いつ落ちてもおかしくない状態で飛んでいるらしいんです。無線が切ってあるのか話は通じない。そこでこちらのパイロットがその機の横につけて逆戻りするよう手で合図したんです。国際的に通用する合図らしいんですけどね」

「それで相手は従ったんですか？」

「それがまったく通じないと言うんです。向こうのパイロットは手を振って応えたらしい。客室の窓からも手を振ってる者がいると言うんです」

「そのまま飛んだらあとどのくらいで本土に着くんです？」

「静岡あたりだったら一時間半、東京だったらもう少しかかるらしいです」

「でも危害を加える様子はないんでしょう」

「危害どころかよたよた状態が心配だとスクランブルしたパイロットが言ってるらしいですよ」

そのとき生まれて初めて有働はある閃《ひらめ》きを感じた。ひょっとしたら……？

有働は急いで総理の執務室に行った。

「総理、もしかしたらの話なんですが、あの未確認飛行物体にはUSAのヤマダ大統領が乗っている可能性があるのではないかと思うのですが」

「根拠は何じゃ？」

「防衛庁長官によるとあれは今から七十一年前に作られたDC3という飛行機だそうです。七十一年前ですよ。総理と同じ年齢の飛行機なんです」

「だからどうしたんじゃ」

総理が不愉快きわまりないといった口調で言った。

「ひょっとしたらあれがUSAの政府専用機ではないかと思うのですが」

「そんなことは事前にお前が知っておくべきことじゃろうが」

「しかしどんなに貧乏でも一国の政府専用機がプロペラ機とは誰も思わないでしょうが」

「そこがお前の抜けてるとこじゃ！　ヤマダ大統領はそういう古いものを大事にする人かもしれん。すぐに沖田さんに連絡して聞いてみろ！」

有働がその場でホテル・ニューコタニに電話を入れた。幸い沖田は在室中だった。

「沖田さん、ぶしつけな質問かもしれませんが、USAの政府専用機はDC3ですか」

「そうですよ」

あっさりと言った。

「やっぱり！　なぜそれを早く言ってくれないんです」

「あんたは何も聞かなかった。大統領から連絡でもあったのですか？」

「それどころじゃないんですよ、沖田さん。航空自衛隊の戦闘機が二機スクランブルを組んでその専用機を日本領空から追い出そうとしたのです」

沖田が笑った。

「でも追い出せなかった。そうでしょう？」

「その後大統領からあなたへの連絡はあったんですか？」

「いや全然」

「じゃ何時に羽田に行くんです？」

「ツキミ空港を発つとき羽田着は大体今日の三時と言ってましたから、四時過ぎに行けばいいでしょう」

「まったく呆れた人たちだ」

有働が電話を切った。

「総理、やはりあの飛行物体はＵＳＡの政府専用機でした」

「ワシの言った通りじゃろう。ヤマダ大統領は実に立派な人物じゃ。ああいう貧しい国の政治家に限って最新のジェット機に乗りたがるんじゃが、七十一年前に作られたプロペラ機とはのう。そういう政治家のいる国にはできるだけ援助をやりたくなるというもんじゃ」

沖田と有働が管制塔から見守る中、はるかかなたの上空にＤＣ３機が見え始めた。風に舞う木の葉のように縦横にゆっくりと揺れながら下降してくる。その左右に銀色の機体を沈みゆく太陽に反射させながらぴったりとついているＦ16ジェット戦闘機の姿があった。

いざという事態を考慮して空港の離着陸は一時的にすべて止められた。

「こんなのは初めてです」

管制官のひとりがこぼした。

「戦闘機のエスコートがなかったら今ごろまだ太平洋上をうろうろしてますよ」

DC3機が着陸態勢に入った。左右にゆらゆらと揺れている。タッチダウンはしたものの両翼はまだ上下運動を繰り返していた。機体の脇腹には富士山を描いたUSAの国旗が描かれている。数台の消防車がサイレンを鳴らしながら滑走路に向かった。

沖田と有働が管制塔から出た。

一階に降りたときはすでにDC3は着陸して消防車に導かれてサテライトのひとつに近付いていた。

しかしサテライトは機の高さとレヴェルが違っているため、つなげるのは不可能だった。仕方なく機は少し下がったところで止まって入り口を開いた。地上の作業員たちがタラップを押して入り口につけた。

沖田と有働は地階に走って機の下で待った。まずジョージが出てきた。アロハシャツと腰蓑《こしみの》にサンダル姿。彼に続いて奥さんのオードリーがその巨体を見せた。服装からしてこっちも腰蓑。彼女のあとに三人の老人が続いた。服装からしてパイロットなのだろうが、ひとりは極端に腰が曲がって前傾姿勢、もうひとりはタラップのガードを両手でおさえ一段一段を確かめながら降りてくる。

「次郎吉さん！」

ジョージが沖田に駆け寄った。その太い腕で沖田を抱き締めた。続いてオードリーがげらげら笑いながら手を差し出した。沖田が二人に有働を紹介した。

「官房長官は今回あんたがたの訪問の責任者なんだ。なんでもやってくれるから遠慮なく頼んだほうがいい」

有働が深々と頭を下げた。

「官房長官の有働でございます。日本国総理大臣萩原愚助の代理として心より歓迎いたします」

ジョージがそのグローヴのような手を出した。

「エスコート機を出してくれたのはおぬしでござるか」

「はぁ……？」

「いやぁあれは感激のきわみでござった。長旅でちょっと退屈しかけていたとき、日の丸を機体につけた戦闘機がわが機に横付けしてきたではないか。そしてパイロットが手を振ってくれた。しかも二機じゃ。あのしゃれた歓迎には感心いたした。まことに欣快《きんかい》のいたりでござった」

有働が笑いながら、

「閣下は冗談がお上手ですねぇ」

「おいどんは冗談なぞ言ってはおらん。本当の気持ちを述べているのでごわす」

「はぁ」

前もって用意されていた二台のハイヤーと小型トラックが機のそばに止まった。

VIP用の入国管理から係官が来てヤマダ夫妻のパスポートをクリアーした。国賓ならこの手続きは必要ないのだが今回は非公式である。いつの間にか見学台に大勢の人が集まって見下ろしていた。皆、手に手にカメラを持ちDC3を撮っている。

〃かっこいい〃〃渋い〃〃交通博物館〃などの言葉が聞こえてくる。

ジョージがオードリーとともに見学台の下に近付いて上に向かって手を振った。

「日本の友人たちよ！　かくも温かい出迎え恐悦に存ずる！　USAのジョージ・ヤマダでござる。ここにいるのはおいどんの妻オードリーじゃ。両国の発展のためにこれからも手を携えて進んでまいろう」

見物人の半分とオードリーは大笑い、半分は拍手。

「あの人ちょっと変わっていませんか？」

有働が沖田に聞いた。

「なぜ？」

「あの話し方ですよ」

「見方によるだろう。おたくの総理といい勝負だよ」

「しかしあのおんぼろ機でよくも太平洋の彼方から来たもんですねぇ。それだけでも大変なニュースになりますよ」

「明日の朝刊の見出しはもうできたな。〃二十一世紀のリンドバーグ、腰蓑姿で訪日〃」

ホテル・ニューコタニの表玄関にはUSAの国旗がビル風にゆれて翻っていた。

ホテルにとってはこの国旗を作るのがひと苦労だった。商売柄、世界の国々の国旗は大体あるのだが、沖田からUSA大統領夫妻の部屋を予約されたとき、営業担当者は頭をひねった。ザ・ユナイティッド・ステーツ・オブ・エイジアンズという国名も聞いたことがないし、もちろん国旗もない。しかし国家元首が宿泊するのであるからその国旗を掲げるのは当然の礼儀だ。沖田は足立のレストランでアメリカとの交渉のとき使った小さなUSA国旗を担当者に見せた。それを持って担当者は銭湯の絵を専門に描く看板描きを探し回った。これが難しかった。その分野の専門家がなかなか見つからなかったのである。やっと見つかったのはつい昨日。徹夜で描いてもらったが富士山の色がちょっと違うし、頂上に冠のような雲がかかっている。描き手が芸術的なタッチを加えたのだろう。しかし描き直す時間はない。仕方なくそのまま掲揚せざるを得なかった。

だが結果的にはそれでよかった。

玄関口で車を降りた大統領がその国旗を見上げて胸に手を当てた。

「おいどんの官邸にあるのよりずっと立派じゃのう。色が鮮やかじゃ。それにあの冠のような雲もいい。そう思わんかのう、オードリー？」

オードリーがうなずきながらキッキッキと笑った。多分美しいと言ってるのだろう。

有働は晩餐会の準備があるので官邸に帰らねばならないと言って玄関口で別れを告げた。

沖田がジョージとオードリーのためにとった部屋は三十八階のプレジデンシャル スィート

だった。

部屋に入るなりジョージが窓辺に走り寄った。オードリーも彼に従《つ》いた。眼下に東京の街が広がりあちこちに高層ビルがその高さと個性を競うように建っている。

「あれが東京タワーだ。昔はもっと高く見えたんだが」

沖田が説明した。

「あっちにあるのがレインボーブリッジ。東京湾の向こうが房総半島だ」

「これがわがあこがれの都、東京でごわすか！　文明の極致じゃ！　まさに〝東京だョおっ母さん〟じゃ。この感激の気持ち、どう表現したらよいか今のおいどんには到底わからぬ。のうオードリー」

「ほんま。きれいやわ」

沖田がびっくりしてオードリーを見た。彼女が話したのを初めて耳にしたからだ。

彼女が沖田を見てゲラゲラと笑った。

「これはちゃんと話せるのでござるが関西弁なのじゃ。それを恥ずかしがっておるんじゃ」

「恥ずかしがることなど毛頭ないよ。女性が関西弁を話すと可愛く聞こえるもんだ」

それから五分ぐらいして足立が井原、綾小路、そしてモロゾフを連れてやってきた。

沖田が四人をジョージとオードリーに紹介した。

「彼らは今回の仕事でおれの補佐官としてよく働いてくれた。かけがえのない仲間だ」

「次郎吉どんとおいどんは刎頸《ふんけい》の友でごわす。その次郎吉どんのかけがえのない仲間なら、おいどんにとっても同じでござる」

そう言って一人ひとりの手を握った。

「ところで次郎吉どん、言うのを忘れておったが、なんとかという国のプリンスからカスミ銀行に百五十億ドルが振り込まれたのじゃ。あれは本物なのかのう」

沖田はちょっと考えた。今はまだ話さないほうがいいと判断した。

「それについてはあとで話そう」


首相官邸での夕食会は六時半から始まった。非公式のため出席者はごくわずかだった。総理と大統領夫妻、沖田とその仲間、そして有働の九名。

宴会はまず総理の乾杯の音頭で始まった。総理と大統領は最初からうまが合った。

「大統領閣下、閣下の日本語は素晴らしい。今の日本の若者に聞かせてやりたいほどでありまする」

「あこがれの日本国の総理大臣に会えておいどんは感激のきわみでござる」

これが数分後には、

「ジョージ君、今夜は楽しくやろう」

「グースケどん、おいどんはうれしいのじゃ」

「グースケじゃない。グ・ス・ケじゃ」

「こりゃ失礼いたした。グーの音も出ないでごわす」

沖田は二人を観察していた。二人とも実に似通ったところがあると思った。まず小さなことにはあまりこだわらない。思ったことをずけずけと言う。だが情に通じている。そして自分より能力が上と思う者の言うことは素直に聞く。はっきり言えば二人とも凡人である。しかも筋金入りの凡人だ。だからこそ凡人たちのリーダーであり得るのかもしれない。二人の共通点はまだあった。ワインがあまり好きではないことだ。宴たけなわになったころ、ジョージが言った。

「グスケどん、焼酎《しょうちゅう》はありませぬのか」

「あんた焼酎好きなんか？」

「薩摩焼酎がよいな。あの芋の香りが何とも言えぬのじゃ」

「ワシも大好きじゃ。いつもはこういう場所では飲めんでのう。皆格好つけてワインなど飲んどるがやっぱり焼酎が一番じゃ」

早速焼酎が運ばれてきた。しかし飲んだのは総理とジョージだけ。それもすさまじくテンポの速い飲みっぷりだった。だが二人とも酒に飲まれたという様子は見せない。

「次郎吉さん」

足立が耳元でささやいた。

「国を売却したことを大統領には言ったのかい」

「いや、まだ知らせてないんだ。だが百五十億ドルがプリンスから振り込まれたことは知ってる。明日にでも話そう」

二時間ほどで夕食会が終わった。

ジョージがグラスを持って立ち上がった。

まず総理を見下ろして、

「グスケどん、本日は誠に楽しかった。日本はおいどんの第二の故郷じゃ。USAにもぜひ来てくだされ。それではグスケどんと日本国民の健康と繁栄を願ってカンパイ!」

「それじゃ皆さん、これから六本木に参ろう。ジョージ君、カラオケじゃ。今夜はとことん歌いまくろう」

そのカラオケの店は与党議員の夜のサロンとも言われていた。その名も〝歌を忘れぬカナリア〟。

ただだっぴろい部屋に通された。棚にはブランディから焼酎、紹興酒の類までありとあらゆる酒がおいてある。

「さあ皆さん好きなものを注文なされ」

ボーイが氷とミネラル ウォーターを持ってきた。総理はみそ汁を注文した。

総理がマイクを握った。

綾小路が首を振りながら、

「これは覚悟が必要ですね。早く酔っ払ったほうが勝ちですよ」

「皆さん」

総理のダミ声がマイクを通して響いた。

「今夜はUSAのヤマダ大統領ご夫妻を迎えて夕食をともにでき至福のときを過ごすことができた。そして沖田さんをはじめとする親友が出席くださり心から御礼を申し上げたい」

「おいどんにも一言言わせてくんしゃい」

ジョージがブランディのビンを片手に立ち上がった。

「今夜のおいどんと妻のオードリーはまさに極楽にいる気分じゃ。この両国の関係をおいどんは生涯大切にしたい。そこで今の気持ちをつたない唄で伝えれば〝わたしゃお前に火事場の纏《まとい》。振られながらも熱くなる〟。これはわがUSAが日本に対して持つ恋心じゃ」

「なかなかやるのう。お返しでこの唄はどうじゃ。〝水の出鼻の二人が仲はせかれあわれぬ身の因果。たとえどなたの意見でも思いきる気はさらにない〟」

ジョージが再び立ち上がった。

「ありがたい唄でござる。ではもうひとつ。〝から傘の骨はばらばら紙ゃ破れても、離れまいぞえ、千鳥がけ〟あなたとは当然総理おぬしのことじゃよ」

「それじゃその替え唄じゃ。〝切れてみやがれただおくものか、ワラの人形に五寸クギ〟。どうじゃ?」

「参り申した」

ジョージが頭を下げた。

「さすがは総理じゃ。よく料亭遊びできたえとるのう」

「いやなんの」

「やってられないな」

足立があくびをした。

「まったくですよ」

と井原。

「男同士が唄で絡み合うなんて、みっともなくて見ちゃいられませんね」

「しかしおもしろいじゃないですか」

モロゾフが言った。

「大学時代に日本の歴史を勉強したとき、平安時代には男女が唄でお互いの心を表したと学びました。それだけ言葉を大切にしたということでしょう。今の日本人には考えられないことですよ。大統領は外国人なのにあれだけの唄を知ってるのは大したものです」

「非常に親切な解釈だな。でも絡み合いはいただけないよ」

と言って沖田が立ち上がった。

「総理、私にもひとつ唄わせてください。これは総理に捧げる唄です。〝朝顔はばかな花だよ。根もない竹に命捧げてからみつく〟」

総理が拍手しながら大声で笑った。

「おもろいのう。さすが沖田さんじゃ」

それから本格的にカラオケが始まった。とは言っても歌うのは総理と大統領だけ。カラオケのデスマッチといったところだ。それも軍歌と演歌しばり。有働はオードリーと踊っている。

沖田たちは三十分ほど付き合ったが、おそらく三、四時間はかかると見たので部屋を出た。総理もジョージも沖田たちが消えたのも気がつかないほど歌に没頭していた。

翌日の午後、沖田はジョージのスィートを訪れた。

「いやぁ昨夜は久しぶりに歌いまくったわい。それにしても総理はあの年で元気じゃ。日本人のヴァイタリティを実感させられたでごわす」

「これ読んだかね」

沖田が朝刊をジョージの前に投げた。

一面に大きくDC3機の写真が載っている。

〝奇跡の飛行、ギネスブックに挑戦？〟という見出し。

ジョージが記事を読んだ。

「素晴らしいではないか。USAにとってはいい宣伝じゃ」

「記事の下にあるコメントを読んでみな」

羽田空港の整備員のコメントだった。

〝点検を頼まれたのですがどこから始めてよいかわからないんです。というのはあまりにも古くてどこか触ったら全部が崩れ落ちる可能性があるんです。どうしてよいものやら困っています〟

ジョージがうなずきながら、

「さすがは専門家じゃ。いいとこを見ているではないか。飛行機が古いのは事実じゃからのう」

「問題は明日北京に行かねばならないのにあの飛行機は使えないということだ」

「それはちょうどよかったでごわす」

「……？」

「実はパイロットたちが倒れてしまったのじゃ。プロとはいえやはり長旅はこたえたのじゃろう。これで中国行きは中止じゃ」

「馬鹿なこと言うなよ！ 遠足じゃないんだ。中国は万全の準備をしてあんたの訪中を待ってるんだ」

「キャンセルするわけにはいかんかのう」

「ダメだ。中国はすでに七億ドルを振り込んでるんだ。七億ドル分の中国旅行と思えばいいだろう」

「気が向かんのう」

「こう考えればいい。この訪中はあんたにとって国賓として行く最初で最後の旅行になる。だから楽しむんだ」

「それはどういう意味でござるか？」

沖田がちょっと声を落とした。

「USAが売れたんだ」

「な、な、なんと⁉」

「昨日あんたは百五十億ドルがカスミ銀行に振り込まれたと言ってたろう。それが売却値の約三分の一。残りの三百五十億ドルは来月に入ることになってるんだ」

さすがのジョージも声が出なかった。口をあんぐりと開けて視点が定まらない。

「これでUSA国民一家族あたり一千万ドルを与えることができる。それならあんたも安心できるだろう」

ジョージはまだ催眠状態に陥っていた。

「おい聞いてるのか。もしもーし」

沖田がジョージの目の前で手を振った。

ジョージの顔に生気が戻った。

「今おぬしは国を売ったと言ったな？」

「ああ五百億ドルで売れた」

「しかしあの国は……」

沖田が自分の唇に人差し指を当てた。

「それ以上は言うな。あんたはすべてをおれに任せたはずだ。そうだろう？」

「その通りじゃ。おいどんは何も知らぬ」

「それでいい。これで中国旅行を楽しむ気になったろう」

「しかし専用機があの状態じゃ無理でごわすよ。パイロットもダウンしとるしのう」

「大丈夫。さっき有働さんに頼んで民間機をチャーターしたんだ。ジャンボ機だ。あんたのようなジャンボな男にはジャンボ機が一番似合う」

突然ジョージが床にしゃがんで土下座の姿勢を見せた。

びっくりした沖田が、

「おいどうしちゃったんだ!?」

ジョージが顔を上げた。その目から涙があふれ出ていた。

「おぬしにはなんとお礼を言っていいかわからぬ。このジョージ・ヤマダ、心の底から御礼申し上げたてまつる」

「よせよ、ジョージ。あんたらしくないぜ」

「おぬしはわが民の救世主じゃ」

「それを言うのはまだ早いよ。島が本当に爆発してはじめておれのたてた作戦が成功するんだ」

「その点に関しては大丈夫でござる。近ごろ小さな地震がたびたびあるのじゃ。おいどんが出発したときも地震があった。この分でいくと十一月前に大爆発があると確信しておる」

沖田がにこっと笑った。

「その確信が現実のものとなるよう祈ろう」

その夜ドリームチームは〝アモーレ・デラ・ソーレ〟に集まった。五人が一緒に食事をするのはこれが初めてだった。皆すがすがしい表情をしている。

まずワインで乾杯。

グラスを上げながら沖田が言った。

「諸君の素晴らしい能力と肝っ玉の太さにカンパイする」

皆が一気に飲み干した。二杯目が注がれた。足立が、

「おれはアレクセイ・モロゾフ君にカンパイしたい。君は実に重要な役目を果たしてくれた」

モロゾフが紅潮した顔で、

「生まれて初めて充実した日々を過ごせました。コンドームなしでやった気分です。まったく新しい世界をありがとうございました」

「ところで次郎吉さん、今晩大統領はどうしてるんだ」

「明日十時に出発なんで奥さんとルームサーヴィスですますと言ってたよ。われわれも全員行くからそのつもりでいてくれ」

「でもあの飛行機で大丈夫なのかい？」

「いや、あれでは行かない。有働の仲介でジャンボ機をチャーターすることにした。DC3機は日本政府に友好の印として寄付するそうだ」

「政府にとっちゃ迷惑な話だな」

「交通博物館に置けるだろう」

沖田が皆を見回した。

「作戦はほぼ完了した。あとは六月にプリンスとの本契約が終わって残りの金が入るのを待つだけだ。パーフェクト ゲーム達成は近い。改めて諸君に礼を言う。さてこれまでに集めた金だが、それについては梵ちゃんに報告してもらう」

と言って足立にうなずいた。

「当初のわれわれの目標は五十億ドルをまず集めることだった。これはUSAに住む五千の家族が海外で暮らしていけるよう一家族百万ドルの計算に立ったものだ。しかし作戦を展開するうち日本政府、アメリカ政府、そして中国政府から資金を得た。さらにはプリンスから取り返した金が二千八百五十万ドル。ここから九百万ドルを〝被害を受けた家族の会〟に返した。利息として一家族につき百万円をプラスしてやった。残った金は約一千九百万ドル。さらにプリンスからはわれわれが考えていたより〇がひとつ多い金額でディールを引き出した。それが五百億ドル。そのうちの百五十億はすでに入金されている。六月にプリンスとの本契約が終了したら最終的に集めた金は約五百二十二億ドルとなる」

モロゾフがピューッと口笛を鳴らした。

「円にすると六兆円以上じゃないですか！」

「その価値はあった仕事さ」

綾小路がごくノンシャランな口調で言った。

「なんだか私ひとりが興奮してるみたいですね。でもこれは本物の興奮です」

「ルーキー君よ、それでいいんだ」

と井原。

「君は今初めて〝勝利〟を肌で感じている。それを体に染み込ませろ。勝つということを本能の一部にするんだ。そうすればもっと大きな人生が開ける」

足立が笑いながら、

「世之介さんもときには真面目になるんだねぇ」

「伊達や酔狂で仏の世之介とは呼ばれてませんよ」

「そりゃ初耳だな。ジゴロのよっちゃんと呼ばれているのは知ってるが」

「それは足立さんがつけたニックネームでしょうが」

皆がどっと笑った。

「諸君、ちょっと聞いてくれ」

沖田が改まった口調で言った。

「先ほど梵ちゃんから金についての話があったが、実は今日の午後大統領と話したんだ。彼は全金額の半分をこちらに渡すと言ってたのだが、おれはそれを断った。彼とその民の国家がなくなるんだ。その彼らにとっては金しか頼りにするものはない。そこでおれは五百億ドルプラスの額から約十パーセントを報酬として受け取ることにした。あとは当初考えられていた通り島民一家族に百万ドルを与える。本来なら一千万ドル与えることができるのだが、これまで大金に縁のない人たちにそれだけの金を与えたら狂ってしまうケースもある。そこで大統領は〝ヤマダ島民会〟を作って金をスイス銀行に預ける。それによって世界中に散る島民は安心できる。諸君には相談しなかったがそれで異存はないか」

「今回の仕事のおもしろさは金じゃ買えませんでしたよ」

と綾小路。

「右近君の言う通りだよ」

足立が言った。

「それに十パーセントと言ったら五十億ドルだ。今のおれにはこれ以上金が入っても使い道に困るだけだよ」

「それじゃわかってもらえたんだな。そこでだ。五十億ドルからひとり当たりの取り分を五億ドルと考えているんだがどうだろうか」

モロゾフがつばを飲み込んだ。ほかの者はうなずいただけ。

「どうだ、アレクセイ。山本先生の言う通りになったろう」

綾小路がちゃかした。

先ほどまで紅潮していたモロゾフの顔が真っ青に変わっていた。

「五億ドルといったら邦貨で六百億円ですよ！」

「残りの二十五億ドルだが」

沖田がひとり一人の顔を見た。

「アレクセイに預けたいと思うがどうだろうか？」

「……⁉」

モロゾフがさらに青くなった。

足立たち三人はいっせいに〝異議なーし〟。

「一体どうなってるんです、ボス？」

モロゾフの声は震えていた。

「どうもこうもないさ。アビンのホテルで君が言ったことが気に入ったんだ。あのときアラル海について君は話していた。一億ドル入ったらあの死の海に生命を取り戻したいと言っていたろう。君の幼なじみがそのためにがんばっているとも言った。彼らの組織には金が必要だ。それも一億、二億じゃ到底足りはしない。二十五億ドルでも十分ではないとは思うが、そこそこの結果は出せるはずだ」

モロゾフが片手で目を覆った。すすり泣いていた。

「アレクセイ、涙は君に似合わないよ」

足立の声はこれまでになく柔和だった。

「皆さんが悪いんです。あまりに優しすぎるから……まるで聖人です」

沖田が笑いながら、

「おれたちは聖人とはほど遠い。人生をエンターテインメントと考えているドリーマーだ。ただ魂の切り売りだけはしていない」

「でも二十五億ドルなんて持っていったら友達が腰を抜かします。半分絶望してた彼らですから。しかしこの金をどこから得たと言えばいいのでしょうか」

沖田がちょっと考えてから、

「こう言えばいい。その金は彼らと志を同じくする善意に満ちた世界の人々からの贈り物だ。だから決して絶望なんかするな、と」

エピローグ

ジョージ・ヤマダの中国訪問は問題なくスムースにいった。政治の話は一切するなという沖田の忠告を彼は忠実に守った。

六月十日アビラハフェズからプリンス・フェイザルが東京にやってきた。そして沖田と彼の間でUSA売却の正式な契約が結ばれた。その直後にUSAのカスミ銀行に残りの金額三百五十億ドルが払い込まれた。USAの主権と領土の譲渡日は十一月六日と決まった。それはアメリカと中国が基地建設のために調査を開始する日でもあった。

東京から小型ジェット機をチャーターして沖田はプリンスをUSAに連れていった。

ジョージとプリンスは初対面からあまりうまが合わなかった。〝あの御仁は目付きが悪すぎるわい〃とジョージが言えば、プリンスは〝腰巻きをつけてアロハシャツなど着ているのは文明のない野蛮人〃ときめつけた。オードリーを見るに至ってはインディ・ジョーンズの世界をひきあいに出す始末。

しかし島自体に対してプリンスが抱いた印象は違った。五日間大統領の迎賓室に滞在して大ヤマダ島から始まって中、小ヤマダ島を見て回ったが、大いに気に入ったようだった。全面積がアビラハフェズの五倍もあり、山や川などの自然がメリハリをきかし、その上気候は常夏。周囲の海もペルシャ湾よりはるかにエメラルド色が濃く豪快できれいだ。ビーチラインも長く、ハワイのような一大リゾート地が作れる。平野部と山岳部の間にかなりの距離があるため資源開発とリゾート開発が同時に進行できる。

最後の夜プリンスが沖田に言った。

「すべてが素晴らしい。ただし人間を除いてはの話だが」

「どういうことです?」

「住民たちの生活ぶりが気に食わない。働いている人間はごくわずかで大部分は毎日ビーチで遊んだり、歌やダンスに興じている。皆腰巻きしかまとっていない。上半身丸だしのが多い」

「あれは腰巻きではなくテリリという民族衣装です」

「民族衣装であろうが、なかろうが、われわれ文明人の生活とイスラムの教義にまったく反する」

「でも殿下がリゾート開発をなさったら彼らをエンターテイナーとして使えますよ。どうせホテルとかクラブでは必要なんですから」

「エンターテイナーはアラブ諸国からいくらでも連れてこられる。彼らには強制退去してもらうほかあるまい。その点は大丈夫とあなたは言ったな」

「ええそういうこともあるかと思いまして主権の引き渡しを十一月にしたわけですから」

「資源開発のための労働力はエジプトやイエーメンからいくらでも集められる。イスラム教徒は信用できるからね」

「モスクなども建てるんですか」

「当然だよ。それがまず最初の仕事だ。南太平洋で初のイスラム国家誕生となるんだからね。ここをベースとしてイスラム教をこの地域全体に広めようと思っているのだ」

金や権力に執着する者に限って変な宗教心を持っているものだ。沖田はそれを今までの人生でいやというほど見せつけられてきたが、そういう輩《やから》は多分罪悪感を消すためにそうなるのだろうという結論に達していた。心理学でいうコンペンセイション《―代償―》というやつだ。

プリンスが住民の強制退去を打ち出したことは、沖田やジョージにとって渡りに船だった。プリンスに疑われずに住民がおおっぴらに海外に出られることになるからだ。

しかしそうなった場合おかしな現象が起きる。無人島になってしまう可能性が大きい。そうなれば誰かがおかしく思い始めるだろう。

沖田がプリンスに言った。

「七月以降いくら多くても結構ですから、アラブ人をこの国に送り込んでください。この国がカラになっては変に思われますから」

「そうだな。とりあえず一万人ぐらいのイエーメン人と彼らを監督する者を連れてこよう」

〃ヤマダ島民会〃はジュネーヴに登録された。会長は当然ジョージ・ヤマダ。そこが中心となって島民の受け入れ先のチェックを行った。

島民たちの希望する移住先はさまざまだったが、不思議なことにアメリカやアジアを選んだ者はごく少なかった。多かったのはメキシコ、オーストラリア、ニュージーランド、チリをはじめとする南アメリカ諸国、そしてヨーロッパ。

日本に移住したいと言った者も何人かいたが、移民法が厳しいためそれはかなわなかった。島民には一家族につき百万ドルが与えられたが、もし移住先で何かの商売を起こす者には資本金が別途出されることになった。

これだけの条件を持っていれば日本を除けばどんな国でも喜んで受け入れてくれる。

七月の末までには全家族の行き先が決まった。ジョージは一族郎党を連れてメキシコに移ることになった。農園主として第二の人生を始めるためにプランテーションも買った。八月の初めから輸送船を三隻チャーターして島民をグアム、ニューカレドニア、ブリスベーンに運んだ。それらの地点から彼らは最終移住地へと散っていった。

その作業は九月の末に終わった。

ジョージの家族もメキシコに移ったが、彼自身は閣僚数人とともに島に残った。ぎりぎりまで居残るようにと沖田に言われていたからだ。アラブ人が大挙して大ヤマダ島に入り始めたのは八月の初めからだった。もともと島には警察などはなかったのだが、彼らが来始めてからはすぐに強力な犯罪取締り機構が作られ、公開処刑も実施され始めた。

十月の末からそれまでたびたび起きていた微震がだんだんとスケール アップしてきて、

体ではっきりと感じられるようになった。さすがのジョージも恐れを感じ始めた。

　だが彼はぎりぎりまでという沖田の言葉を守った。それはいいのだが〝ぎりぎり〟がいつなのかは彼自身もわからない。

　そんなある日アカプルコに戻った沖田から電話が入った。

「状況はどうなんだ？」

「どうもこうもないでござるよ。島は五万のアラブ人に占領されてしもうたし、地震は日に日に強くなっておるんじゃ。きのうは島の隅にある小山が噴火いたした」

「そりゃやばいな」

「どうすればよかろうかのう？」

「ぎりぎりだな。すぐに迎えのジェットを送る。十二時間後には着くと思うからツキミ空港で待機していてくれ」


　十一月六日。プリンス・フェイザルはすでに三日前から来島して、空になった大統領官邸にいた。今日はいよいよUSAの主権と領土が自分のものとなる日だ。それを発表するためのサテライト設備とテレビクルーも連れてきた。

　午後三時に彼は庭に出てテレビカメラの前に立った。

　ちょうどそのころアメリカと中国の船が調査団を乗せてそれぞれの島に近付いていた。

　中ヤマダ島と小ヤマダ島はそれほど離れていないので両者とも相手の船を肉眼で認識でき

た。どちらからともなく緊急警報のサイレンが鳴った。両者が急激に接近しつつあった。双方の船のデッキの上で兵士たちが機関銃をセットしていた。

一方プリンス・フェイザルはカメラの前で今回の国家買収に至った経緯と将来のヴィジョンや夢について気持ち良く語っていた。

と、そのとき足元がぐらりときた。次の瞬間地面が波打つような上下運動が始まった。もはや立っていることも不可能だった。地震を経験したことがないプリンスにとっては恐怖そのもの。地べたにうつ伏せに張り付いた。カメラクルーはアラーの名を叫びながら逃げ惑っている。

一分ほど続いた猛烈な縦揺れが終わったとき、プリンスはやっと立ち上がって周囲を見渡した。誰もいない。

足元に妙な感じを覚えた。見下ろしたプリンスの顔が驚怖《きょうふ》で凍りついた。幅十センチほどの地割れがまるで生き物のように足の間を走り抜けていった。

この作品は二〇〇三年五月、集英社より刊行されました。

JASRAC　出0603754-601

落合信彦の本

集英社文庫

運命の劇場（上・下）

環境危機が叫ばれる現代、第三のクリーンエネルギーの開発に携わった二人の研究者が惨殺された。新エネルギーを巡り、列強の世界戦略のもと、熾烈な闘いが始まる。国際諜報戦を描く長編ロマン。

王たちの行進

地平線の遥か彼方、そこに光を見つけてひた走る者が、明日を拓き歴史を創る……。ベルリンの壁崩壊に仕掛けられた工作。指揮したのは元商社マン・城島武士だった。圧倒的迫力で描く長編ロマン。

そして帝国は消えた

人生で最高のエキサイトメントを味わうためなら、どんな危険も厭わない！落日のソ連邦に一大作戦を仕掛けた城島武士。アメリカを陰で操るエリート集団を相手に、史上最大の獲物を賭けて熾烈な情報戦を展開させる。

騙《だま》し人《にん》

二〇〇五年、某国のミサイルが日本を狙う。平和ボケの政治家に代わって国を救うため秘策を練る四人の天才詐欺師たち。その武器は恐るべき知能のみ！　抱腹絶倒、痛快無比の近未来ピカレスク。

ザ・ラスト・ウォー

二〇〇七年、米中二大国が一触即発の危機に！　ロシア、朝鮮半島が不穏な動きを見せる中、日本が選択した道は――。驚愕のクライシス・ノヴェル。

どしゃぶりの時代　魂の磨き方

「生き残る」から「勝ち残る」へ。真の勝ち組になるための10の基本条件を徹底伝授。意欲と危機感があるなら読むべし。若者に贈る熱いメッセージ。

集英社文庫　目録（日本文学）

奥泉光　バナールな現象
奥泉光　ノヴァーリスの引用
奥泉光　鳥類学者のファンタジア
奥田英朗　東京物語
奥野健男・監修　太平洋戦争
奥本大三郎　虫の宇宙誌
奥本大三郎　壊れた壺
奥本大三郎　本を枕に
奥本大三郎　虫の春秋
奥本大三郎　楽しき熱帯
大佛次郎　赤穂浪士(上)(下)
小沢章友　夢魔の森
小沢章友　闇の大納言
小澤征良　おわらない夏
落合恵子　そっとさよなら
落合恵子　恋人たちの時間

落合恵子　氷の女
落合恵子　シングルガール
落合恵子　幸福の距離
落合恵子　恋は二度目からおもしろい
落合恵子　揺れて
落合信彦　男たちのバラード
落合信彦　20世紀最後の真実
落合信彦　アメリカの狂気と悲劇
落合信彦　21世紀への演出者たち
落合信彦　モサド、その真実
落合信彦　石油戦争
落合信彦　英雄たちのバラード
落合信彦　ザ・スパイ・ゲーム
落合信彦　傭兵部隊
落合信彦　日本が叩き潰される日
落合信彦　ザ・スクープ

落合信彦　アメリカの制裁
落合信彦　ただ栄光のためでなく
落合信彦　二人の首領《ドン》
落合信彦・訳　第四帝国
落合信彦　男たちの伝説
落合信彦　謀略者たち
落合信彦　戦いいまだ終らず
落合信彦　狼たちの世界
落合信彦　アメリカよ！あめりかよ！
落合信彦　勇者還らず
落合信彦　狼たちへの伝言
落合信彦　挑戦者たち
落合信彦　栄光遙かなり
落合信彦　終局への宴
落合信彦　戦士に涙はいらない
落合信彦　狼たちへの伝言2

集英社文庫　目録（日本文学）

落合信彦　そしてわが祖国
落合信彦　狼たちへの伝言3
落合信彦　ケネディからの伝言
落合信彦　誇り高き者たちへ
落合信彦　太陽の馬(上)(下)
落合信彦　映画が僕を世界へ翔ばせてくれた
落合信彦　烈炎に舞う
落合信彦　決定版 二〇三九年の真実
落合信彦　翔べ 黄金の翼に乗って
落合信彦　運命の劇場(上)(下)
ハロルド・ロビンス 落合信彦・訳　冒険者たち(上) 野性の歌
ハロルド・ロビンス 落合信彦・訳　冒険者たち(下) 愛と情熱のはてに
落合信彦　王たちの行進
落合信彦　そして帝国は消えた
落合信彦　騙《だま》し人《にん》
落合信彦　ザ・ラスト・ウォー

落合信彦　どしゃぶりの時代 魂の磨き方
落合信彦　ザ・ファイナル・オプション 騙し人II
お茶の水文学研究会　文学の中の「猫」の話
乙一　夏と花火と私の死体
乙一　天帝妖狐
乙一　平面いぬ。
乙一　暗黒童話
乙川優三郎　武家用心集
小和田哲男　歴史に学ぶ「乱世」の守りと攻め
恩田陸　光の帝国 常野物語
恩田陸　ネバーランド
恩田陸　ねじの回転(上)(下) FEBRUARY MOMENT
ダニエル・カール　ダニエル先生ヤマガタ体験記
開高健　オーパ！
開高健 C・W・ニコル　野性の呼び声
開高健　風に訊け

開高健　オーパ、オーパ!! アラスカ・カナダ カリフォルニア篇
開高健　オーパ、オーパ!! アラスカ至上篇 コスタリカ篇
開高健　オーパ、オーパ!! モンゴル・中国篇 スリランカ篇
開高健　知的な痴的な教養講座
開高健 島地勝彦　水の上を歩く？
開高健　生物《いきもの》としての静物
開高健　風に訊け ザ・ラスト
開高道子　風説 食べる人たち
開高道子　ジャムの壺から跳びだして
角田光代　みどりの月
角田光代 佐内正史　だれかのことを強く思ってみたかった
笠井潔　道―ジェルソミーナ
樫原一郎　殺人指令
加地伸行　孔子
梶井基次郎　檸檬
梶山季之　赤いダイヤ(上)(下)

集英社文庫

ザ・ファイナル・オプション　騙《だま》し人《にん》II

2006年4月25日　第1刷

定価はカバーに表示してあります。

著　者　落《おち》合《あい》信《のぶ》彦《ひこ》

発行者　加藤　潤

発行所　株式会社　集英社

東京都千代田区一ツ橋2−5−10
〒101-8050

電話　03（3230）6095（編　集）
　　　03（3230）6393（販　売）
　　　03（3230）6080（読者係）

印　刷　中央精版印刷株式会社　株式会社美松堂

製　本　中央精版印刷株式会社

ISBN4-08-746029-0 C0193